martin meyer

die orgelbauerin

martin meyer

die orgelbauerin

roman

GMEINER

Personen und Handlung sind zu Teilen fiktional.

Im Ehnried 5, 88605 Meßkirch
Telefon 07575/2095-0
info@gmeiner-verlag.de

1. Auflage 2024

Lektorat: Christine Braun
Herstellung: Julia Franze
Umschlaggestaltung: U.O.R.G. Lutz Eberle, Stuttgart
unter Verwendung der Fotos von: © https://commons.wikimedia.org/wiki/File:Doris_Kenyon_Stars_of_the_Photoplay.jpg; https://commons.wikimedia.org/wiki/File:2014_Tarnobrzeg,_ko%C5%9Bci%C3%B3%C5%82_Wniebowzi%C4%99cia_NMP,_organy.jpg
Druck: GGP Media GmbH, Pößneck
Printed in Germany
ISBN 978-3-8392-0687-4

Für Lars

INTRODUKTION
1902

Paula Bertram klopfte leise an die Tür zum Stimmraum der Orgelwerkstatt.

Stille.

Sie pochte stärker.

Hans Meichelbeck, ein Mitarbeiter ihres Vaters, öffnete ihr die Tür. »Komm rein, aber sei artig.«

»Bin artig.«

»Weiß ich doch.« Nun lächelte er.

»Danke.« Paula schürzte die Lippen, entbot dem Gesellen den Knicks. Oder war er schon Meister? Sie verlor das Gleichgewicht, glitt zu Boden.

Meichelbeck lachte und hob sie wieder auf.

Verstohlen richtete Paula ihren verrutschten Haarreif und folgte Meichelbeck in den bloß von einer Petroleumlampe erhellten Stimmraum der Orgelbauwerkstatt. Dort wurden, das wusste sie bereits von ihrem Vater, gefertigte Pfeifen das erste Mal zum Klingen gebracht. Dieser Gestank nach Öl, Lacken und Lasuren aus der benachbarten Holzwerkstatt! Daran musste sie sich zunächst gewöhnen. Die Chemikalien brannten ihr in den Augen, sie rieb. Dann entdeckte Paula Orgelpfeifen aus Holz, die auf einer Art Gestell steckten.

»Die sind aber groß«, staunte sie.

Hinter sich nahm sie einen Schatten wahr, jemand betrat den Raum. Es war jedoch nicht ihr Vater, sondern ein Lehrling, mit einem Besen und einer starken Petroleumlampe in den Händen.

Meichelbeck nickte dem Lehrling zu, bat ihn, mit dem Kehren noch zu warten, und winkte Paula vor das Gestell mit den Pfeifen.

»Was für Pfeifen sind das?«, fragte sie.

»Hohlflöten.«

»Wunderschön sind die.«

»Und so klingen sie auch, sehr mild und weich.« Meichelbeck stellte Paula einen Trittschemel hin, sodass sie die Pfeifen aus der Nähe betrachten konnte. Wie intensiv das Holz duftete! Es roch nach Harz, das sie von Streifzügen durch die Wälder kannte. Paula liebkoste die Pfeifen ein letztes Mal und stieg vom Tritt hinunter.

»Flöten sind Lippenpfeifen. Diese Pfeifen sehen fast aus wie eine Blockflöte, bloß ohne die Löcher für die Finger. Hast du schon mal eine Blockflöte gesehen?«

Paula nickte. Meichelbeck zeigte nun auf die Öffnung an der Seite der Pfeife. »Schau, hier strömt die Luft durch und bringt die Pfeife zum Schwingen und Klingen. Fast wie bei unseren Lippen, wenn wir pfeifen.« Der Geselle pfiff eine Melodie.

Sie lauschte ihm fasziniert. »Gibt es noch andere Pfeifen?«, fragte sie nach dem letzten Ton.

»Ja, die Zungen. Die sind immer aus Metall und haben keine Lippen, sondern ein Metallblättchen, das in der Luft schwingt und dadurch den Ton erzeugt.«

Paula staunte. »Führst du mir die Hohlflöten vor?«, bat sie Meichelbeck. Der groß und stark war wie alle Männer im Betrieb, aber eine sanfte Stimme hatte. Der nie barsch zu ihr gewesen war.

»Gern.«

»Und wie machst du das?«

»Hier an dem Gestell. Solche Vorrichtungen, auf denen die Pfeifen angebracht sind, heißen Laden, auch bei der richtigen Orgel. Und die hier, die nur dazu da ist, Pfeifen erstmals zum Klingen zu bringen, nennen wir Intonierladen. Damit werden unsere Pfeifen, ehe sie in die Kirche kommen, vorintoniert, also im Ton grob gestimmt. Schau mal, hier ist die Klaviatur, auf der man spielt. Und dort kommt die Luft für die Pfeifen auf der Lade heraus.« Er wies auf ein aufgefächertes Gestell mit Beuteln, an dem ein Fußtritt angebracht war.

»Ist das der Blasebalg?«

»Genau.«

Sie setzte sich auf den Schemel am Öfchen, Buchenscheite knisterten darin, das Feuer wärmte. Sie glitt aus den Stiefeln. Streifte die kratzenden Wollsocken ab und streckte die Beine von sich. Dabei sah sie Meichelbeck zu, wie er den Halt der Pfeifen überprüfte und danach an die Klaviatur trat, worauf er dem Lehrling bedeutete, den Balg zu treten.

Der tat, wie ihm geheißen. Der Balg murrte, dann machte er genug Wind für die gespielte Melodie.

Paula schloss die Augen. Sie hörte den Klang nicht nur, sie spürte auch die Luft schwingen und singen. Sie schaute zu Meichelbeck hinüber. Jetzt schien er die Tasten schier zu streicheln. Wie klein seine Hände waren! Keine Spuren von Dreck oder Wagenschmiere an seinen Fingern. Wie sie sich wohl anfühlten?

Der letzte Ton verklang, und trotz des eher kleinen Raumes hallte er ein wenig nach. Wie lange so ein Ton wohl in großen Kirchen hallte?

Auf dem Schemel in ihre Gedanken vertieft, bemerkte Paula nicht, dass Meichelbeck die kleinste Hohlflöte aus der Lade gezogen hatte und nun neben ihr stand.

»Möchtest du da mal reinblasen?«

Paula sprang auf. »O ja, liebend gern!« Sie griff danach.

Der Geselle schüttelte den Kopf. »Lass bitte los, ich halt sie fest. Sie darf nicht noch einmal hinunterfallen. Sonst krieg ich Ärger mit deinem Vater.«

Sie ließ artig ab. Meichelbeck führte ihr die Pfeife zum Mund, und sie blies ein paarmal hinein.

»Genug jetzt!« Meichelbeck wirkte plötzlich ungeduldig.

Beinahe kam es ihr vor, als bereue er es, dass er sie die Pfeife hatte ausprobieren lassen.

Paula setzte sich zurück auf den Schemel. Trotz des Öfchens fror sie auf einmal. Sie zog die Socken wieder an und schlüpfte rasch in die Stiefel. Meichelbeck wischte die Pfeife mit einem Lumpen ab. Sie hörte Schritte hinter sich, zuckte zusammen. Abermals war es der Lehrling, der nun die Späne vom Boden kehrte.

Schweigend steckte Hans Meichelbeck die Pfeife zurück auf die Intonierlade. Paula igelte sich auf ihrem Schemel ein und stützte den Kopf auf Hände und Ellenbogen. So jedoch saß sie dem Besen des Lehrlings im Weg. Sie hebelte sich rasch empor und schob den Schemel an die Wand. Fieberhaft sah sie sich im Raum um, suchte nach etwas, was aufzuräumen war oder wie sie Meichelbeck helfen könnte. »Hans?«

»Ja?«

»Ich bin doch schon groß.«

»Bist du.«

»Und habe immer gute Zensuren in der Schule.«

»Ja.«

»Ich könnte hier in der Werkstatt …«

»Könntest du«, unterbrach Meichelbeck sie. »Aber …« Er zögerte.

»Aber?«

Meichelbeck schluckte. Seine betretene Miene verriet, dass er ihr etwas verschweigen wollte. Der Lehrling kehrte um sie herum.

Paula stockte der Atem, denn jetzt hörte sie Schritte, die sie nur zu gut kannte.

Vater betrat den Stimmraum. »Was hast du hier verloren?«, herrschte er sie an.

»Sei doch nicht so grob zu ihr, sie möchte nur mal Werkstattluft schnuppern«, beschwichtigte Meichelbeck ihren Vater.

Der ging darüber hinweg. »Paula, siehst du nicht, dass du beim Kehren störst?«

»Ich will Orgelbauerin werden!«

»Das kannst du nicht als Frau. Los jetzt, raus hier!«

TOCCATA
1919/1920

SEPTEMBER 1919

Die bucklige Gasse in dem Weimarer Vorort Taubach zog sich in die Länge. Paulas schwerer Koffer hing bei jedem Schritt in ihren Kniekehlen. Schwüle lag in der Luft. Nach einem kurzen Schauer stach jetzt die Sonne herunter. Drückender als das Wetter jedoch waren ihre Gedanken. Würde Hans Meichelbeck, den sie seit ihrer Heirat nie mehr gesehen hatte, sie überhaupt reinlassen? Was würde er sagen? »Bedauere, du kannst nicht bei mir bleiben«? Und müsste sie dafür Verständnis haben?

Hans, zum Kompagnon des Vaters aufgestiegen, hatte sich weit vor dem Krieg und nach einem erbitterten Streit vom Betrieb losgesagt. Er hatte sich den Orgelbau anders vorgestellt und einen neuen Betrieb gegründet, zu Vaters Ärger in Taubach, also nur wenige Kilometer von Bad Berka entfernt. Hans richtete Barockorgeln wieder her, als einziger Orgelbauer weit und breit, weil hierzulande kaum einer die alte Orgelbaukunst zu schätzen wusste und lieber neu baute. Dabei hatte Hans recht damit, Altes instand zu setzen, denn wer hatte noch Geld für einen Orgelneubau?

Paula war von Weimar bis hierher nach Taubach zu Fuß gelaufen. Nun setzte sie ihren Koffer ab und ruhte kurz aus. Ihre blaue Hose – denn Kleider trug sie kaum mehr – war staubig von den Gassen des Ortes; auf ihrer weißen Bluse hatte sich ein Spatz verewigt. Zum Glück kannte sie keiner.

Eine tiefe Männerstimme rief sie zurück ins Hier und Jetzt: »Kann ich Ihnen behilflich sein, gnädige Frau?«

Weder gnädig noch Frau, dachte sie. Schürzte die Lippen zu einem »Danke der Nachfrage, nein«. Griff nach dem Koffer, ließ den Mann stehen, der in der Kluft des Bauern aus seinem Hof auf sie zugelaufen war, und stapfte weiter bergan.

Immer bescheidener wurden die Häuser dieser Gasse. Rein nichts wies darauf hin, dass im etwa fünf Kilometer entfernten Weimar dieser Tage große deutsche Geschichte geschrieben worden war. Aus den Trümmern des Hohenzollernreiches war eine Republik erstanden, in Weimar war sie eben Verfassung geworden. Auch Paula hatte die Scherben der Vergangenheit aufgekehrt. Sie hatte ihrem rückwärtsgewandten Ehemann Herbert Motte die Stirn geboten und dafür mehr als nur verbale Prügel bezogen. Der hatte in seiner Erfurter Möbelfabrik weiter Herrenzimmer aus schwerer Eiche anfertigen und sie ins Kontor stecken wollen, um eine bezahlte Angestellte einzusparen. Doch Paula hatte nach einem wütenden Schlag mit einem Schürhaken von ihm die Scheidung erstritten und sich ein Zimmer im Weimar der neu erstandenen Republik gemietet. Jetzt, Ende September, waren sie jedoch wieder aus Weimar fort, die Begründer der Republik und Paula. Auf Dauer konnte sie die Zimmermiete nicht bezahlen. Und Weimar war die strukturell konservative Residenzstadt geblieben. Wer nicht mit Goethe schillerte, galt wenig; wer von seiner Hände Arbeit lebte, rein gar nichts.

Paula war am Ziel, vor Meichelbecks Werkstatt, einem Anwesen, das zuvor eine Zimmerei oder Tischlerei beherbergt haben dürfte. Sie betrat es. Aus der halb offenen Türe eines Schuppens roch es nach frischem Holz. Paula spitzte hinein. Buche, nicht das verhasste Eichenholz ihres geschiedenen Gatten. Sie ließ den Koffer vor dem Schuppen stehen und schritt an die Tür der »Orgel-Manufaktur Meichelbeck«, so das Schild aus weißer Emaille an der Wand. Es war keine Klingel da. Stattdessen ein gusseiserner Türklopfer. Paula fasste sich ein Herz.

Stille.

Sie klopfte ein zweites Mal. Sollte sie ihn zunächst mit Sie ansprechen?

Jetzt öffnete sich die Tür, und er stand vor ihr. Sein Gesicht war kaum gealtert. Er zog seine tiefgründigen Augen samt den dichten Brauen hoch. »Paula, du!« Es klang wie eine Feststellung.

Hatte er geahnt, dass sie Hilfe brauchte? Oder gar, dass sie ihren Wunsch, Orgelbau zu erlernen, endlich verwirklichen wollte?

Er bot ihr die Hand und bat sie hinein. Paula sah hinter sich. Ihr Koffer stand noch am Schuppen.

»Was ist?«, fragte er.

»Mein Koffer steht noch draußen.«

Wieder dies Nicken, nun mehr als nur ahnend. »Du bist in Not.« Er blieb beim Du.

»Ich brauche ein Dach über dem Kopf.« Nur nicht lange drum herumreden.

»Sei mir herzlich willkommen.« Hans bat Paula um den Koffer und führte sie über eine steile Treppe in ein Zimmer im ersten Stock des Gebäudes, der früher die Wohnung des ersten Gesellen oder designierten Meisters beherbergt haben könnte und daher noch weitere leer stehende Räume aufwies.

Paula, überwältigt von Glück und Erschöpfung, setzte sich auf das Bett, welches jetzt ihr gehörte und, als hätte es auf sie gewartet, mit Leinen in Rot und Weiß frisch bezogen war. Sie sog die aus der Werkstatt heraufziehende Luft ein, die sowohl nach billigem Zink, dem Ersatz für die im Krieg konfiszierten Zinnpfeifen, als auch nach feinstem Holz roch. »Tausend Dank!«

»Gern.«

»Ahntest du, dass ich es bin, die klopft?«, entfuhr es ihr.

»Ja.«

»Warum?«

»Du hast immer so geklopft.«

»Stimmt.« Paula fühlte, wie sie errötete, und blickte prüfend an sich herab. Nichts mehr an dem, was sie anhatte, verriet die Paula des Kaiserreichs. Ihre naive Liebe war Geschichte, ebenso das Züchtige und Zopfige ihrer Ehe. Wie angenehm, dass Hans weder einen Blaumann noch eine Kniebundhose trug, sondern eine Hose aus Leinen, dazu ein weißes Hemd mit zartblauen Streifen. Wie zum Pferdestehlen zwinkerte er ihr zu. Dem Krieg zum Trotz schien er kaum gealtert. War er nicht an der Front gewesen?

Paulas Blick wanderte zu einer Orgelpfeife, einer Flöte 8'*, die als Wandschmuck über einem Bord angebracht war. Ihr Herz schlug schneller. Sie ähnelte jener Pfeife, durch die Hans sie einst hatte blasen lassen – bis ihr Vater sie unwirsch aus der Werkstatt geschickt hatte.

»Erinnerst du dich an die Hohlflöte?«, fragte Hans und setzte sich auf einen Stuhl in der Dachschräge. Er ließ die Daumen umeinanderkreisen; seine grotesk kleinen Hände faszinierten Paula seit je. »Und an diese kleine Szene damals mit deinem Vater?«

»Klar.«

»Die Flöte ist sozusagen meine Rache an ihm. Ich habe sie, kurz bevor du damals kamst, aus Versehen fallen lassen. Als du dann reingeblasen hast, erkannte ich zu meinem Schrecken, dass sie beschädigt war. Deshalb habe ich, du erinnerst dich, dir diese Pfeife wieder weggenommen. Es half nichts – dein Vater, der sich sehr über dein Eindringen in die Werkstatt aufgeregt hat, ließ mich für den Schaden haften und zog mir was vom Lohn ab. Ich entwendete

* 8' bedeutet »acht Fuß« (1' ca. 30 cm klingende Länge) und bezieht sich auf die Länge der je tiefsten Pfeife: das (große) C. Die Skala reicht von ½' bis 16', bei großen Orgeln auch bis 32' oder (vereinzelt) 64'.

deinem Vater die Pfeife und hob sie für dich auf, anstatt das Holz anderweitig zu nutzen. Ich nahm sie sogar nach meinem Ausscheiden aus dem Betrieb mit, ohne dass dein Vater es jemals bemerkte.« Er nickte ihr zu. »Lass uns nun in die gute Stube gehen, du hast sicher Hunger und Durst.«

»Danke, Hans. Danke auch für die Pfeife, die Geschichte rührt mich zu Herzen.«

In Hans' Küche war der Krieg abzulesen. Das Brot war hart, die beiden Äpfel schrumpelig. Dazu gab es einen Kanten Harzer Käse. Sie teilten sich das karge Mahl und tranken frisches Wasser aus dem Hausbrunnen. Die »gute Stube« fungierte zugleich als Büro. Am Tisch war Platz nur für vier. Wie viele Gesellen mochte der Betrieb haben? Arbeiteten überhaupt welche hier, von angehenden Meistern ganz zu schweigen?

»Wie kamst du auf Taubach?«, fragte Paula über dem Stück Brot. »Es gibt größere Orte hier und welche mit Bahnhof und Güterabfertigung.«

»Ich hoffte auf Weimar. Und hörte mich auch in Oberweimar um, dem Dorf dazwischen. Von einem Kirchenältesten dort, Max Baumbach mit Namen, erfuhr ich unter dem Siegel der Vertraulichkeit, dass ein Taubacher Tischler kurz zuvor den Offenbarungseid habe leisten müssen und so sein Anwesen zum Notverkauf stehe.«

Paula hatte ihm aufmerksam zugehört. Sie aß zu Ende und erwog nun jene Frage, die darüber entschied, ob sie in Taubach mehr bekam als ein Obdach auf Zeit. »Ist also diese frühere Tischlerei für dich wie ein Zurück zum Orgelbauhandwerk?«

»In der Tat.«

»Zurück zu Silbermann*?«

»Richtig. Du weißt, wie viele historische Orgeln es in dieser Gegend noch gibt. Zum Glück sind die Gemeinden

* Orgelbauer-Dynastie des 18. Jahrhunderts. Näheres siehe Nachwort.

hier eher klein und arm. Viele barocke Orgeln sind erhalten geblieben, meistens eher schlecht als recht. Für sie habe ich hier gegründet. Um sie vor der Vernichtung zu bewahren.«

»Wird man da nicht eher eine billige neumodische in Auftrag geben?«

»Ja, natürlich«, konzedierte Hans und legte ihr den zweiten Apfel auf ihren Teller.

Sie bedankte sich. Wie hungrig musste sie aussehen!

»Der Prophet gilt auch in Weimar wenig«, führte Hans nach dem letzten Bissen seine Überlegungen fort. »Dennoch ist das Kaiserreich an Größenwahn zugrunde gegangen. Nicht anders wird es dem deutschen Orgelbau ergehen. Du weißt, was ich damit meine. Die Orgeln wurden größer infolge der pneumatischen Traktur, die den Impuls von Tasten und Registerzug nicht mehr mechanisch, sondern per Luftdruck an die Laden und die einzelnen Pfeifen weitergibt. Aber um welchen Preis? Den bezahlt der Organist, der den Ton nicht mehr unter seinen Fingern entstehen spürt. Er wird dadurch von seinem Instrument getrennt und entfremdet.«

Paula nickte.

»Wir müssen daher zurück zum Handwerk. Den Orgeln ihre Individualität und ihre Seele zurückgeben. Und vor allem die alten Instrumente erhalten.«

Nun galt es. Das war die Gelegenheit, ihm die entscheidende Frage zu stellen.

»Wie du weißt, konnte, durfte ich unter Kaiser Wilhelm und bei meinem Vater nicht Orgelbauerin werden. Musste mich bescheiden. Leider fügte ich mich, zu jung verliebte ich mich und verlor mein Ziel aus den Augen. Was hilft es aber, mich dafür zu ohrfeigen? Ich habe meine Lektion gelernt und bin zu allem bereit. Würdest du mich daher als Orgelbaulehrling aufnehmen? Lass uns gemeinsam dafür kämpfen, dass sich das Handwerk erneuert, dass es wieder das Handwerk wird, das es einmal war.«

Hans lächelte, stellte den Kopf schief. Sonderlich überrascht wirkte er nicht. »Du freches kleines Gör«, hob er an.

Was für ein Kompliment für sie!

»Du zeigtest damals schon, was in dir steckt. Nur dein Vater hat es nicht sehen wollen.« Plötzlich hielt er inne. »Die Einwilligung deines Gatten müsstest du aber einholen. Sonst wird es schwierig.«

Paula stand auf und öffnete ihren Koffer, worin sie obendrauf das Wertvollste wusste, was sie bei sich trug: das rechtskräftige Scheidungsurteil.

»Potz Blitz!«, rief Hans aus. Seine Augen funkelten, offenbar hatte er damit nicht gerechnet.

Das galt es nun auszunutzen. »Ich muss dir sicherlich nicht im Einzelnen erzählen, was die Scheidung für ein Krieg war. Ich habe aber mein Ziel erreicht und brenne darauf, es auch dir zu beweisen.«

Paula erhob sich, holte die Hohlflöte und blies hinein. Ein Ton voller Kraft, ohne das nebulöse Säuseln der Orgeln des verglühten Kaiserreichs.

»Siehst du?« Sie brachte die Pfeife zurück an ihren Platz. »Du hast mir diese Pfeife aufgehoben. Du hättest es gewiss nicht getan, wenn du nicht damals schon geahnt hättest, was ich kann. Gib mir bitte ein Stück Holz und ein Messer. Ich zeige es dir.«

»Nun denn.« Hans führte sie in die Holzwerkstatt und reichte ihr das Gewünschte.

»So ein Messer hatte ich auch mal«, erklärte sie und begann mit dem Grobmodell einer Lippenpfeife. »Die Geschichte, die sich um dieses Messer rankt, erzähle ich dir ein andermal.«

Paula brauchte nicht lange zu schnitzen. Bereits nach zwei Minuten beschied Hans: »Ja, du hast großes Geschick, ich sehe und spüre es. Du schnitzt nicht nur, es wird auch große Kunst.« Hans bat sie zurück in die Stube.

Dort angelangt, schenkte er Wasser in beide Gläser, als wollte er mit ihr auf alles Weitere anstoßen. Dann drehte er sich halb zu ihr um, blickte ins Ungefähre.

»Was ist?«, fragte sie.

»Es gibt ein Problem, Vorschriften in Sachen Maschinen. Wohl auch das Blei.«

»Inwiefern?«

»Frauen dürfen nicht mit Bleiemissionen in Kontakt kommen, jedenfalls wenn sie …«

»… in gebärfähigem Alter sind?«, vollendete Paula.

»Ja.«

»Und was meintest du mit ›in Sachen Maschinen‹?«

Hans schaute zu Boden. Er habe noch kein Telefon, sagte er, und gehe jetzt zur Post. Weg war er.

Paula wartete, bangte.

Nach einer Stunde kam er zurück und erklärte: »Leider war telefonisch von den höheren Herren keiner mehr zu erreichen. Ich probiere es gleich morgen früh noch einmal.«

*

Nach einer schlaflosen Nacht mundete Paula nicht einmal der ofenfrische Hefezopf, den Hans für teures Geld beim Bäcker gekauft und ihr mit einer Tasse Kaffee aufs Zimmer gebracht hatte. Hans war erneut auf der Post, und das dauerte beängstigend lange.

Dann die Erlösung: Schritte, knarzende Treppenstufen. Sie öffnete gespannt die Zimmertür.

Mit einem Korb aus Rohr, über dem ein Leintuch lag, stand er vor ihr und erläuterte mit einem spitzbübischen Lächeln: »Also, wir machen es so: Du lernst bei mir das

Tischlerhandwerk, rein offiziell, für den Lehrvertrag, den Behördenkram und die Berufsgenossenschaft. Komm in die Stube, dort erzähle ich dir alles.«

Paula nahm den leeren Teller und die Tasse mit hinunter. Hans stellte Paulas Geschirr an eine Spüle in der Werkstatt. In der Stube öffnete er schließlich den Korb. Entnahm ihm eine Flasche Sekt und zwei Gläser und stellte beides auf den Tisch. Eine schwarze Aktentasche lehnte an seinem Bürostuhl.

Paula war flau im Magen. Orgelbau im Verborgenen, ob das wohl gutging?

Hans schien Paulas Unbehagen zu spüren, er ließ von der Flasche ab, die er hatte öffnen wollen, und strich ihr sanft über Schultern und Oberarm. »Keine Sorge, Paula, du wirst das Tischlern lernen, damit du deine Gesellenprüfung darin ablegen kannst. Denn was du dort lernst, benötigst du im Orgelbau, und den lehre ich dich natürlich auch, und zwar als Handwerk. Du wolltest immer Orgelbauerin werden, und jetzt wirst du es. Wir packen das beherzt an. Es sind düstere Zeiten, doch bin ich Optimist. Ich habe bereits Instandsetzungen abgeschlossen – und bis jetzt zahlen alle Auftraggeber.« Er hielt kurz inne, schlug die Augen nieder. »Natürlich habe ich im Krieg auch davon gezehrt, dass alle Prospektpfeifen aus Zinn abzuliefern und durch billigere aus Zink zu ersetzen waren. Die Kirchengemeinden mussten ja selbst dafür aufkommen.«

Paula schwieg. Ihr Vater hatte an diesem Orgelfrevel ebenfalls manche Mark verdient, womöglich vor allem deswegen die Kriegsjahre überstanden. Zuletzt hatte »Orgelbau Bertram« hölzerne Zuber und Kannen aus Blech hergestellt.

»Hast du auch Gesellen?«, fragte sie beklommen.

»Einen, der jedoch bald auf Wanderschaft gehen will.«

Paula hatte sich aus Hans' Händen gedreht. Sie stand vor dem Schreibtisch und sah sich suchend nach einem Stuhl hinter sich um, den sie dort jedoch nicht fand. Stets hatte sie gedacht, Vater habe ihr aus purer Bosheit die Lehre im Orgelbau verweigert. Nun hatte er auch noch die Gesetze auf seiner Seite.

»Liebe Zeit, du bist ganz blass!« Hans zog einen Flacon aus der Kommode und hielt ihn ihr an die Nase – Menthol, das sie belebte.

»Lass gut sein, Hans, bitte. Ich bin so überwältigt, weiß schier nicht, was sagen.«

»Klar, es hat dich erschreckt. Nur wird es nicht anders gehen. Und wo ein Wille ist, tut sich ein Weg auf. Und noch was: Der Beamte hat mir angedeutet, dass Frauen an der neuen Kunsthochschule hier in Weimar, dem ›Bauhaus‹, auch Holz- und Metallgewerke erlernen wollen. Die werden also nicht alle in die Weberei gehen. Obschon es den hohen Herren natürlich lieber wäre.«

»Echt?«

»Vergiss nicht, das Kaiserreich ist vorbei. Du hast dich von deinem Mann losgeklagt. Du nimmst dir und lernst nur das, was dir zusteht.«

Paula nickte. Hans hatte recht. War es nicht schon immer so, dass die Kunst und letztlich die Menschheit meist Fortschritte gemacht hat, wenn Mutige es wagten, die Grenzen der Tradition zu überschreiten? Bereits die Scheidung war solch eine Grenzüberschreitung gewesen. Paula hatte sie einem liberalen Richter zu verdanken, der dennoch keinen Hehl daraus gemacht hatte, dass sie nun von vorn anfangen müsse. Unterhalt erhalte sie jedenfalls nicht.

Ein Knall. Der Korken. Hans ließ den Sekt schäumen, füllte die Gläser, und sie stießen an.

»Auf dich, auf die erste Meisterin im Orgelbau!«

Viel war jetzt nicht mehr in der Flasche, dafür auf dem Boden, auch der Tisch klebte. Hans musste die Flasche aus Übermut geschüttelt haben. Er holte Schrubber und Lumpen und wischte alles ab. Dann wusch er sich die Hände und öffnete die Aktentasche.

»Schau, Paula, das ist der normale Vertrag für ordentliche Lehrlinge im Tischlerhandwerk. Von der Innung entworfen. Keiner kann uns da was.« Er reichte Paula die Papiere.

»›Lehr- und Ausbildungsvertrag‹«, las Paula. »Und falls doch?«, bangte sie.

»Es wird gutgehen«, sagte er entschieden und ging mit ihr die Bestimmungen des Vertrages durch. Gab ihr schließlich einen Füllfederhalter.

Paulas Finger zitterten, als sie unterschrieb.

Nun wurde Hans' Stimme brüchig. »Danke für dein Vertrauen. Und danke dem Herrgott, dass er mich zunächst Tischler hat werden lassen. Sonst hätte ich diesen Lehrvertrag mit dir nicht abschließen können.«

Paula nickte. Da war er wieder, jener schmale Grat, auf dem sie wandelten. Doch sie mussten es riskieren. Nur so waren Männerbastionen zu schleifen.

OKTOBER 1919

Meine liebe Paula,
wie bin ich stolz auf Dich und auf Deinen Mut, und dennoch schlagen mir Mutterherz und Gewissen. Denn ich kann es mir nicht verzeihen, Dir gegenüber Vater nicht den Rücken gestärkt zu haben. Du weißt um die Kerze. Sie hat mir das Genick gebrochen. Nun sehe ich den Betrieb nahe am Abgrund und das Land in Trümmern.
Und Dich am Ziel. Bin stolz auf Dich!
Es grüßt Dich
Deine Dich über alles liebende Mutter

Liebevoll legte Paula den Brief mit seinen unübersehbaren Flecken, vermutlich von Tränen, auf die Kommode. Am Vortag war er ihr zugegangen als Antwort auf einen Brief Paulas, in dem sie ihrer Mutter von dem Lehrvertrag und den inoffiziellen Nebenabreden mit Hans berichtet hatte. Sie hatte diesen Brief an eine Freundin ihrer Mutter geschickt, denn hätte sie ihn nach Hause adressiert, wäre er vermutlich von Vater abgefangen worden. Paula berührte nicht bloß das Schreiben; sehr zu Herzen gingen ihr die 500 Mark, die dem Brief beigelegen hatten. Ihre Mutter musste sich das Geld abgespart haben.

Es war herbstlich kühl geworden, doch die Stube zu heizen käme ihr zu teuer. Paula hauchte in die Hände, strich behutsam über Mutters Brief und steckte ihn ins Kuvert zurück.

Sie leerte ihre Teetasse, ihr morgendliches Honigbrot hatte sie bereits gegessen. Nun ging es an die Arbeit. Hans hatte zu ihrer Erleichterung vor einigen Tagen von einer Kirchengemeinde aus dem Vogtland den Auftrag erhalten, die dortige Trampeli-Orgel, ein um 1800 erbautes Instrument, rein konservativ instand zu setzen, also die mechanische Traktur mit all ihren Holzleisten und Gelenken zwischen Spieltisch und Pfeifen zu bewahren. Ihre ersten Fertigkeiten als Tischlerin, die Arbeit an und mit dem Holz, Zurichten, Verbinden, Feilen und Ausrichten, den Umgang mit Säge, Feile und Zwingen, mit Scharnieren und Gelenken, konnte sie nun erproben.

Wie sie sich darauf freute!

Sie ließ das Schreiben auf der Kommode zurück und brachte ihr Frühstücksgeschirr in die kleine provisorische Küche hinter ihrem Zimmer, ein Gelass mit kleinem Waschbecken, in dem Hans ihr eine Waschschüssel, ein Büffet mit dem Nötigsten an Geschirr und einen Wasserkocher eingerichtet hatte. Warme Mahlzeiten teilte er sich meist mit ihr und mit seinem Gesellen, der vorläufig doch nicht auf Wanderschaft gegangen war. Der Geselle hieß Eberhard Saueressig und fremdelte spürbar mit ihr.

Paula streifte ihr Nachthemd ab, wusch sich an der Schüssel und zog ihr derbes Arbeitshemd an, darüber Latzhose und Drillich. Dann lief sie treppab in die Werkstatt. Am Vorabend waren aus dem Vogtland per Lastkarren erste Pfeifen der Orgel angeliefert worden, die nun in Reih und Glied an der Wand des Werkstattvorraums zur groben Vorreinigung bereitlagen. Wie sie an dem Hut erkannte, welcher die Pfeifen aus Holz verschloss, waren es Gedackte, Pfeifen also, die einen Deckel hatten.

Sie trat zu den Pfeifen. 120 Jahre alt waren sie, und doch so anschmiegsam.

Plötzlich ging die Tür. »Morgen, Frau Bertram«, brummte der Geselle, nicht ohne sich mit einem Grinsen über ihr Berühren der Pfeifen lustig zu machen.

»Guten Morgen, Eberhard.«

Wieder hatte der Geselle Paulas Bitte, das kollegiale Du zu pflegen, missachtet.

Der Vormittag gehörte einer ersten Sichtung und Reinigung der Gedackt-Pfeifen, auch um sie vorab auf Wurmbefall und sichtbare Schäden zu begutachten. Nach der Pause Schlag 10 Uhr nahm Hans Paula aus dem Vorraum zu sich in die Holzwerkstatt, um sie dort nach Tischlerart mit der Kunst des fachgerechten Verleimens vertraut zu machen. Eberhard quittierte diese – in seinen Augen – Bevorzugung mit einem Stirnrunzeln.

Hans schätzte das Holz mehr als das Metall. Die Zwinge war das Einzige, womit er dem Holz Gewalt antat. Sein Raspeln, Feilen und Modellieren war Poesie – ein Tischler wie aus dem Lehrbuch.

Um 12 Uhr rief Hans: »Brotzeit ist die schönste Zeit«, und lud Paula und Eberhard in ein Gasthaus zum Essen ein. Der Geselle schlug die Einladung aus, angeblich müsse er »auf die Ämter«. Weg war er.

»Auch recht«, murmelte Hans, »dann feiern wir eben zu zweit.«

»Was denn?«, fragte Paula neugierig.

»Einen weiteren Auftrag. Eine kleinere, einmanualige Orgel von 1790 aus einem kleinen Ort bei Chemnitz. Generalreinigung und neue Prospektpfeifen.« Er legte Hut und Rock an. »Nun hat Verdun doch sein Gutes.«

Paula erschrak. Das Schlachtfeld, auf dem ihr älterer Bruder Maximilian fast krepiert wäre.

Auf dem Weg zum Wirtshaus dachte Paula darüber nach, ob sie Hans von Mutters Brief erzählen sollte und mehr von ihrem geschiedenen Mann, ihrem Vater, ihrer Familie. Hans schien dies alles auszublenden, obwohl er zwei Jahrzehnte lang zu »Orgelbau Bertram« gehört hatte.

»Du bist so still«, raunte er, als sie auf die Tür der Gaststätte zusteuerten.

»Ja … weil du vorhin von Verdun sprachst. Maximilian wurde vor Verdun an einem Feldgeschütz verletzt. Er hat nur knapp überlebt.« Paula schluckte. »Bitte, ist kein Vorwurf. Nur damit du das weißt.«

»Wie unbedacht von mir. Tut mir leid.«

Sie traten ein. Hans hatte ein Bauernfrühstück vorbestellt. Er trank dazu ein Bier, Paula ein Glas warme Milch.

»Mein Vater weiß noch nichts von dem Lehrvertrag«, seufzte sie nach dem ersten Schluck. »Irgendwann werde ich es ihm sagen müssen.«

»In der Tat.«

Mehr sprachen sie vorerst nicht darüber, sondern widmeten sich dem Bauernfrühstück – Kartoffeln mit Eiern und ein wenig Speck.

Zurück in der Werkstatt, sollte sich Paula wieder den Pfeifen zuwenden. Ob nun erhitzt vom Essen oder zu arg in Gedanken, ließ sie eine Pfeife fallen. Sie fiel auf den Hut, eine Delle im Holz war die Folge.

Eberhard schwieg, sein Blick sprach Bände. Auch Hans, der sonst Geduldige, runzelte die Stirn.

Er zog sie beiseite und fragte: »Du bist so nervös, was ist denn los?«

Der Weg in die gute Stube war lang genug, damit sich Paula eine Erklärung zurechtlegen konnte. »Ich habe gestern von meiner Mutter einen Brief erhalten, den ich beantworten sollte. Auch um kurz abzuklopfen, wie es meinem Vater und Maximilian geht.«

»Dachte ich mir.« Er bückte sich nach einem auf den Boden gefallenen Zettel.

Sie nickte Hans zu und bedeutete ihm, weiterarbeiten zu wollen. Nun ging sie konzentrierter zu Werke, reinigte drei

Pfeifen und fand bei einer vierten, die Hans bereits in Händen gehabt hatte, eine Kerbe im Fuß, die ihrer Aufmerksamkeit bedurfte. Er bedachte sie mit einem Lob und gab ihr schon gegen halb fünf frei.

Nach einer Tasse Tee auf der Stube schrieb Paula den Brief an ihre Mutter. Im matten Schein der Lampe brachte sie danach den Abend über einem Buch über das Tischler-Handwerk zu und ging frühzeitig zu Bett.

DEZEMBER 1919

Zwei Tage vor Heiligabend.

Noch nie hatte Paula Weihnachten entgegengefiebert, es sei denn, ein Infekt hatte sie geplagt. Dem Fest der Liebe, das sie nicht kannte, weil es stets Konflikte gab.

»Frohes Fest, Hans.« Paula schlüpfte in ihren Mantel, Hans half ihr hinein. Wie immer achtete er darauf, sie hierbei nicht zu berühren.

»Gott befohlen, Paula, ich denke an dich.«

Auch ohne großes Gepäck belastete sie viel auf dem langen Fußweg zum Bahnhof in Weimar. Wie würde ihr Vater auf ihr Kommen reagieren? Wie ging es Maximilian? Nicht gut, wie sie dem Brief ihrer Mutter, den diese auf ihre Antwort hin geschickt hatte, entnehmen konnte.

Hans hatte einen weiteren Auftrag einer Instandsetzung aus einer Kleinstadt in Hessen ergattert. Geselle Eberhard, der Paula weiterhin die kalte Schulter gezeigt hatte, war Hals über Kopf gegangen. Niemand in der Zunft schien zu glauben, dass die Erhaltung alter Orgeln Sinn ergab. Auch die Abendkurse, die Paula besuchte, um im Theoretischen dazuzulernen, blieben dem vermeintlichen Fortschritt durch immer mehr Technik verpflichtet. Abgesehen davon, dass die anderen Schüler sie auch dort siezten.

Insgeheim hatte Paula gehofft, ihre Mutter würde ihr noch mal Geld schicken. Hans teilte weiter mit ihr die Mahlzeiten, und das beschämte sie. Winterbekleidung täte not, vor allem aber wollte sie wieder ein eigenes Zimmer. Sobald sie im Frühjahr nicht mehr würde heizen müssen, würde sie in Taubach eins mieten.

Nach Eberhards Weggang hatte Hans einen neuen Gesellen akquiriert: Volker. Er akzeptierte Paula zwar in der Werkstatt, duzte sie sogar, doch auch er blieb ihr gegenüber distanziert.

Und zu alldem kam Mutters Brief, der vor Kurzem eingetroffen war. Der Paula all das, was vor ihr lag, nicht leichter machte.

Meine über alles geliebte Paula,
wie rührte mich Dein Antwortbrief zu Herzen – wie sehr tut mir leid, dass Du ihn über meine Freundin an mich schicken musstest. Danke auch, dass Du es auf Dich nimmst, Vater über Deinen Lehrvertrag bei Hans – ja, für mich ist er noch der Hans – zu unterrichten.
Maximilian macht mir mächtige Sorgen, er trägt

schwer an der Last des Betriebs. Sitzt oft lange im Kontor. Ich fürchte auch, er trinkt. Dabei hat Vater noch nicht übergeben, weil er Maximilian auf Strich und Faden beargwöhnt.
Welch finstere Weihnachten. Dass Du kommst, ist mein einziger Trost.
In nie versiegender Liebe
Deine Mutter

Auf den Trottoirs eilte Weimar Weihnachten zu. Hastig und mit hoch geschlossenem Kragen machten die Frauen letzte Einkäufe und Besorgungen. Es mangelte an vielem. Bis auf die Reichen litten alle an dürren Wangen.

Endlich am Bahnhof angekommen, stellte sich Paula für eine Fahrkarte an. Vor ihr standen zwei junge Frauen, ganz sicher keine Arbeiterinnen, und unterhielten sich. Sie waren gepflegt und dennoch lässig gekleidet, in Hosen und farbigen Pullovern.

»Irre Welt. Dass uns niemand will! Stattdessen vermieten sie an Corpsstudenten. Oder an Offizierswitwen.«

»Sogar an Fabrikarbeiter.«

»Weimar ist für unser Bauhaus zu klein, zu spießig und zu rückwärtsgewandt.«

»Suchen Sie ein Zimmer zur Miete?«, fragte Paula. Schon für diese Anteilnahme hätte Vater sie getadelt. Für ihn wären die beiden Frauen »Gesindel«.

»Ja«, hauchte die erkennbar Ältere der beiden, blickte hastig über ihre Schulter nach hinten und fügte leise hinzu: »Weimar hasst uns Bauhäusler. Neidet uns unser vermeintliches Glück. Dabei haben wir um jedes Stück Brot zu kämpfen wie alle hier im Land.«

Worauf ihr die jüngere Studentin etwas ins Ohr flüsterte und sich mit ihr von Paula abwandte. Dann waren die beiden an der Reihe; sie kauften, wie Paula hörte, ein Billett nach dem Vorort Legefeld.

Paula blieb nachdenklich zurück, denn auch sie wollte ja ein Zimmer. Sie erstand ihre Fahrkarte nach Bad Berka und lief zum Bahnsteig.

40 Minuten später war sie am Ziel. Den langen Fußweg nach Weimar in den Beinen, hätte sie sich nun gern eine Droschke gegönnt, doch selbst ein kleiner Luxus war für sie unerschwinglich. Der Ruß der Lokomotive hing in der Luft; die Leute stierten wie schon am Weimarer Bahnhof zu Boden. Jetzt hingegen war Paula dankbar um jedes Gesicht, das sie, die frisch geschiedene Tochter des Berkaer Orgelfabrikanten, nicht neugierig anstarrte.

Ihr Elternhaus lag eine knappe Viertelstunde vom Bahnhof entfernt. Paula sputete sich, mied die größeren Gassen und kam unbehelligt an. Inzwischen war es Abend geworden, in den Nachbarshäusern leuchtete es weihnachtlich. Das Haus der Eltern stand schwarz und schwieg. Allein der weiße Nebel stieg nicht aus den Wiesen.

Sie fasste nach den Schlüsseln für ihr Elternhaus. Würde Vater sie von ihr zurückverlangen?

Ehe sie aufsperren konnte, wurde es hell im Windfang. Es war ihre Mutter, die öffnete. Da in der Werkstatt kein Licht brannte, hätte es auch ihr Vater sein können.

»Freut mich, dass du da bist.« Mutter umarmte sie innig, schloss hinter ihr zu und legte die Sicherheitskette an. »Kaffee und Weihnachtsgebäck warten auf dich. Sicher hast du Hunger.«

Obwohl die Küche am anderen Ende des Hauses lag, umfing Paula der Duft von Bohnenkaffee. Paula folgte ihrer Mutter in die Küche. In der Diele sah sie ihren Atem, in den Ecken war Schimmelpilz. Die Sonntagsstiefel ihres Vaters glänzten im Schimmer der Deckenlampe. Wie es wohl derzeit um den Betrieb stand? Augenscheinlich sparte man an Feuerung und an Strom. Da passte ins Bild, dass es die Laube im Hof mit den Gartenmöbeln nicht mehr gab, auch sie schien zu Feuerholz geworden zu sein.

Prompt schaltete ihre Mutter das Licht im Flur aus. »Komm in die Küche.«

Paula, noch in den Stiefeln, musste diese im Dunkeln ausziehen. Zum Glück war die Bütte mit den Filzpuschen an ihrem Platz geblieben.

»Wo ist Vater?«, fragte Paula an der Garderobe. Bereute die Frage im gleichen Atemzug. Warum hatte sie damit nicht warten können? Statt in aller Ruhe zu Hause anzukommen und Mutter, deren Wangen schmal geworden waren, zur Hand zu gehen.

»Dein Vater ist mit Maximilian in einer Kirche in weiß Gott wo zum Reparieren«, antwortete ihre Mutter hörbar besorgt. »Wie alle Jahre wieder vor dem Fest, eine wetterfühlige Pneumatik. Totalausfall.« Sie hob die Achseln. »Manchmal frage ich mich, warum die Technik so kompliziert sein muss. Hier ein Relais mehr, dort ein Kontakt. Dazu die Windkanäle für die Pneumatik. Geht alles bloß entzwei.«

»Eine Orgel, die Vater gebaut hat?«

»Gottlob nicht. Nun denn, er tut, was möglich ist, bemüht sich um Reparaturaufträge. Nur deckt das alles kaum die Kosten. Und wer hat schon das Geld, um die abgelieferten Pfeifen aus Zinn vollwertig zu ersetzen?«

Somit war die Küche der einzige beheizte Raum weit und breit. Auf dem Küchentisch verriet die zwar weiße, aber fleckige Tischdecke, dass nun hier gegessen wurde und nicht mehr auf dem Eichenholztisch im Speiseraum. Erst recht nicht im Herrenzimmer, das neben dem Hauspersonal, das es schon lange nicht mehr gab, nur hochmögende Herren in Rock und Zylinder gesehen hatte, bis hinauf zum Vorsitzenden des Bundes Deutscher Orgelbaumeister.

In der Küche wurde nicht an Watt gespart, doch um den Preis der Behaglichkeit. Eine moderne Deckenlampenröhre tauchte den Raum in ein kaltes Licht, das Mutters eingefallene Wangen und ihre Augenringe hervortreten ließ.

»Mutter, lass mich mithelfen.« Paula eilte an den Herd und schürte nach. »Hast du denn keine Hilfe mehr, nicht einmal jetzt vor dem Fest?«

»Ach, Paula.« Ihre Mutter schnäuzte sich. Oder trocknete sie erste Tränen? »Vater würde ja, aber …«

»Aber?«

»Das Geld reicht einfach nicht mehr, nicht hinten, nicht vorne und schon gar nicht im Hause. Es stehen uns karge, traurige Weihnachten bevor.« Mutter rang sich ein Lächeln ab. »Genug gejammert, nun lass es dir schmecken.« Sie schenkte ihr Kaffee ein. »Es gibt nur Magermilch dazu. Kaffeesahne ist unerschwinglich.«

Paula nahm die Tasse in die Hände und wärmte sich an dem heißen Kaffee. Gab etwas Milch hinein und trank. Zumindest der Kaffee verbreitete einen Hauch von Weihnachten. Er war nicht mit Malz gestreckt, also nicht vom allerletzten Groschen abgerungen. Warum sollte es in Bad Berka, der vermeintlichen Idylle von Geheimrat Goethes Gnaden, besser um die Leute bestellt sein als in Weimar, wo sich Verzweifelte abseits der klassischen Bauten um Kohlen und Würste prügelten?

»Schau mal.« Mutter öffnete eine rostige Blechbüchse. »Ich habe Vanillekipferl gebacken.«

Paula verkniff sich die Frage nach den verwendeten Zutaten. Sie ahnte es auch so. Es war Vanille drin, aber keine Butter. Dafür viel Mutterliebe und wohl auch so manche vergossene Träne. Sollte Paula auf noch Schlimmeres gefasst gemacht werden?

»Freust du dich über die Kipferl?«, fragte Mutter und legte ihr zwei auf die Untertasse.

»Sehr.«

»Ach, Kind.« Mutter trank von dem Kaffee. »Das Schlimmste habe ich dir noch nicht gesagt.«

Das erste Kipferl im Mund blieb ihr im Halse stecken. Sie hustete. »Was denn?«

»Du musst es deinem Vater ... nicht mehr beichten. Er weiß es bereits.«

»Was?«

»Er muss von deinem Lehrvertrag mit Meichelbeck von Dritten erfahren haben.«

Paula erstarrte. Weimar bei Taubach ... Ein Dorf, trotz Goethe und Schiller, und Bad Berka in Hörweite. Man kannte einander und tratschte. Vermutlich war sie beobachtet und nach Bad Berka verpetzt worden. Hatte sie es nicht kommen sehen? »Mutti?«

»Ja?«

»Hat er seine Wut an dir ausgelassen?«

»Nein, das traut er sich nicht mehr, weil ich ihm inzwischen die Bücher führe.«

Immerhin, dennoch bedenklich. »Steht es wirklich so schlecht um die Firma?«

»Ja.« Mutter rang ersichtlich mit den Tränen. »Maximilian ist voller Sorge. Und er kann Vater nichts recht machen. Dabei leidet er schon so an der Kriegsverletzung, er kann mit rechts nicht mit voller Kraft zugreifen. Die Wunde droht sich erneut zu entzünden, unser Arzt hat ihm deshalb vorsorglich einen Verband verordnet.« Mutter weinte jetzt verstohlen in ein Taschentuch. »Maximilian braucht Hilfe, Zuspruch und viel Vertrauen. Sonst sehe ich schwarz – für ihn und den Betrieb und auch für uns als Familie.«

Paula nickte. Büßte nun ihr Bruder Vaters Wut über ihre Scheidung? Über ihre Lehre bei Hans, den Vater in ähnlicher Empörung aus dem Betrieb gejagt hatte?

Es half nichts. Ihrer Mutter und ihrem Bruder zuliebe musste sie Vater die Stirn bieten. Selbst an Weihnachten, dem Fest der Familie.

Amen.

*

Zur selben Stunde schaltete Theodor Bertram vor den Toren Weimars die Orgel in der Kirche des Ortes nach der auftragsgemäß vorgenommenen Reparatur zur Endabnahme ein. Fast zwei Tage Arbeit in einer eiskalten Kirche lagen hinter ihm und seinem Sohn Maximilian.

Mit zugegen waren Pfarrer und Organist, beide hießen die Arbeiten gut. Die leider meist anfälligen Kanäle, Membranen und Ventile der pneumatischen Traktur waren wieder intakt, die Orgel ließ sich wieder spielen.

»Frohe Weihnachten«, wünschte der Pfarrer, den es sogar in seinem Wollmantel fror. »Noch eine winzige Bitte – in Gottes Namen.«

Theodor Bertram ahnte, was kommen würde. »Und die wäre?«

»Dass Sie den Werklohn bis April stunden. Sie wissen ja, die teuren Kohlen.«

Die alte Leier, hundertfach gespielt. »Ganz ohne Sicherheit kommt das nicht infrage.«

Pfarrer und Organist sahen einander an. Worauf der Pfarrer seinen Ehering vom Finger zog und ihn Theodor in die Hand drückte.

Dieser knirschte mit den Zähnen. »Nun, also gut, bis April«, willigte er ein.

Der Pfarrer bedankte sich inständig; der Küster fuhr Theodor und Maximilian Bertram mit dem Fuhrwerk zum Bahnhof in Weimar. Werkstoffwagen und Werkzeugkiste konnten in der Pfarrscheune bis nach Weihnachten warten.

Im Licht des Zugabteils galt Theodors Blick dem als Pfand überantworteten Ehering. Dank seinem Vater, welcher in Weimar Goldschmied gewesen war, besaß er eine Lupe für Gravuren im Schmuck, die Aufschluss über den Goldanteil gaben. Bei diesem Ring war jedoch mit bloßem Auge zu sehen, dass das Material eher Blech war als Gold.

Verärgert hob Theodor den Blick. Ihm gegenüber Maximilian, der zappelig auf der Holzbank saß und an seinem Verband zupfte, den ihm der Arzt vor einigen Tagen nach einer akuten Entzündung seiner Kriegsverletzung angelegt hatte.

»Lass den Verband in Frieden! Der geht nur auf, wenn du an ihm rumdokterst.«

»Die Wunde juckt.«

»Wunde, Wunde, ich kann das Geflenne nicht mehr hören!« Theodor steckte den Ring zurück in die Westentasche. »Die heilt gerade, im Gegensatz zu meiner Schulter. Also hab dich nicht so und werde endlich zum Mann! Wenn du schon einer wärst, hättest du dir die Verletzung gar nicht zugezogen. Mir reicht die meine, und für die kann ich nichts.«

Maximilian zuckte zusammen und ließ von dem Verband ab.

Irgendwann würde Theodor an seinen Sohn übergeben müssen. Blieb nur zu hoffen, dass sich für den Betrieb bald ein Meister des Orgelbaus fand, der an Maximilians Seite das Schlimmste zu verhindern wusste. Zum Teufel noch einmal, womit hatte sich »Orgelbau Bertram« das nur verdient? Einen Filius, der zwar den Meisterbrief im Orgelbau errungen hatte, aber kein Mann geworden war? Der sich täglich durch die Welt grübelte, statt anzupacken und zu gestalten?

Blieb zu hoffen, dass die Kirchengemeinde im April bezahlte. Was in dieser neuen, verlotterten Republik leider nicht mehr selbstverständlich war.

Als wäre all dies nicht genug, hatte sich dieses Gör namens Paula erdreistet, über Weihnachten nach Hause kommen zu wollen. Bloß wegen ihr drehten sich die Leute hinter seinem Rücken nach ihm um. Und tuschelten! Er musste sich Paula zur Brust nehmen. In der Möbelfabrik ihres Mannes hatte sie mitreden wollen, statt sich über dessen Wohlstand zu freuen und sich auf das zu besinnen, was einer Frau oblag und der Ehre genug war.

Nein, er würde sie zunächst mit Verachtung strafen, sie und diesen Verräter namens Hans Meichelbeck. Diesen elenden Quertreiber, dem er, ebenso wie seinem Bruder Wilhelm, viel früher die Tür hätte weisen müssen.

Dann hätte das nach dem schlimmen Brand neu erstandene Unternehmen floriert und die Kriegsjahre unbeschadet überstanden.

Theodor steckte sich seine Pfeife an. Wobei das stolze Wort Tabak dem Inhalt seines Beutels hohnsprach, denn der war mit Spänen gestreckt. Bereits in Legefeld würde er sich eine zweite stopfen müssen.

Es wurden bis Berka sogar deren drei, so kräftig zog er daran vor lauter Zorn. Über den Brand, den seine Frau Friederike verschuldet hatte. Der Neubau hatte den Betrieb zwar modernisiert, ihm jedoch jene beiden Quertreiber erst eingetragen.

Die Fahrt zog sich. Maximilian sah zum Fenster hinaus und träumte still vor sich hin. Und wie in einem Kinematographen zogen vor Theodors geistigem Auge seine Schicksalsschläge vorbei.

AUGUST 1892

Mit verzweifelt zusammengebissenen Zähnen hatte der junge Orgelbaumeister Theodor Bertram mit den Mannen der Berkaer Feuerwehr und der benachbarten Wehren gegen die Flammen in seiner Werkstatt angekämpft, um zumindest das Mauerwerk zu retten. Nun, da er wusste, dass all ihre Mühe vergebens gewesen war, kippte er, klebrig von Schweiß und Ruß, den letzten Zuber Löschwasser über sich selbst aus. Riss sich das Hemd vom Leib, stellte den Zuber umgedreht zu Boden und sank darauf nieder. Die linke Schulter tat ihm weh. Ein unter Hochspannung stehender Kolben war ihm vor einigen Jahren gegen die Schulter geprallt, weil ein Geselle bei ihm an der Maschine nicht achtgegeben hatte. Seitdem schmerzte das Gelenk nach zu großer Belastung.

Ein Feuerwehrmann stellte seinen Zuber neben Theodor ab, salutierte dem Inspektor und fragte: »Genug?«

»Genug«, beschied Inspektor Lehmann. Er entbot Theodor die Hand. Das Trauerbild der Brandruine erübrigte zu viele Worte.

Die Orgelbauwerkstatt war zerstört. Schweigend zogen die Feuerwehrleute an Theodor vorbei. Viele Hände, wenig Trost. Nur die Schulterstücke des Inspektors glänzten in der Abendsonne.

Der Letzte im Reigen war kein Einheimischer. Er kondolierte Theodor. Als stünde er am Grab seiner Frau Friederike oder gar seines Sohnes Maximilian.

»Gestatten, Hans Meichelbeck, Orgelbaugeselle, ein Schü-

ler von Friedrich Ladegast[*]. *Meine aufrichtige Anteilnahme.« Und, als wäre das noch zu wenig: »Mein tiefes Mitgefühl, es bricht mir das Herz. Es schlägt für alle Orgelbauwerkstätten, die Gottes Lob zum Klingen bringen.«*

Auch Theodor hatte bei Ladegast gelernt. Ihm eine Weile als Geselle gedient und bei ihm die Meisterprüfung abgelegt, bevor er sich in Berka selbstständig gemacht hatte.

»Vielen Dank, Herr Meichelbeck.«

»Keine Ursache.«

»Sie lernten also bei Ladegast?«

»Allerdings.«

Theodor stutzte. Für sein Alter war der viel zu selbstbewusst. Für einen Gesellen war er auch zu schick gekleidet. Nun gut, er hatte am Morgen sicher nicht damit gerechnet, beim Löschen eines Brandes anzupacken. »Ladegast wird alt, und sein Sohn hat nicht das Zeug, in seine Fußstapfen zu treten. Doch das ist es nicht allein.«

»Inwiefern?«

»Ladegast will nicht einsehen, dass die alte Zeit im Orgelbau vorüber ist. Bloß widerwillig öffnet er sich der pneumatischen Traktur.«

Meichelbeck schwieg. Ein Stirnrunzeln verriet jedoch, dass er anders dachte.

»Herr Bertram, sicher fragen Sie sich, wie es mit dem Betrieb weitergeht«, holte Meichelbeck das Gespräch zurück ins Hier und Jetzt. »Sind die Gebäude alle versichert, sind Rücklagen vorhanden?«

Theodor hob die Brauen. Diese fast an Neugierde grenzende Anteilnahme irritierte ihn – umso mehr, weil sie sich soeben erst kennengelernt hatten, dazu in dieser arg schwe-

---

* Orgelbauer (1818–1905) des 19. Jahrhunderts, ein Wegbereiter der deutschen Orgelbau-Romantik, der lange an der mechanischen Spielanlage festhielt.

ren Stunde. »An Herausforderungen wächst man«, erwiderte er die vorlaute Frage. Ihn verdross, dass Meichelbeck ihn um einen halben Kopf überragte.

»So möge es sein«, erklärte Meichelbeck. Er wünschte ihm einen guten Neuanfang und verabschiedete sich höflich von ihm.

Theodor sah sich um. Inspektor Lehmann kam auf ihn zu und deutete an, in der Brandruine erste Ermittlungen zur Ursache des Feuers tätigen zu wollen.

Da tat Kontrolle not. »Nein, jetzt nicht, nur zusammen mit der Gendarmerie.«

»Die ist schon unterwegs.«

Theodor dankte dem Inspektor noch einmal. Dieser wiederum war so taktvoll, ihn zunächst ein wenig zur Ruhe kommen zu lassen, und trat ab.

Theodor sank zurück auf den Zuber und setzte sich so, dass er das Mauergerippe nicht sah, das den florierenden Betrieb beherbergt hatte. Hielt sich die schmerzende Schulter. Rang um Fassung. Den Tränen nah, nahm er nicht wahr, dass der Geselle, der sich zuvor bei ihm vorgestellt hatte, nun zu ihm zurückkam.

»Herr Bertram?«

Er sah empor. Herr Meichelbeck bot ihm die Hand, als wollte er ihm von dem niedrigen Zuber in den Stand helfen. Theodor hebelte sich selbst hoch, dann fragte er: »Was führt Sie zu mir zurück?«

»Kann ich Sie unterstützen? Mich rührt die Not, die Sie getroffen hat.«

»Wie wollen Sie mir denn helfen? Sie sind nicht von hier.«

»Doch, ein wenig schon. Ich müsste etwas ausholen, um es Ihnen zu erklären.«

Theodor geleitete Meichelbeck weg von den Trümmern zum Wohnhaus, das zum Glück unversehrt geblieben war.

Aber ihre rußigen Kleider waren nichts für die gute Stube. Er führte den Gast zu der im Hof gelegenen Laube. Er bat ihn, auf dem von Efeu umrankten Freisitz Platz zu nehmen, bis es zu trinken gebe. Dann lief er an die Haustür und rief nach seiner Frau Friederike.

Nach geraumer Zeit kam das Dienstmädchen herbei. »Der Herr wünschen?«

»Ich hatte nach meiner Gattin gerufen.«

»Ihre Gattin ist unpässlich.« Die Dienerin machte einen tiefen Knicks und bekreuzigte sich. »Sie lässt bitten, verehrter Herr, und sich … bei Ihnen entschuldigen. Herrjemine, was für ein Unglück!«

»Na gut, das Ungeschick, das diesem Haus widerfahren ist, wird ihr schwer zu Herzen gestiegen sein«, knurrte Theodor eher zu sich selbst als zu seiner Bediensteten und erteilte den Auftrag, einen Krug Wein und frisches Wasser in die Laube zu bringen.

Als sie außer Sicht war, betrat er sein Haus, um kurz nach dem Rechten zu sehen oder, besser gesagt, zu riechen. Er schlüpfte in die im Windfang bereitliegenden Gamaschen und schnupperte, danach auch im Flur und im Herrenzimmer. Nichts wies darauf hin, dass etwas brannte oder sonst zu Schaden gekommen war. Doch wollte sich das Behagen, das er stets in dem mit Eichenholz vertäfelten und möblierten Herrenzimmer spürte, nicht einstellen. Viel Geld hatte er investiert, um die Tapeten und Vitrinen verzärtelter Generationen durch ein moderneres Interieur zu ersetzen. Geld, das er nun benötigte, um neu aufzubauen und den Betrieb zu modernisieren.

Auf dem Weg zurück nach draußen fiel ihm im Reigen der Fotos neben der Tür ein Bild auf, das sich nicht exakt in der Waagerechten befand. Er und sein Bruder Wilhelm hingen schief. Theodor korrigierte mit dem Zeigefinger, besah sich das Bild. Trotz der Abendsonne wirkte das Zimmer düster. Brauchte er stärkere Gläser? Unwillkürlich schnupperte er ein letztes Mal nach Qualm, dann eilte er, um der Dienerin zuvorzukommen, nach draußen und der Laube zu. Zu seiner Verblüffung saß Meichelbeck nicht auf einem der Gartensessel aus feinstem Teakholz, sondern auf dem kleineren Stuhl aus heller Fichte, den die Gattin eigens für ihren Filius Maximilian hatte haben wollen.

Theodor sah über diese Narretei hinweg und öffnete die Lade im Tisch, worin er Zigaretten, Zündhölzer und Aschenbecher wusste. Er bot Meichelbeck eine Zigarette an, entzündete sie ihm und eine für sich selbst und nahm auf einem der Sessel Platz, welchen er um 90 Grad drehen musste, um mit Herrn Meichelbeck Blickkontakt aufnehmen zu können. Eine Efeuranke, die nicht sorgsam gestutzt worden war, ragte in die Sitzgruppe.

Wo blieb sein Mädchen? Ehe der Wein serviert war, schickte es sich nicht, zur Sache zu kommen.

»Nun, Herr Meichelbeck, sitzen Sie bequem? Befriedigt Sie die Zigarette?«

»Das tut sie, vielen Dank.« Herr Meichelbeck erhob sich vom Stuhl. »Sie gestatten?«

Theodor sah auf. Sein Gast hatte ein Klappmesser aus der Weste gezogen. Er schnitt die in den Freisitz ragende Ranke ab, wofür Theodor extra aufstehen musste, und überreichte sie ihm.

»Wie aufmerksam.« Verschnupft von Meichelbecks forschem Gebaren, das ihn zum Gärtnerlehrling gemacht hatte, wandte sich Theodor zur Tür. Das Dienstmädchen kam mit Krügen und Gläsern aus dem Haus. Jetzt durfte er sich keine Blöße mehr geben. Er besann sich und nahm Platz; seine Dienerin schenkte ein, ein wenig ungelenk, da kaum eingearbeitet. Dies verschaffte ihm Zeit. Er reichte ihr die Ranke und rieb sich verstohlen die linke Schulter.

Meichelbeck wartete ruhig ab, bis das Dienstmädchen ihnen serviert hatte. Theodors Blicke galten Meichelbecks Händen. Diese waren frei von Schmutz, die Nägel auch. Mens sana in corpore sano – *in einem gesunden Körper steckt ein gesunder Geist.*

Die Gläser waren gefüllt, Theodor wies das Mädchen zurück ins Haus. Beim Knicks strauchelte sie und ging zu Boden. Meichelbeck half ihr hoch.

»Gnädigster Herr, ich bitte Sie um Verzeihung.« Das Mädchen glitt mit den Händen über ihre staubig gewordene Kluft und stakste davon.

Was für ein unbeholfenes Ding, dachte Theodor, seiner nicht würdig. Umständehalber würde er bei ihr den Rotstift ansetzen. »Noch mal danke für die Hilfe beim Löschen.« Er zog an seiner Zigarette.

Geselle Meichelbeck rauchte, ohne Aschekrümel hinabfallen zu lassen. »Sie ahnen vermutlich, dass es nicht völlig uneigennützig geschah.«

»Womit wir bei Ihrem Anliegen wären?«

»Ja. Ich weile in Berka bei meinem Onkel zu Besuch. Mit dem steht es leider nicht zum Besten. Nicht nur, dass Gott ihm keine Kinder schenkte und er vor Jahr und Tag seine Gattin zu Grabe tragen musste. Nun liegt er schwer krank darnieder und wird seine Tätigkeit als Wundarzt nicht mehr ausüben können. Er kann sich kein Personal mehr leisten. Deswegen bin und bleibe ich vorläufig bei ihm. Ich bin sein Patensohn. Not, worin auch immer sie besteht, lässt mich nicht untätig zuschauen. Deshalb half ich beim Löschen und sehe nun Ihr Elend. Ich möchte Ihnen helfen. Außerdem bin ich nicht nur Orgelbauer, ich habe auch die Gesellenprüfung im Tischlerhandwerk mit Erfolg abgelegt.«

Theodor schwieg. Er schätzte zwar Meichelbecks Paten, der im Ort viel galt. Trotzdem misstraute er dem allzu eil-

fertigen Gebaren des Gesellen. »Wie alt sind Sie?«, fragte er. »Verfügen Sie über Referenzen über Ladegast hinaus?«

»Bald bin ich 27 Jahre alt. Ich lernte vielerorts dazu. Auch bei Walcker in Ludwigsburg.«*

Theodor horchte auf. Walcker, der Begründer des modernen Orgelbaus hierzulande. »Besitzen Sie Zeugnisse?«

»Selbstverständlich.«

Theodor blickte in den Wein, er kam ihm trübe vor. Nun denn, er mochte Weinstein angesetzt haben. Bei Gott, was für eine Fügung, dieser Geselle! Der meinte es wirklich ernst! »Darf ich also beim Neuaufbau meiner Werkstatt mit Ihnen rechnen?«, fragte er, drückte seine Zigarette aus und stand auf.

Meichelbeck hatte noch nicht fertig geraucht, er legte die Zigarette in den Ascher. »Dürfen Sie. Alles Weitere walte Gott der Herr. Wie schon gesagt, mein Patenonkel wird für immer auf Hilfe angewiesen sein. Tagsüber kommt er aber allein zurecht.«

Die beiden erhoben das Glas.

»Auf Ihr Wohl, Herr Meichelbeck, und auf die Gesundheit Ihres Paten. Möge er lange leben.«

»Auf Sie! Auf Ihre Werkstatt, damit sie wiedererstehe und neu erblühe.«

Sie ließen die Gläser klingen. Theodor nippte, der Wein mundete trotz der trüben Farbe. Meichelbeck genoss ihn sichtlich. Sodass Theodor nachschenkte.

»Auf Meister Ladegast«, sprach Meichelbeck.

Theodor zog die Stirn kraus. Auf seine Lehrzeit bei »Meister Ladegast« brauchte Meichelbeck sich gar nichts einzubilden. Ladegasts Ruhm war vertan. Und: Ein Geselle hatte sich

---

* Großer deutscher Orgelbauer (1794–1872) des 19. Jahrhunderts in Ludwigsburg. Er perfektionierte neue Ladentypen und führte den Orgelbau so auch technisch zur spätromantischen Universalorgel. Seine Söhne und sein Enkel Oscar Walcker führten den Betrieb erfolgreich fort.

der Firmenraison zu fügen. »Auf den Fortschritt«, erwiderte er demonstrativ, dann stieß er mit Meichelbeck an. »Wer bei Walcker war, der sollte eigentlich wissen, dass Ladegasts Laden kein Betrieb ersten Ranges mehr ist.«

Meichelbeck fügte sich nun. Sie tranken, setzten sich wieder. Woraufhin Theodor Rufe hörte. Herr Inspektor Lehmann kam mit drei Gendarmen an die Pforte.

»Gestatten Sie, einen Moment«, sagte Theodor zu Meichelbeck und lief zu den Uniformierten.

Lehmann kratzte sich am Hinterkopf, als wäre ihm etwas unangenehm.

Der ranghöchste Gendarm nahm ein Metallteil aus seiner Rocktasche und erklärte: »Bedaure, Ihnen das zeigen zu müssen: Schwester Liederlich hat das Feuer verursacht.« Er stellte den rußgeschwärzten Gegenstand auf den Pfosten zwischen Gatter und Pforte.

Theodor erstarrte. Ein Kerzenständer? Gattin Friederike hatte bei ihrem abendlichen Kontrollgang eine Kerze in die Werkstatt gestellt und danach vergessen. Ausgerechnet gestern, am Samstag, wenn tags darauf keiner die Werkstatt betrat. Himmelherrgott, zum Teufel, wie oft schon hatte er ihr Kerzen untersagt mit dem Hinweis: »Nimm immer eine Petroleumlampe!« Weibsstück! Gefühlsduselei! Und dann das Dienstmädchen vorgeschützt, denn sie hatte ihm im Bewusstsein der Schuld nicht gegenübertreten wollen!

Theodor stemmte die Arme in die Flanken. Eigentlich sollte er auf Scheidung klagen. Über alles Weitere würde der Fortschritt und zu gegebener Zeit der elektrische Strom in Haus und Betrieb walten. Er dankte den Uniformierten für die Mühe. »Möchten Sie was zu trinken? Seien Sie mir zu Gast.«

Lehmann räusperte sich.

Der älteste Gendarm ermannte sich und sprach: »Haben Sie Dank, aber angesichts der Umstände möchten wir Ihnen nicht zur Last fallen.« Er gab Theodor die Hand. »Wir werden den Weimarer Hof in Kenntnis setzen und eine Beihilfe anheimstellen lassen. Denn nicht jede vergessene Kerze führt zu so einem Feuer.«

Theodor war darüber erleichtert, dass die Herren nicht auf der Gastfreundschaft beharrten. Auch Herrn Meichelbeck galt es zu vertrösten, um erst die fällige Nacht über alles schlafen zu können. Er kehrte zurück zu Meichelbeck, dankte ihm nochmals für die Hilfe und deutete an, über einen Dienstvertrag ab dem Monat Oktober nachzudenken.

Er rief nach dem Dienstmädchen, gebot ihr aufzuräumen und eilte ins Herrenzimmer. Dort war er vor Friederike und ihren Tränen voller Reue sicher. Möge sie sich den Abend über mit ihrer Schuld quälen!

NOVEMBER 1892

Auf dem Eichenholztisch im Herrenzimmer lagen Füllfeder und Dienstvertrag bereit.

Drei Herren im Rock. Hans Meichelbeck, Theodor Bertram und Theodors Bruder Wilhelm. Obwohl Wilhelm nur Geld- und Ratgeber und nicht Partei des Vertrags war, hatte er zugegen sein wollen.

Kein Champagner, nur Spätburgunder. Zu verdrießlich waren für Theodor die Präliminarien gewesen. Zunächst hatte er die Unterzeichnung des Vertrages hinausgeschoben, weil er um das Geld lange hatte bangen müssen. Dann jedoch hatte die Brandversicherungsgesellschaft sich dem Grunde nach für ersatzpflichtig erklärt; es ging daher nur noch um die genaue Summe.

Woraufhin Meichelbeck gezögert hatte, vermutlich weil er kurz vor Torschluss bei der Konkurrenz hatte anklopfen wollen. Meichelbeck hatte knallhart verhandelt. Wohl wissend, dass tüchtige Gesellen begehrt waren. Der Orgelbau florierte seit Jahren. Er hatte auf ein Sonderkündigungsrecht bestanden, falls sein Patenonkel starb. Zudem hatte Meichelbeck, der schon bald die Meisterprüfung im Tischler- und Orgelbauhandwerk ablegen wollte, sich für diesen Fall eine »namhafte Stellung« im Betrieb ausbedungen.

Theodor Bertram hatte sich darauf eingelassen – einlassen müssen. Genugtuung hatte ihm verschafft, dass seine Gattin vor ihm zu Kreuze gekrochen war. Friederike hatte sich bereiterklärt, für die Zeit des Wiederaufbaus auf das teure Dienstmädchen zu verzichten. So konnte er Gnade walten lassen und ihr die Unachtsamkeit verzeihen. Kerzen würde sie aber keine mehr anzünden dürfen.

Die zwei unterzeichneten den Vertrag, erst Theodor, dann der Geselle. Beide reichten sich die Hand und versicherten einander Loyalität.

»Na denn.« Wilhelm spitzte süffisant zu Theodor hinüber, griff in sein Jackett und nahm ein Futteral heraus. »Zigarre?«

Bevor Theodor reagieren konnte, klappte sein Bruder das Etui auf und hielt es dem Gesellen hin. Wilhelms Zigarren waren keine vom Krämer. Als Beamter bei Hofe verfügte er über stattliche Dienstbezüge, die es ihm erlaubten, die neue Werkstatt zu bezuschussen.

Letztlich profitierte Theodor von seinem Bruder, von seiner Schatulle und seinen Beziehungen nach Weimar. Zu Wilhelms Geldspritze und einer bereits avisierten Abschlagszahlung der Brandversicherungsgesellschaft war eine Spende des Hofes gekommen.

Schließlich saßen die Herren auf bequemen Sesseln am Teakholztisch beim Ofen. Theodor konnte zufrieden sein. Ihm war es gelungen, den tüchtigen Gesellen Meichelbeck an sich zu binden. Auch der Wiederaufbau der Werkstatt hatte Fortschritte gemacht. Die Lieferung des neuen Gasmotors, der mittels Getriebe und Riemen alle Maschinen im Hause zentral antreiben würde, stand für Anfang des kommenden Jahres an. Ein Modernisierungsschub.

Theodor Bertram öffnete also die Flasche Ahrburgunder und schenkte ein, Wilhelm und Meichelbeck erhoben sich.

»Auf die gemeinsame Zukunft, mein werter Bruder«, ließ sich Wilhelm vernehmen.

Theodor spitzte ob des ironischen Untertons die Ohren. »Auf die neue Werkstatt und Gottes Segen«, antwortete er.

»Amen.« Wilhelm stieß mit ihnen beiden an und setzte sich wieder.

Theodor schäumte. Was für eine peinliche Szene, und dies in Meichelbecks Gegenwart!

»Meine Herren, ich verabschiede mich«, sagte der prompt und bat um eine Vertragsausfertigung. »Mein Patenonkel hat sich am Fuß verletzt und ist beim Arzt. Ich muss ihn abholen.«

»Theodor, nun mal Tacheles«, sagte Wilhelm, als Meichelbeck außer Sicht war. »Meinst du im Ernst, du kriegst mein Geld für lau?«

»Wie?«

»Also danke für dein Geld und adieu?«

»Mal langsam.« Theodor korrigierte den Sitz seiner Krawatte. »Du warst in die wichtigen Entscheidungen eingebunden, und dabei wird es bleiben.«

»Soso.« Wilhelm setzte sich. Schob sein Glas Wein von sich weg. »›Eingebunden‹ nennst du das also. Ist nicht ganz meine Meinung.«

Theodor zuckte zusammen, das Rotweinglas in der Hand. Es war zum Glück fast leer. Worauf wollte Wilhelm hinaus? Wollte er Mitgesellschafter werden? Zu gleichen Teilen? Bisher war er als brüderlicher Ratgeber zufrieden gewesen. »Daher also deine Freigebigkeit. Nicht uneigennützig, wie ich finde.«

»Du weißt, warum«, knurrte Wilhelm. »Vater hat dich für den handwerklich Begabteren gehalten, zu Recht. Sein Wunsch war aber stets, dass auch mein akademisches Wissen dem Betrieb zugutekommt und ich nicht bloß der Dukatenesel bin. Er hätte es lieber gesehen, dass wir gemeinsam gründen. Du hast es nicht gewollt. Nun, da das Schicksal gesprochen hat und mein Geld dir den Neuanfang erleichtert, ist es nur recht und billig, dass du mich mit ins Boot holst.«

Theodor schnaubte, obwohl er es hatte kommen sehen. Jetzt musste er hart bleiben.

Eine halbe Stunde später.

»Abgemacht.« Theodor Bertram verteilte den restlichen Wein in die Gläser, wobei er Wilhelm mehr davon zugestand. Das Wichtigste hatte Theodor erreicht: Sein Bruder trat als »Stiller Gesellschafter« ein. Womit er Einlagen zu leisten hatte und an Gewinn und Verlust beteiligt war, aber von der Kommandobrücke ferngehalten blieb. Damit konnte Theodor leben.

Zupass war ihm gekommen, dass Wilhelm, der Beamte mit großherzoglichem Salär, sich letztlich vor der Verantwortung eines Vollmitgesellschafters gescheut hatte.

»Hafte ich dann unbegrenzt mit?«, hatte der Bruder schmallippig gefragt.

Tja. Kam davon, wenn man nach ein paar Semestern Philosophie ausgelernt haben wollte. Deshalb hatte Wilhelm in der großherzoglichen Verwaltung in eher unterer Stellung angefangen. Dafür, dies musste man ihm lassen, hatte er sich tüchtig hochgearbeitet. Er zeichnete für das großherzogliche Schulwesen mitverantwortlich und setzte sich für eine praxisbezogene Bildung ein. Lernen fürs Leben statt Trichtern in der Schule.

»Cognac?«, fragte Theodor.

»Gern.«

Theodor nahm Flasche und Schwenker aus der Vitrine. Alles Weitere würde sich einrenken. »Du bezahlst den Herrn Notar«, bestimmte er während des Einschenkens.

»Wie, ich soll den blechen?«

»Klar. Du willst schließlich rein und nicht ich hinaus.«

Wilhelm runzelte die Stirn. »D'accord.«

Beide hoben das Glas. Wärmten den Cognac an, genossen ihn schließlich.

»Aber glaube nicht, dass du die Einlage einfach so erhältst«, unterbrach Wilhelm die lange Stille. »Du wirst dich für deine Entscheidungen zu erklären haben. Vor allem wenn sie über den Tag hinausweisen.«

»Wie meinst du das?«

»Irgendwann wird sich die Frage stellen, wer im Betrieb an deine Stelle tritt«, erwiderte Wilhelm und fügte hinzu: »Das kann ganz unverhofft sein.«

»Was du nicht alles weißt«, spottete Theodor. Verschluckte sich am letzten Schluck und musste husten.

»Oder wir gründen, wie es der Reichstag neuerdings erlaubt, eine Gesellschaft mit beschränkter Haftung. Damit haften wir unterm Strich gar nicht«, fügte Wilhelm hinzu.

»Dann traut uns keiner mehr«, brachte Theodor zwischen zweimal Husten hervor. »Wir sind nicht in Berlin und erst recht nicht in London.«

Dieses Mal widersprach ihm sein naseweiser Bruder nicht, im Gegenteil. »Mit Freuden sehe ich die neuen Maschinen, unser Kapital trägt Zinsen des Fortschritts. Ich wäre bereit, die Einlage aufzustocken. Falls …« Wilhelm erhob sich. Er ging mit einem auf Theodor zielenden Wink an die Tür mit den Fotos. Vor dem Bild, das sie beide zeigte, blieb er stehen. »Falls die Richtung stimmt und du mich einbeziehst. Wie es Vater gewollt hat.«

Es roch verkokelt. Gemach, es war nur der Ofen. Der Abzug war zu fegen. Theodor fröstelte. Er lief in den Flur an die Garderobe, nahm die Strickjacke vom Haken und kroch hinein. Plötzlich waren die dunklen Bilder zurück, die Schreckensbilder der lichterloh brennenden Werkstatt.

DEZEMBER 1919

Es dämmerte bereits, bald riefen die Glocken der Kirche zur Christvesper. Paula hatte gewischt, sie lief mit dem Eimer nach draußen und kippte das Wasser in den Rinnstein. Dann hob sie den Blick – ein Mann steuerte durch die Dämmerung auf das Haus zu.

Maximilian. Allein.

Sie breitete den feuchten Lumpen über den Eimer, trocknete die Hände an ihrer Schürze, eilte ihrem Bruder entgegen und umarmte ihn. Er ließ es zu, widerwillig, als drohte er durch diese geschwisterliche Zärtlichkeit als »unmännlich« zu gelten. Die Frage, warum er allein war und wo Vater, verkniff sie sich.

»Vater ist direkt in die Kirche gegangen«, beantwortete er die unausgesprochene Frage. »Er will noch vor der Christvesper mit dem Pfarrer reden, danach hat der bekanntlich keine Zeit mehr.«

Klang nach einer vagen Hoffnung auf einen Wartungsvertrag für die Berkaer Orgel. Dennoch wirkte es fadenscheinig, weil jeder andere Tag für solch ein Anliegen geeigneter war.

Maximilian schien dies zu teilen. »Gehst du trotzdem mit uns in die Christvesper?«, fragte er.

Paula rang sich zu einem »Ja« durch – allein um Maximilians willen. Sie wrang den Lumpen aus und folgte dem Bruder ins Haus.

Das Essen, eine Gemüsesuppe mit Graupen, war fertig. Mutter hatte alle Läden abgeklappert, um an frisches Suppengrün zu kommen.

Wenig später betrat Paula mit Mutter und Bruder die Kirche. Von der Bank aus, in der die Familie zumeist saß, sah Paula Vater in die Bank für die Kirchenältesten drängen, obwohl er dem Gremium nicht mehr angehörte. Niemand nahm Anstoß daran.

Nach dem Ende des Gottesdienstes stieß Vater unerwartet rasch zu ihnen. Er gab Paula die Hand, ohne etwas zu sagen, auch nichts Unfreundliches.

Auf dem Heimweg fragte Maximilian: »Hast du mit dem Pfarrer gesprochen?«

»Klar. Kommen ja sonst zu nichts.« Dann schwieg er. Wortlos betrat er das Haus, bloß ein »Frohe Weihnachten« rang er sich ab.

Paula half ihrer Mutter beim Decken der Festtafel.

Nach dem Tischgebet des Vaters sah Mutter auf. »Herrje, es ist ja Mittwoch!«

Maximilian zuckte zusammen, hörte auf zu essen und langte an den Verband am rechten Arm.

»Ja und?«, fragte Vater. Er griff nach Maximilians Hand und zog sie vom Verband weg.

»Was meinst du mit ›es ist ja Mittwoch‹?«, fragte Paula an Mutter gerichtet.

»Dr. März hat uns verordnet, jeden Mittwochabend nach der Wunde zu schauen.«

Maximilian zog nun den Hemdsärmel zurück.

»Max, tu die Flosse da weg!«, schrie Vater und schlug ihm harsch auf die Hand. »Jetzt ist Weihnachten! Wunde, Wunde ... Als gäbe es nichts anderes mehr!«

»Vater!«, rief Maximilian, besänftigte aber sofort seine Stimme. »Bitte ... Es ist doch kein böser Wille. Ich beherzige nur, was der Arzt uns geraten hat. Du weißt, dass sich die Wunde immer wieder leicht entzündet hat. Sie braucht Sorgfalt und Pflege, auch weiterhin.«

»Wenn du ein Mann wärst und dir diese Wunde wenigstens im Kampf Mann gegen Mann geholt hättest. Iwo, selbst dies schaffst du nicht! Du verletzt dich aus purer Dummheit! Noch nicht einmal mit einer Haubitze weißt du umzugehen!«

Maximilian war erbleicht und presste die Lippen aufeinander.

Paula erhob sich, stemmte die Arme in die Flanken, ihr Stuhl kippte um. War es zu fassen? Ein Vater, der seinen eigenen Sohn nach einer Verletzung im Feld als Versager demütigte? »Was drischst du so auf Maximilian ein?«, schrie sie und hielt dem eisigen Blick ihres Vaters stand. »Schämst du dich nicht?«

»Nicht gegenüber einer Hure, die die heilige Ehe mit Füßen getreten hat.«

Paula hielt sich im Zaum, auch wenn ihr beinahe die Hand ausgerutscht wäre. Und konterte: »Nicht ich habe die Ehe gebrochen, falls die überhaupt heilig ist, sondern Herbert. Klar, das hat er dir nicht gesagt, der Schuft, daher sag ich es dir jetzt: Er schlug mich mit einem Stock, weil ich ihm im Guten – *sine ira et studio*, ohne Zorn und Eifer, wie du immer so schön sagst – erklärt habe, dass ich ihm seine Bücher nicht führe. Dafür hat er schließlich genug Angestellte in seinem Büro. Oder steht in deiner Bibel, dass ein Mann seine Frau schlagen darf? In meiner Bibel steht es nicht.«

Vater schwieg, sichtlich überrascht. Mutter war in Tränen ausgebrochen.

Paula blieb neben Maximilian stehen, der in seiner Suppe rührte. »Komm«, sagte sie.

Er stand auf, und sie hakte ihn unter. Gemeinsam verließen sie die Küche.

»Lass uns auf dein Zimmer gehen«, schlug Paula vor.

Er nickte.

Paula strich ihm beruhigend über den Verband und über Rücken und Schulter. Ihr Bruder weinte nun ebenfalls. Wie darauf reagieren? Ihn weinen lassen? Er brauchte sich dafür nicht zu schämen.

Als sich die Tür zu Maximilians Zimmer hinter ihnen schloss, hatte sich ihr Bruder wieder beruhigt. In einem konnte Paula nicht anders, sie sah sich im Zimmer nach Alkohol um. Der fand sich im Eck neben der Flasche mit Jod für die Wunde. Ein Likör und ein Flachmann, sicher gefüllt mit Schnaps.

Paula ging darüber hinweg. »Dann verbinden wir jetzt die Wunde an deinem Arm frisch?«

Maximilian nickte.

»Hast du das Nötige dafür hier?«

Paula wartete geduldig, bis ihr Bruder das Jod, eine Schere, die Packung Kompressen sowie eine Mullbinde beisammen und sich damit aufs Bett gesetzt hatte.

»Danke. Dann brauche ich Mama nicht zu rufen?« Das Zittern seiner Stimme verriet, dass Mutter sich davor gefürchtet haben musste.

»Nein, das lass mal, ich mache das.« Vorsichtig schnitt sie die alte Mullbinde durch, nahm die Wundauflagen ab und inspizierte die Wunde.

»Hat immer wieder gejuckt.«

»Sieht aber gut aus«, antwortete Paula erleichtert, denn ihr Bruder hatte heute bei der Orgelreparatur mit anpacken müssen. Umso mehr war sie froh, dass Maximilian nun auch auf die Wunde blickte und ihr Urteil bestätigte. Sie versah die Wunde mit Jod und verband sie frisch.

»Ich versteh es nicht«, murmelte Maximilian, holte ein Taschentuch aus seinem Nachttisch und schnäuzte sich. »Vater war nie so bös, höchstens hat er den Kopf geschüttelt, wenn ich Angst an der Säge oder den anderen großen Maschinen hatte.«

Das gab Paula doppelt zu denken. Weil ihr Bruder nicht nur vor Kriegswaffen, sondern auch vor Maschinen Angst zu haben schien. Ohne Maschinen aber kein Orgelbau, ein Dilemma. Klar, dass sich Maximilian schämte. Wer vor Maschinen Angst hatte, taugte in einer Orgelbauwerkstatt nicht mal zum Gesellen.

Und noch etwas legte Maximilian damit nahe: Der Zorn ihres Vaters galt vor allem ihr. Ihr Kommen hatte ihn, Weihnachten hin oder her, so sehr gereizt, dass er sich zu einer derartigen Grobheit Maximilian gegenüber hinreißen ließ.

Was also tun? Auf und davon? An einem Heiligen Abend käme sie lediglich zu Fuß nach Taubach.

Paula verwarf diesen Gedanken. »Kann ich dir noch etwas helfen?«, fragte sie ihren Bruder.

Maximilian hatte inzwischen die Krawatte abgenommen. Die Weste jedoch behielt er an und sagte: »Lass uns wieder hinuntergehen, bitte, ich möchte nicht, dass Mutter allein ist.«

Allein mit Vater … Paula folgte Maximilian die Treppe hinunter. Die Wohnzimmertür stand halb offen. Maximilian hielt inne. Paula spitzte hinein. Ihre Eltern hockten nebeneinander auf dem Sofa. Hatten sie miteinander gesprochen? Wenn ja, dann gewiss auf Mutters Betreiben.

Maximilian nickte Paula zu. Betrat als Erster den Raum und berichtete: »Paula hat mir einen neuen Verband angelegt, es ist alles in Ordnung.«

Mitnichten, dachte Paula. Aber egal. Sie würde Vater nicht zur Rede stellen. Nicht jetzt. Vielleicht bereute er seine Grobheit doch.

Vater stand auf, bat Maximilian mit auffallend sanfter Stimme neben sich aufs Sofa. Mutter wich bereitwillig, sodass er sich setzen konnte. Dann hauchte Vater: »Ich habe dir wehgetan. Es tut mir herzlich leid.«

»Schon recht, danke.«

»Möchtest du dich auch bei mir entschuldigen?«, fragte Paula.

Vater wich ihrem Blick aus und sah betreten zu Boden. Seine glanzlosen Augen verrieten Einsam- und auch Hilflosigkeit. Er schien keinen guten Freund zu haben, mit dem er all seine Sorgen um den Betrieb und dessen Zukunft teilen konnte. Denn mit allen, die damit vertraut waren, hatte er sich überworfen.

Mit seinem Bruder und mit Hans.

*

Am Nachmittag des 25. Dezember kehrte Paula zurück nach Taubach. Hans war so klug, sie nicht auszufragen.

Er riet ihr tags darauf, ins Holzlager zu gehen. »Du stehst so arg unter Strom«, meinte er. »Hack frisches Holz für den Ofen, das tut dir gut.«

Paula brachte den Tag mit Holzspalten zu. Am Abend war ihr leichter.

JANUAR 1920

Alle Pfeifen der Trampeli-Orgel aus dem Vogtland waren nun in Hans' Werkstatt angekommen. Hunderte Stimmen wollten instandgesetzt werden. Jede war eingehend auf Macken und Schäden zu begutachten. Und fürs Erste einer Grobreinigung zu unterziehen.

Nicht nur der Zahn der Zeit nagte unerbittlich an der Orgel. Der Krieg hatte klaffende Lücken geschlagen, die Zinnpfeifen waren verloren und allenfalls provisorisch ersetzt worden. Mindestens ebenso schwer wogen Materialknappheit und die Geldentwertung.

Hans würde nicht umhinkommen, nach einem weiteren erfahrenen Gesellen zu suchen. Denn Volker arbeitete auf sein Geheiß hin überwiegend in der Metallwerkstatt mit den

Metallpfeifen, Paula in der Holzwerkstatt. Er selbst musste deshalb pendeln.

Gerade befassten sich Hans und Paula mit den Gedackten, den oben mit einem Hut verschlossenen Pfeifen. Sie befreiten die Pfeifen von grobem Schmutz und begutachteten sie auf Schäden; nicht wenige waren zu ertüchtigen oder zu ersetzen.

Paula verrichtete zielstrebig ihre Arbeit, denn zum Schmiegen des Holzes war keine Zeit. Dabei war sie sehr schweigsam. Die Schatten von Bad Berka reichten bis Taubach – und machten vor der Werkstatt nicht Halt.

»Du bist so still.« Hans an einer Basspfeife. »Die ganze Zeit schon.«

Paula blickte von der Arbeit auf. Nicht sein »so still« gab ihr zu denken, sondern die Frage, warum er es erst jetzt aussprach. Vermutlich weil sie unter enormem Zeitdruck standen. Hans hatte der Kirchengemeinde die Rückkehr und Montage der Pfeifen für Juni avisiert. Dazu warteten die Orgeln aus dem Ort nahe Chemnitz und der hessischen Kleinstadt. Außerdem würde Paula bald nicht mehr jeden Tag im Betrieb sein. Zwar war sie aufgrund ihrer Vorbildung nicht berufsschulpflichtig, Hans hatte ihr dennoch zu holzfachlichem Unterricht geraten. Gewiss würde sie dort mit der unausgesprochenen Frage der Männer konfrontiert werden, ob sie etwa nicht verheiratet sei.

Auch Volker schien sich diese Frage zu stellen – und ebenso zu verkneifen.

Schritte. Der Geselle trat mit einer kleinen Metallpfeife in die Tür und fragte Hans: »Hast du Zeit für mich?« Es klang zumindest nicht feindselig.

»Sofort.« Hans reichte Paula die Pfeife, mit der er beschäftigt war. Dann sagte er: »Ich spüre es, du hattest Scherereien zu Hause.«

Paula zuckte die Achseln. »Klar.« Sie legte die Pfeife ab. »Ist nicht so nebenbei erzählt. Weil alles weit tiefer geht.« Was sie belastete, ging über »Orgelbau Bertram«, Vater und Maximilian hinaus. Die Enge der Stube über Hans' Werkstatt bedrückte sie jeden Abend, die Dunkelheit der Winterzeit, die labilen politischen Verhältnisse und die Sorgen ums Auskommen setzten ihr zu. An den langen Winterabenden bot ihr Zimmer wenig Zerstreuung. Bücher waren ihr zu teuer, außerdem müsste sie nach Weimar, um sie zu kaufen.

Trost und Zuversicht gab die Arbeit. Mit der Paula heute unerwartet bis zum Feierabend allein war. Hans blieb bei Volker, also beim Metall. Paula reinigte weitere Gedackte, prüfte das Holz auf Erhaltung, Schäden und Holzwurm und sortierte sie nach Dringlichkeit vor.

Gegen drei am Nachmittag brach die Sonne durch die Wolkendecke; sie machte es hell im Raum und nährte Paulas Hoffnung auf ein schönes Abendrot.

Wenig später kam Hans zu ihr zurück und schaute nach den vorsortierten Pfeifen. Nickte ihr bestätigend zu und rief früher als sonst zum Feierabend.

»Ich brauche Licht, frische Luft«, erklärte Paula und streckte die Glieder.

»Ich auch. Kommst du mit auf einen Spaziergang?«

»Gern.«

Sie hängten ihre Kittel nebeneinander an die Haken, sahen prüfend an sich hinab. Auch ihre Kluft ähnelte sich: hier ein Terpentinfleck auf der Hose, da graue Spuren am Hemd. In Taubach trug werktags niemand Sonntagsstaat. Sie zogen ihre Mäntel an, er band ihr hinten den Wollschal. Ohne dass er es darauf abgesehen hätte, schmiegten sich seine Hände an ihren Hals. Wohligkeit erfüllte Paula, sie spürte durch die Hose, wie sich an ihren Beinen die Härchen aufrichteten.

Sie mieden das Dorf, liefen hügelan. Unter den Gleisen der Bahn nach Jena hindurch gewannen sie an Höhe. Tatsächlich gab es ein intensives Abendrot.

Auf der Höhe beruhigte sich Paulas Atem. Sie erzählte Hans von den Weihnachtstagen bei ihrer Familie und sparte nichts aus. Stockte ihr die Stimme, strich ihr Hans beruhigend über den Rücken.

»Schlimm«, bemerkte er an einer Wegegabelung. Und in die anbrechende Finsternis.

»Gut, dass ich zu tun habe. Gerne würde ich noch fester mit anpacken. Lass mich an die Säge, auch beim Metall – mehr Kraft, nicht so zimperlich.«

»Dein rechter Schuh ist offen.«

Paula schnürte sich die Senkel. Darauf spann sie den Faden weiter: »Ich muss mich spüren, sonst bangt mir vor mir selbst. Jetzt, da ich frohgemut und optimistisch sein müsste, quält mich oft Traurigkeit.«

»Ist der Winter.«

»Eher die Angst vor der eigenen Courage.«

Ein Zug näherte sich aus Richtung Jena. Noch war er nicht zu sehen.

Paula lauschte. »Die Gleise singen.«

Auch Hans hob den Kopf. »Singende Gleise? Was du nicht alles hörst.« Er hielt inne, lächelte. »Ja, damals schon, als Mädel. Du hast ein feines Gehör. Bist musikalisch. Hattest du nicht mal Klavierunterricht?«

»Ja, weil mein Vater es wollte. Aber nur, bis es ihm zu teuer wurde.«

Sie liefen weiter, der Zug donnerte an ihnen vorbei. Als er außer Sicht war, sangen die Gleise wieder. Paula erspürte die Melodie. Ja, sie vernahm, was andere nicht oder noch nicht hörten.

»Hans?«

»Ja?«

»Ich möchte an deinen Orgeln nicht bloß bauen, ich möchte sie auch spielen.«

Hans nickte zögernd. »Du hast das Zeug dazu. Aber die Organisten sind fast immer Männer. Erst recht die hauptamtlichen Kantoren. Du wirst einen Platz auf der Orgelbank erkämpfen müssen.«

»Lass mich kämpfen. Nichts anderes habe ich zeit meines Lebens getan.«

Paula schrieb an den folgenden Tagen Briefe an Organisten und Pfarrer. Kein einziger wurde beantwortet. Weimar fror, hungerte, fieberte. Politische Scharfmacher wetterten gegen die junge Demokratie.

Hans schien leider recht zu behalten. Staat und Gesellschaft balgten ums Überleben. Fettrationen, Kohlen im Keller waren wichtig, bewegten die Massen – nicht die Gleichberechtigung von Mann und Frau.

Weimar rang um seine Rolle. Zumal sich konservative Kräfte auf das klassische Erbe der Stadt beriefen. Sie durften damit nicht durchdringen.

MÄRZ 1920

»Gott befohlen.« Hans sprach wie ein Pfarrer, und er klang besorgt. »Pass bitte auf. Halte dich von Gewalttätigen fern. Nicht blindlings Faust auf Faust.«

»Sollen wir all denen, die gegen die Demokratie sind, auch noch die andere Wange hinhalten?«

»Sei vorsichtig«, beharrte Hans. »Denk daran, schon unser Lehrvertrag ist deinem Vater verpetzt worden. Also nicht mit dem Kopf durch die Wand.«

»Ich werde auf der Hut sein.«

»Möge die Kraft der Demokratie siegen.«

Paula kroch in den Mantel, in dessen Futter sie ein Messer wusste. Für alle Fälle. Bedrohlich klangen die Nachrichten von einem rechtsgerichteten Putsch in Berlin. Die Unruhen drohten auf Weimar überzugreifen.

Noch war Weimar weit, Frauen gingen geduckt ihrer Wege. Sie trugen Taschen und Körbe, waren unterwegs für das tägliche Brot. Fürs nackte Überleben.

Gut, dass Hans einen Garten besaß.

Paula wurde kalt, sie beschleunigte ihre Schritte, passierte Oberweimar, wo sich die Straßen belebten. Männer kamen aus Werkstätten und Fabriken, sammelten sich, an der Kluft als Arbeiter erkennbar. Paula hielt sich von ihnen fern. Im Park an der Ilm, den Paula durchquerte, war es friedlich, doch ums Weimarer Schloss, das nun der Republik gehörte, tobten erste Unruhen. Schreie um Brot und Arbeit mischten sich mit Sprechchören gegen die Feinde von Republik und Demokratie.

Auf dem Marktplatz uniformierte Männer, dazwischen an den Ständen verängstigte Frauen mit Körben. Etwas abseits des Geschehens eine Frau in Hosen, in etwa so alt wie Paula, mit einem Mann in Anzug und Rock. Paula lief auf die beiden zu und fragte: »Ist die Lage unter Kontrolle?«

Der Herr machte sich in Richtung Fürstenplatz davon zu einem anderen Herrn, den er offenbar kannte.

»Keine Sorge«, versicherte ihr die Frau, »wir werden siegen. Weimar wird sich den Schergen nicht beugen.« Eine Nelke zierte ihre Bluse. Sie war Angehörige der SPD.

»Mögen Sie recht behalten.«

»Genossin?«, fragte die Frau rundheraus.

»Nein.« Paula erinnerte sich an Hans' Warnung und wich einen Schritt zurück.

»Verzeihung.« Paulas Befremden ob dieser Frage war der »Genossin« nicht entgangen. »In meinem Übereifer versäumte ich es, mich erst einmal vorzustellen. Mein Name ist Magdalena Vierling. Ich bin Lehrerin an der Volksschule in Vieselbach und engagiere mich in der SPD für die Rechte der Frau.«

Paula horchte auf.

»Freut mich«, entfuhr es ihr, und sie bereute es noch im selben Atemzug. »Ich mache seit Kurzem eine Lehre. Als Orgelbauerin.«

»Mutig, mutig«, raunte Frau Vierling mit einem Unterton, der bedrohlich klang.

Paula dachte erneut an Hans und geißelte sich ob ihrer Vertrauensseligkeit – neben einer Aktivistin der SPD.

»Tut mir leid«, wisperte Frau Vierling. »Ich spüre, Sie fühlen sich beobachtet. Doch seien Sie unbesorgt, ich übe strenge Vertraulichkeit.«

»Sie schon, aber die Passanten?«, überlegte Paula laut und wollte sich verabschieden.

Da fragte Frau Vierling: »Kennen Sie vielleicht die Orgel der Stadtkirche hier in Weimar?«

»Wie kommen Sie darauf?«

»Ich spiele gelegentlich auf diesem Instrument. In Vertretung des hiesigen Kantors.«

Paula fasste es kaum. Eine Organistin, eine Kantorin gar, auf die sie insgeheim hoffte?

Wo sonst als hier in der Stadt und unter den Verteidigern der Demokratie hätte Paula, die Pionierin im Handwerk, auf eine Amazone der Orgelbank treffen können? »Spielen Sie jetzt gleich?«

Frau Vierling nickte. »Ich würde mich glücklich schätzen, Sie bei mir zu wissen.«

Nun gab es kein Zurück. »Ich begleite Sie gern.«

In der Kirche herrschte wohltuende Stille. Wenige Menschen, Touristen womöglich, die sich vor all den Unruhen geflüchtet hatten, säumten sichtlich ratlos die Reihen, einige Personen hockten reglos in den hinteren Bänken. Anscheinend beteten sie.

In die Kirchen zog der Frühling zuletzt ein. Paula knöpfte den Mantel wieder zu, schlang den Schal fester. Dann stapfte sie mit Frau Vierling die Treppe zur Empore hinauf. Dort tat, wie Paula von ihrem Vater wusste, ein modernes Instrument aus dem Hause Walcker Dienst.

Umso verblüffter war Paula, als sie droben vor der Orgel standen. »Was ist das für ein Prospekt?«, fragte sie eher sich selbst als Frau Vierling.

»Die Schauseite der Orgel stammt noch von der vorherigen, einer Trampeli aus dem Vogtland.«

Paula nickte. Hans und sie restaurierten gerade eine Orgel dieses Meisters.

Magdalena Vierling begann zu spielen. Paula nahm auf einer Bank Platz. Ihr Vater hatte ihr oft genug eingetrichtert, wie sehr Bewegung die Organisten störte.

Nach wenigen Sekunden war Paula von Musik durchflutet. Ein gravitätisches Werk, das nach Bach klang. Und doch nicht nach Bach. Das sie noch nie gehört hatte. Obwohl großzügig registriert war, klang diese Walcker-Orgel neblig. Überall sonst hätte dieser Nebel, dem Paulas Vater in seinen Orgeln nacheiferte, ihr die Nackenhaare aufgerichtet. Hier wartete Paula jedoch ruhig auf das zweite Stück, für das Frau Vierling anders, viel obertöniger, registrierte. Ein Perlen kurzer Töne. Paula staunte – Walcker konnte auch wie Silbermann klingen!

Nach dem Schlussakkord registrierte Frau Vierling ab und kramte in einer Mappe mit Noten.

Paula erhob sich und applaudierte ihr. »Was waren das für Stücke? Habe ich noch nie gehört.«

»Von Bach. Sein ›Pièce d'Orgue‹, daraus zwei Teile, das Grave und das Très vitement.«

»Bach à la Française«, sinnierte Paula. Ein Stück, das mit Bismarck auf Nimmerwiedersehen in den Notenschränken verschwunden sein dürfte.

Frau Vierling erriet ihre Gedanken. »Hat es Ihnen gefallen? Es grenzt an Hochverrat, dieses Stück noch zu spielen.« Sie schmunzelte spitzbübisch. »Ein Orgelstück ohne Fuge. Bach war toleranter als wir Deutschen heute.«

»Ja, wie wahr. Ich möchte es selbst spielen. Ich möchte bei Ihnen lernen.«

»Ich unterrichte Sie gern. Allerdings spiele ich nebenamtlich und vertretungsweise, habe also keine Orgel zu Eigen. Deshalb müssen wir das überlegt organisieren.«

»Ich wohne in Taubach.«

»Taubach?« Frau Vierling glitt über die Bank zu Paula hin, schlug ihre Beine übereinander. »Da war ich bisher nicht. Kennen Sie den Pfarrer?«

Sosehr Paula Orgeln faszinierten, so arg fremdelte sie mit der Kirche. »Nein, leider nicht.«

»Lassen Sie uns gemeinsam bei ihm vorsprechen. Hätten Sie morgen Zeit?«

Jetzt galt es. Hans würde ihr dafür freigeben, da war Paula sich sicher. »Ja.«

»Nachmittags um vier an der Taubacher Kirche?«

»Wie es Ihnen passt.«

»Nun wüsste ich noch gern, wie Sie heißen.«

Paula zögerte. Motte, ihren Ehenamen, hatte sie noch nie gemocht, vor dem Mädchennamen graute ihr. Ihren Vater kannte jeder, der rund um Weimar an einer Orgel saß.

»Paula.«

»Paula, sehr schön.« Frau Vierling bot ihr die Hand. »Seien wir per Du. Magdalena. Gern auch Magda.«

*

Anderntags wechselten sie in der Werkstatt das Material. Paula befasste sich heute mit den Metallpfeifen, Volker mit denen aus Holz. Hans pendelte zwischen ihnen hin und her.

»Sag mal«, fragte Paula, als sie die erste Zungenpfeife ihrer Orgelbaulehre begutachtet hatte und nun von grobem Dreck befreite, »ist das wirklich ein Problem mit dem Blei?«

»An die Säge sollte ich dich mit der Pfeife nicht lassen.« Hans ging an das Waschbecken, seifte die Hände ein und spülte sie ab. »Aber ... wo kein Kläger, da kein Richter, nicht wahr?«

Sein schelmisches Zwinkern beruhigte Paula ein wenig und ließ sie an Magdalena denken. Sie fokussierte sich auf die Zungenpfeifen, Basspfeifen, eine Posaune 16'. Rasch erkannte sie an den Metallblättchen: Die konnten nicht mehr klingen. »Schau mal, Hans, bei der fehlt das Blättchen ganz.«

»Die brauchen wir neu.« Hans nahm einen Bleistift aus dem Kittel. »Lassen wir notfalls zuliefern.«

So verging der Tag, bald war es kurz vor vier. Hans geleitete sie hinaus. »Grüße bitte die Orgel.« Dabei schien er die Last zu spüren, die Sorgen, die Paula plagten. »Es wird alles gut. Gott befohlen.«

Noch so ein Gott. Paula bedankte sich für den Zuspruch und machte sich auf den Weg.

Vor der Kirche wartete Magdalena bereits, neben ihr ein Herr im dunklen Paletot. Fehlte allein der Talar. Auffallend jung für einen Pfarrer, dachte Paula.

Er kam lächelnd auf sie zu und begrüßte sie mit den Worten: »Pfarrer Herwig. Seien Sie willkommen.«

Paula scheute sich. Denn diesmal konnte ihre Vorstellung nicht bei ihrem Vornamen bleiben. »Sehr erfreut, Paula Bertram.«

Pfarrer Herwig zeigte keine erkennbare Regung. »Sie lernen also bei Herrn Meichelbeck Orgelbau? So ist es mir von Frau Vierling zugetragen worden.« Pfarrer Herwig redete nicht wie ein Thüringer, eher fränkisch.

»Ja, richtig, und ich möchte meine Instrumente, die ich bauen werde, auch spielen können.«

»Das kann ich verstehen«, sagte Pfarrer Herwig. Er deutete zur Kirche und erläuterte: »Unsere Kirche ist nicht so alt, wie sie vielleicht wirkt. Sie wurde um 1850 im neo-romanischen Stil errichtet, nach Plänen von Clemens Wenzeslaus Coudray, dem Weimarer Hofarchitekten.«

Dazu passte die Orgel von 1853, stellte Paula fest, nachdem sie die Empore betreten hatten. Das Instrument hatte zwei Manuale, wie die Klaviaturen einer Orgel genannt wurden. Paula betrachtete das Instrument zunächst von einer Bank aus. Jeder Prospekt, also jede Vorderansicht, war wie ein Lehrbuch des Tischlerns und des Orgelbaus.

»Kommst du bitte?«, rief Magdalena ungeduldig.

Paula sah sich um. Herr Herwig war nicht mehr zu sehen.

Stattdessen wartete am Balgtritt ein Bub, sicher des Pfarrers Sohn. Womit die Frage beantwortet war, wer für den Wind sorgte. Sie eilte zu Magdalena an die Orgel. Blickte an sich hinab. In den Stiefeln träfe sie zwei Pedale auf einmal.

Magdalena legte eine Orgelschule aufs Notenpult. »Herwig gewährt uns die Orgel für den Unterricht und hat uns sogar die Schlüssel anvertraut.«

»Du bist aber doch aus Vieselbach.« Paula fasste sich ans Kinn. »Ist ein Stück weit. Da haben wir Unkosten.«

»Keine Sorge«, antwortete Magdalena. »Geld ist nicht alles, schon gar nicht jetzt. Für mein Auskommen ist gesorgt, für deines vermutlich nicht.«

Unwillkürlich fiel Paulas Blick auf ihren rechten Ringfinger. Er sprach Bände. Die Ehe war vorbei, ihre Furchen waren noch zu sehen, zumindest am Ringfinger.

»An die Orgel!« Magda rutschte von der Bank. »Sicher hast du Klavier gelernt und ›Für Elise‹ für deinen Herrn Vater gespielt.«

»Nicht einmal ›Ännchen von Tharau‹. Der Unterricht war ihm auf Dauer zu teuer.« Paula nahm Platz. Zum Glück ließ sich die Höhe der Bank verstellen. »Soll ich die Stiefel ausziehen?«

»Wir beginnen mit den Fingern.« Magdalena blätterte in ihrer Orgelschule zu einem zweistimmigen Satz des Liedes »Lobe den Herren, den mächtigen König der Ehren«.

Gezogen waren Principal* 8' sowie auf dem anderen Manual Flöte 8' und 4' für die Melodie.

Nach drei Versuchen spielte Paula zu der Melodie auch den Bass auf dem ersten Manual mit der linken Hand flüssig.

---

* Principale sind die tragenden Grundstimmen, auf allen Orgeln vorhanden, auch den kleinen. Sie sorgen für breiten, flächigen Orgelklang und zieren den Orgelprospekt. Ein Principal von vier und zwei Fuß heißt meist Octave.

»Großartig! Nun etwas schneller.«

»Schneller? Der Organist in Bad Berka spielt dieses Lied viel langsamer.«

»Das Erbe des Kaiserreichs.«

Im Nu war die Stunde vorüber. Magda gab dem Pfarrerssohn fürs Balgtreten ein Trinkgeld. An Paula gewandt erläuterte sie ihren Plan: »Ich habe einen weiteren Orgelschüler in Mellingen, den ich am Samstagnachmittag unterrichte. Von Montag bis Samstagmittag bin ich schließlich Lehrerin an der Volksschule – und du in der Lehre. Ich werde dich direkt nach ihm unterrichten und von dir kein Geld verlangen, denn der andere Schüler zahlt gut.«

Paula bedankte sich. Begleitete Magda ein Stück weit, dann lief sie über den Plan zu Hans zurück.

Sie hatte ihm viel zu erzählen, weshalb sie bis in die Nacht in der Werkstatt saßen. Nebenbei übte sie, an Abstrakten zu sägen, den hölzernen Zügen einer mechanischen Traktur zwischen den Manualtasten und den Laden unter den Pfeifen.

APRIL 1920

In der Woche von Paulas dritter Orgelstunde kam der Lenz ins Land gezogen. Frohgestimmt schlüpfte Paula das erste

Mal in diesem Jahr in die flachen Halbschuhe, für ihre erste Stunde mit Pedalspiel.

Ferse, Spitze, Gleiten – eine neue Herausforderung für Paula. Dazu Glückshormone, die sie zurück in die Werkstatt tanzen ließen. Zugute kam ihr, dass sie in Taubach bei der Arbeit und nun auch beim Orgelspielen Bad Berka vergessen konnte. Als wäre es mehrere Tagesreisen weit weg.

Hans war nicht da. Späne lagen herum, der Besen lehnte an der Wand. Als Paula nach Hans suchte, erspähte sie im Vorraum einen Brief.

Ihr Herz setzte einen Schlag lang aus. Das Schreiben war an sie gerichtet, der Absender ihr Vater.

»Hans?«, rief sie ein weiteres Mal.

Ach ja, es war Samstag. Da spielte er mit zwei befreundeten Handwerkern in Oberweimar Skat.

Paula fror, trotz ihrer Jacke, die sie eilig überstreifte. Sehnte sie sich nach Zuspruch? Nach einer stärkenden Umarmung?

Sie nahm den Brief mit auf ihr Zimmer und beschloss, ihn erst am Montag zu lesen. Doch kaum hatte sie ihn auf den Tisch gelegt, nahm sie ihn wieder zur Hand und öffnete ihn ungeduldig.

Mein lieber Herbert,
aus zuverlässiger Quelle habe ich erfahren, dass meine Tochter, die sich selbstsüchtig, unbefugt und hinterhältig von Dir losgeklagt hat, in Weimar neuerdings mit Aktivisten der SPD verkehrt. Von Meichelbeck erzählte ich Dir bereits. Dieser Parasit ist dabei, für seine Orgelklitsche Steuergeld zu akquirieren. Um uns, die wir für das letzte Viertelpfund an Wohlstand sorgen, das Wasser abzugraben!
Ich werde daher anlässlich der Übergabe an Maximilian so verfügen, dass Paula keinen Anteil am

Betriebsvermögen erhält. Ihr Gebaren ist über Berka hinaus Alltagsgespräch, der Verlust an Reputation pures Gift für mein Unternehmen. Ich weiß, dass ich in selbiger Angelegenheit zumindest auf Deine Unterstützung bauen kann. Tausend Dank dafür, es wird Dein Schaden nicht sein.
Herzlichst
Dein Theodor

Paula traute ihren Augen nicht. Die Rachsucht des Vaters kannte keine Grenzen. Sie faltete das Schreiben zusammen.

Blieb die Frage: Warum war das an ihren früheren Gatten gerichtete Schreiben ihr zugegangen? Es trug ihres Vaters energische Handschrift.

Jedenfalls war jetzt klar: Bald würde ihr Bruder Maximilian das Unternehmen auf seinen schmalen Schultern tragen und womöglich daran zerbrechen.

Vage die Hoffnung, dass Vater zumindest eingesehen hatte, dass er Maximilian helfen, ihm Rückhalt geben musste, statt ihn für einen Schwächling zu halten. Blieb der Alkohol, der Flachmann neben dem Jod. Hätte sie es doch zu Weihnachten thematisiert, zumindest Maximilian gegenüber. Und so, dass er sich nicht bloßgestellt fühlte.

Gedanken, die Paula übers Wochenende stumm begleiteten. Hans sprach sie nicht auf das Schreiben ihres Vaters an. Sie dankte es ihm im Stillen.

*

Endlich kam der Montag. Paula wartete die Mittagspause ab, um ihre Mutter von der Post aus anzurufen. Hans hatte in der »guten Stube«, die nun nur noch als Büro diente, mittlerweile selbst ein Telefon, aber das konnte sie ihm nicht belagern.

Häufig riefen Kunden an. Hans musste dann heikle Details abklären oder bei Auftraggebern Zeit rausschinden. Abgesehen davon lag Paula ihm genug auf der Tasche. Er hatte ihr fürs zweite Jahr ein höheres Lehrgeld in Aussicht gestellt.

Draußen kam ihr der Postbote zuvor. Er hatte einen Brief für sie dabei.

Ein Schreiben ihrer Mutter.

Paula machte kehrt. Sie eilte mit dem Brief in das Holzlager, wo sie allein war, und schlitzte das Kuvert mit ihrem rechten Zeigefinger auf.

Meine liebe Paula,
als trüge unser Haus nicht schon Kummer genug, hat uns ein weiterer Schicksalsschlag ereilt. Vor einigen Tagen hat Vater wohl ein Schlaganfall ereilt. Er war nicht voll orientiert, hatte mit geistigen und motorischen Aussetzern zu kämpfen. Aber Du kennst ihn, er zeigt keine Schwäche. Ich konnte ihn nicht einmal dazu bringen, ein Krankenhaus aufzusuchen. Gottlob geht es ihm etwas besser, doch ich bin trunken von Sorgen. Der nächste Schlagfluss wird vermutlich nicht so glimpflich abgehen.
Hoffe auf Post von Dir. Noch mehr auf Deinen Anruf. Vater ist seit heute auf Montage.
In nie versiegender Liebe
Deine Mutter

Paula sank auf den Holzklotz. Fast hätte sie sich auf ihr Beil gesetzt, das darin steckte.

Ein Brief, der neue Fragen aufwarf, aber ihr zumindest eine Antwort gab: Vater war wohl nicht im Vollbesitz seiner Kräfte gewesen, als er den bösen Brief geschrieben und diesen falsch adressiert hatte.

Vater montierte also. Einesteils gut, denn dann war er nicht zu Hause und sie konnte Mutter unbehelligt anrufen. Dass er aber, kaum von einem Schlaganfall genesen, in großer Höhe herumturnte, ließ sie erschaudern. Sie glitt mit ihren Händen am Holzklotz hinunter und zog sich dabei einen Spreißel am linken Zeigefinger.

Paula rubbelte ihn aus der Haut. Zurück ans Tagwerk. In der Werkstatt häufte sich die Arbeit. Bei der Trampeli-Orgel aus dem Vogtland hatten sich Pfeifen in allen Registern als so marode erwiesen, dass sie nicht mehr zu retten waren. Verzogen, nicht mehr zu stimmen oder von Schimmel und Holzwurm befallen, mussten sie durch neue ersetzt werden. Sie arbeiteten an einem Principal 4' aus Zinnbleilegierung. Ihr zuliebe ließ sich Hans die Rohlinge liefern. Bald kamen die ersten Pfeifen der Orgel aus dem Chemnitzer Umland. Auch Hessen würde sich nicht mehr ewig vertrösten lassen.

Paula hatte zu lange im Holzlager gesessen, nun war es zu spät für die Post. Sie kehrte in die Werkstatt zurück und trank ein paar Schluck Leitungswasser, Volker vesperte noch.

Hans kam aus dem Büro, forschen Schritts wie oft, wenn er telefoniert hatte. »Gute Neuigkeiten«, rief er auf der Schwelle und schloss die Tür hinter sich. »Stellt euch vor, wir sollen bald in Altona bei Hamburg eine barocke Hausorgel im Stil von Arp Schnitger errichten!«

Paula war verblüfft. »Was?«

»Ein Bürger der Vereinigten Staaten mit deutscher Abkunft, der vor der, wie heißt das gleich wieder, vor der Pri…, nein, vor der Prohibition nach Deutschland geflüchtet ist.«

»Prohibition?«

»Strenges Alkoholverbot. Man darf in Amerika zumindest offiziell keinen Alkohol trinken. Es gibt dort bloß Dünnbier oder den Schwarzmarkt.«

Volker rollte die Augen, Paula nickte. Der Gesundheit wäre ein solches Verbot nicht abträglich.

»Zurück zur Orgel.« Hans grinste. »Der Deutsch-Amerikaner hat die Schnitger-Orgel im Dom zu Lübeck gehört und sich so in diese verliebt, dass er selbst eine Arp-Schnitger-Orgel möchte. Anscheinend ist bis zu ihm vorgedrungen, dass es einen verrückten Orgelbauer in Thüringen gibt, der sich auf solche Orgeln versteht. Und das Beste: Wir haben Zeit dafür bis 1925 und können in Ruhe die aktuellen Projekte zu Ende bringen.«

Paula senkte den Blick.

»Freust du dich nicht über unseren Auftrag?«, fragte Hans besorgt.

»Doch. Hast du einen Moment Zeit, Hans?«

Hans wies den Gesellen an die Werkbank und bat Paula ins Büro. »Was ist denn los?«, fragte er, als er am Schreibtisch Platz genommen hatte.

»Doch, ich freue mich darüber.« Paula zog einen Stuhl herbei und setzte sich Hans gegenüber. »Nur habe ich keine guten Nachrichten.«

Hans ließ einen Bleistift zwischen seinen Fingern zappeln. »Ist was mit deinem Vater?«

Paula berichtete über Vaters Brief, ohne darin den an Hans gerichteten Pfeil auszusparen. »Sicher fragst du dich, warum ich ihn überhaupt erhalten habe«, fügte sie hinzu, nahm das Schreiben ihrer Mutter aus der Kitteltasche und las es Hans vor. »Anscheinend hat mein Vater die Orientierung verloren. Anders ist das nicht zu erklären.«

»Von wegen Steuergeld abgreifen.« Hans entglitt der Stift, doch er fing ihn auf, bevor er zu Boden fiel. »Mein früherer Kompagnon schreckt also auch vor übler Nachrede nicht zurück. Dass der Brief irrtümlich an dich und damit ebenfalls an mich adressiert worden ist, trägt also seinen Grund allein in sich selbst. Er hat nur die erreicht, denen er galt. Dich und mich.«

Klang einleuchtend.

»Dein Vater hat dir nichts mehr zu sagen und mir schon gar nicht«, fuhr Hans fort, nun ohne tänzelnden Stift. »Deine Sorge um ihn jedoch teile ich. Sicher möchtest du mit deiner Mutter telefonieren. Gern von meinem Telefon aus. Ist ja fast eine dienstliche Angelegenheit.«

Paula musste schmunzeln. Erleichtert fand sie in die Arbeit zurück. Vor allem war sie froh, dass sie nicht mehr zur Post musste, um ihre Mutter anzurufen.

Um Viertel vor zwölf eröffnete Hans die Mittagspause. Er lud Paula und Volker zu einer Brotzeit ein, die er selbst beim Kaufmann besorgen wollte. Er machte sich sofort auf den Weg.

Paula ging ins Büro. Sie hatte Glück, die Leitung kam rasch zustande.

Mit über Erwarten fester Stimme nahm ihre Mutter den Anruf entgegen. Ihr Vater sei über das Wochenende ohne weitere Aussetzer gewesen. Am Montageort sei ein »bombenfestes« Gerüst aufgestellt. Schließlich: »Stell dir vor, Vater hat Besuch von Wilhelm bekommen, am Mittwoch, gleich als es passiert ist.« Mutter schnäuzte sich. »Ach, Paula, wie schön wäre es, wenn sich die zwei versöhnten.«

»Gewiss«, murmelte Paula wenig überzeugt. Es wäre wider die Familiengeschichte.

»Das meinst du doch auch?«

»Ach, Mutter«, seufzte Paula, »natürlich. Doch du darfst es meinen, ohne um Erlaubnis zu fragen.« Sie biss sich auf die Lippe. »Ich weiß, du fragst trotzdem lieber. Aber sag, was haben Vater und Onkel Wilhelm besprochen? Hat Vater was erzählt?«

»Eher angedeutet.«

Paula spitzte die Ohren. »Und was?«

»Dass Wilhelm eventuell bereit sei, den Betrieb abermals mit einem Kredit zu stützen. Trotz der Misshelligkeiten zwischen den beiden.«

»Was ist die Bedingung? Oder der Zinssatz?«, ventilierte Paula.

»Kind, du weißt doch, dass dein Vater mit mir über so etwas nicht spricht.«

Womit das Thema wohl oder übel abgehakt war. Wann hatte ihr Vater wohl den bösen Brief an sie verfasst und abgeschickt? Gab es etwa einen Zusammenhang mit Onkel Wilhelms Besuch? Denn Wilhelm hatte sich bis zu seinem Ausscheiden als stiller Gesellschafter immer für eine einschlägige Berufsausbildung Paulas starkgemacht, für eine Lehre in einem Handwerk und nicht in der Hauswirtschaft. Das war der letzte Tropfen gewesen, der das Fass zum Überlaufen gebracht hatte. Oder der vorletzte? Die zwei stritten sich über alles wie die Eisenflechter.

»Kindchen, bist du noch dran?«

»Bin ich, Mutti.« Vielleicht war es besser, ihre nervlich labile Mutter nicht über Vaters bösen Brief in Kenntnis zu setzen – und zunächst Kontakt mit Wilhelm aufzunehmen. Vielleicht brachte das Licht in das Dunkel darum herum. Sie erzählte ihrer Mutter stattdessen von der Orgel, an der sie gerade bauten. Dann beendete sie das Gespräch.

»Mittagsbrot!«, rief Hans Paula ins Hier und Jetzt zurück. Er schwang den Korb mit der Brotzeit und schritt voraus in den Pausenraum.

Paula ging in die Werkstatt, um Volker zu holen. Er schaute hungrig aus. Die grassierende Teuerung machte die Teller traurig und leer. Umso mehr freute er sich über eine deftige Mahlzeit.

Hans und Volker redeten nie beim Essen, bei Paula wurden Erinnerungen an den Onkel wach. Er war ihr wohlgesonnen gewesen, bis er, einige Jahre vor Hans, von Vater aus dem Betrieb gedrängt worden war. Über die Gründe bewahrten beide Stillschweigen. Paula dachte an das Messer, das sie als Zwölfjährige von Onkel Wilhelm zu Weihnachten geschenkt bekommen hatte. Kurz nachdem sie bei Hans in der Werkstatt gewesen war, in die Pfeife hatte blasen dürfen und dann ihrem Vater zum Trotz beschlossen hatte, Orgelbau zu lernen. Ein feines Messer, mit dem sie fleißig »Orgelbauerin« geübt und mit dem Bruder um die Wette geschnitzt hatte, bis es der Vater mit den Worten »Messer, Gabel, Schere und Licht sind für kleine Kinder nicht« vor ihrer Konfirmation konfisziert hatte. Allein im Sinne der männlichen Oberhoheit. Denn der flache Schnitt in den Zeigefinger, der für die Strafe herhalten musste, war rasch verheilt gewesen.

ENDE APRIL 1920

Das Dachzimmer war bescheiden, nur fünf auf vier Schritte, vermietet von einem Ehepaar namens Bickel und nicht von einer Kriegerwitwe mit Dutt, die einen täglich auf der Treppe abfing und ihr Herz ausschüttete. Paula hätte hier, zehn Minuten von der Werkstatt entfernt, alles Nötige und dürfte sogar die Küche mitbenutzen.

»Ich nehme das Zimmer.« Sie legte gleich die Miete für Mai auf den Tisch, um letztes Misstrauen auszuräumen.

»Vielen Dank.« Frau Bickel schien Paula zugewandter zu sein als ihr Gatte. »Hier ist der Mietvertrag.«

Mit der Abschrift des Vertrags in Händen eilte Paula zu Hans zurück. Die im Voraus bezahlte Miete hatte sie einem Brief von Onkel Wilhelm zu verdanken, der Geld enthalten hatte. Zudem hatte er Paula für kommenden Samstag zu sich nach Hause eingeladen, die Gelegenheit, ihm etwas über all die Tabus in der Familie zu entlocken.

Hans saß in seinem neu eingerichteten Pausenraum, der in der bankrottgegangenen Tischlerei die Registratur gewesen war. Ein Tisch aus Birke, den Paula nebst vier Stühlen hatte zimmern dürfen, und cremefarbene Vorhänge an dem kleinen Fenster hellten den Raum deutlich auf. Die neue »gute Stube« des Betriebs. Ein Teil der Regale war in Hans' Büro gezogen, der alte Tisch dort zu Feuerholz geworden.

»Schau mal, da steht was über das Bauhaus«, rief Hans und winkte Paula zu der auf dem Birkenholztisch ausgebreiteten Ausgabe der SPD-nahen »Volkszeitung«, die er sich ab und an gönnte.

Paula trat neugierig näher. Magda hatte ihr nach der letzten Orgelstunde viel über das Bauhaus erzählt und ihr Interesse geweckt.

»Sie werden es nicht leicht haben in diesem konservativen Nest«, meinte Hans.

Paula setzte sich neben ihn, erinnerte sich an die Studentinnen, mit denen sie zu Weihnachten im Weimarer Bahnhof gesprochen hatte. An die niemand hatte vermieten wollen. Der Zeitungsartikel, den sie zu lesen begann, war dagegen ziemlich wohlwollend, sparte aber die Vorbehalte nicht aus. Das Bauhaus sei als »intransigent« und »bolschewistisch« verrufen. »Was für ein Unsinn!«, rief sie aus.

»Weil sie in Weimar in den Schützengräben ihrer Meinungen festsitzen«, erklärte Hans dazu. »Weil sie alle Schiss haben. Angst, dass nichts mehr so ist, wie es bei Kaisern war. Dass ihre Welt in Scherben liegt. Aber bilde dir deine eigene Meinung.« Hans lächelte. »Ich bin ja nicht dein Lehrer.« Womit er sie am Tisch zurückließ und mit Aschenbecher und einer Zigarette nach draußen ging.

Auch darin war eine neue Zeit angebrochen. Weil Paula und Volker nicht rauchten, ging Hans dazu nun ins Freie.

Paula verschlang den Zeitungsbeitrag geradezu. Sie brannte für das Bauhaus, diese gesellschaftliche Mutprobe. Spontan beschloss sie, die neue Kunsthochschule, deren Ziele sie mit Hans teilte, vor ihrem Besuch bei Onkel Wilhelm kennenzulernen. Blieb zu hoffen, dass das Bauhaus auch an Samstagen zugänglich war.

*

Endlich war es so weit.

Hans hatte Paula erst nachmittags freigegeben, um Volker keinen Vorwand zu bieten, sich ihr gegenüber benachteiligt zu fühlen. Arg überstürzt war daher ihr Aufbruch gewesen. Ihre Handtasche aber, vor allem Vaters Zornesbrief samt Kuvert, wusste sie bei sich.

Um 15 Uhr erreichte sie das Hauptgebäude des Bauhauses. Vor dem Schild die Enttäuschung: »Sonnabend-Nachmittag geschlossen«. Allein in den benachbarten, der Öffentlichkeit nicht zugänglichen Ateliers regte sich Leben.

Unschlüssig lief sie um die Gebäude herum. Was tun? Viel zu früh war sie dran für Onkel Wilhelm; er hatte erst gegen Abend Zeit für sie. Dafür hatte er ihr eine Droschke für den Heimweg zugesagt.

Die Schuhe waren staubig. Paula wollte sich bücken, um

sie mit der flachen Hand zu säubern. In diesem Moment sah sie Bewegung im Augenwinkel. Sie wandte sich um. Eine junge Frau war aus dem Ateliergebäude gekommen. Paula fasste sich ein Herz und steuerte auf sie zu. »Guten Tag, dürfte ich Sie etwas fragen?«

Die junge Frau erinnerte an die beiden Studentinnen von vor Weihnachten. Nicht so farbenfroh, aber einnehmend wenig feminin. Sie trug eine derbe Hose aus Tweed, ein Hemd, das weit geschnitten war und sich selber Luft zuzufächeln schien, dazu an den Füßen Schnallenlederhalbschuhe, die zu einem Anzug gepasst hätten.

»Herzlich willkommen im Bauhaus.« Zwangloser Handschlag wie unter Freunden. »Wie schön, dass sich mal einer für uns interessiert, statt uns zu beargwöhnen.«

»Schade, dass schon zu ist.«

»Bloß die Hörsäle. Sparmaßnahme Feuerung.« Sie lächelte und winkte einem jungen Mann zu, der seiner eigenen Wege ging. »Das Bauhaus ist drinnen, vor allem aber auch draußen, im Park an der Ilm. Wir studieren und wirken im öffentlichen Raum.« Ihre feinen Schuhe waren dreckig, sie ging darüber hinweg. »Ich bin die Brigitte. Brigitte Hartwig.«

»Angenehm.« Tratscherei hin, Vater her, bei dem war sie eh unten durch. Nun gab es kein Zurück mehr. »Ich heiße Paula Bertram.«

»Darf ich dich in unser Tempelherrenhaus einladen? Das ist im Park an der Ilm.«

Paula zögerte, Brigittes Du kam so schnell. »Was für ein Tempelherrenhaus?« Wieder ein neuer Gott? »Klingt ja fast gottesdienstmäßig.«

»Gewissermaßen«, gab Brigitte gewitzt zurück und steuerte schnurstracks in Richtung Park.

Paula folgte und schloss zu ihr auf.

Vor dem Tempelherrenhaus, halb Palais, halb Kirche mit einem Turm, herrschte reges Treiben, keine besinnliche Ruhe. Rasch fiel Paula ein Mann auf, der alle dort Versammelten um sich scharte wie Jesus seine Jünger. »Dann ist das der Herr Jesus?«, fragte sie ihre Begleiterin schmunzelnd.

»Gewissermaßen«, entgegnete Brigitte erneut.

Der »Jesus« widmete Brigitte, als sie mit Paula an ihm und seinem Tross vorbeilief, nicht mal einen flüchtigen Blick. Also waren nicht alle Studenten zu seinen Jüngern berufen. Oder nicht alle wollten das. Immerhin hießen einige andere Mitstudenten Brigitte willkommen. Alle pflegten hier anscheinend das vertrauliche Du.

Im Inneren des Tempelherrenhauses war es im Gegensatz zu draußen wenig belebt, außerdem spürbar kälter. Vermutlich war das Gebäude, ein Kind der Neugotik, nicht beheizbar, nur sparsam ertüchtigt und schon gar nicht als Seminar- oder Unterrichtsraum geeignet, was Paulas geschultem Blick nicht entging. In einer Werkstatt war Ordnung mehr als das halbe Leben, hier jedoch eher ein Fremdwort. In erster Linie schienen Bildhauer das Tempelherrenhaus als Atelier zu nutzen. Vieles war noch in Arbeit.

»Der Herr Jesus heißt übrigens Itten, Johannes Itten«, gab Brigitte außer dessen Hörweite zu verstehen. »Er ist neu hier. Wobei ... Neu ist vor allem das Bauhaus an sich, als Experiment.«

Paula trat vor eine Plastik aus Holz. »Gibt es am Bauhaus Professoren wie an den normalen Hochschulen?«

»Nein, hier gibt es Meister.«

»Ist ja wie im Handwerk«, staunte Paula und musterte dabei die Plastik, einen sitzenden Jüngling mit einer übertrieben steilen Denkerstirn.

»Genau das ist es, worum es dem Bauhaus geht. Alle Kunst ist Handwerk, echtes Handwerk ist Kunst.«

»Ganz meine Überzeugung, ich bin auch Handwerkerin«, warf Paula ein. »Ich lerne gerade in Taubach Tischlerin, in einer Werkstatt für Orgelbau.« Eine Formulierung, die sie sich eingedenk der heiklen Gespräche mit Magdalena für den Fall zurechtgelegt hatte, dass man sie danach fragte.

»Wie mutig, mein Kompliment. Hier am Bauhaus kann man auch die Gesellenprüfung ablegen, zum Beispiel im Weben.«

»Man kann, aber muss nicht? Obwohl sich die Studenten am Bauhaus als Handwerker sehen?«

Brigitte hob die Schultern. »Ehrlich gesagt, das ist eine berechtigte Frage.« Sie senkte die Stimme. »Vielleicht soll die Einbindung des Bauhauses in die alten Traditionen des Handwerks die Konservativen besänftigen.«

Sie schlenderten durch das Tempelherrenhaus und besahen sich die ausgestellten Arbeiten. Sie tauschten sich über das eine oder andere Werk aus und waren bald wieder draußen. Zwei Studenten in Hosen wie Säcke spielten Gitarre, singen konnten sie nur halbwegs. Ein älteres Ehepaar schlug ostentativ einen Bogen um die zwei.

»Das Bauhaus feiert halt gern«, sagte Brigitte, doch es klang etwas genervt.

Paula fühlte sich unwohl in dem lauten Gewusel. Was für ein anstrengender Haufen. »Mir etwas zu krass.«

»Es ist auch die pure Not, die alle Bauhäusler nach draußen treibt«, verteidigte Brigitte das Treiben. »Allein schon wegen der ungesunden und feuchten Kellerlöcher, die sie gemietet haben. Oder sie wohnen bei Tante Käthe. Glaub mir, das ist kein Spaß.«

»Da hast du gewiss recht«, pflichtete Paula bei. Und musste an ihren Vater denken. Wie viele Väter hatten ihren Söhnen und Töchtern wohl strengstens verboten, sich hier am Bauhaus einzuschreiben?

Obwohl sie hatte gehen wollen, saß Paula plötzlich doch neben Brigitte auf einer Bank. Hörte den klampfenden Kerls zu und gab dem erkennbar Jüngeren neben Beifall fünf Pfennig. Mehr war nicht drin. Der Bedachte verbeugte sich, der andere stupste ihn an, sie suchten daraufhin das Weite.

»Sie sind stets auf dem Sprung«, erklärte Brigitte und steckte ihr Zehnpfennigstück, das nun zu spät kam, wieder ein. »Und zwar wegen der Gendarmerie. Die dulden sie immer nur kurz an einem Ort.«

»Sag mal, kann ich eure, wie heißt das, eure Vorlesung mal besuchen? Als Gast gewissermaßen?«

»Gewissermaßen bestimmt.« Nun schmunzelten sie beide. »Vielleicht den Vorkurs, also die einleitenden Kurse. Oder du kommst einfach wieder zu uns Tempelherren. Hier kannst du uns gerne über die Schulter schauen.«

»Das werde ich.« Paula bedankte sich und wünschte Brigitte einen schönen Abend.

»Dir auch.«

Noch war es Tag. Paula streifte durch den Park. Obwohl nur wenig blühte und die Bäume noch kahl waren, schritt sie weit hinaus. Freute sich wie die Bauhäusler an der erwachenden Natur.

Um 17 Uhr passierte sie Goethes Gartenhaus und erreichte hinauf in Richtung Falkenburg die Belvederer Allee. Von dort war es nicht mehr weit zu Onkel Wilhelm, der etwas oberhalb der Allee wohnte.

Sein Landhaus, Paula hatte es jahrelang nicht mehr besucht, strahlte nach dem Tempelherrenhaus eine wohltuende Ruhe aus. Im Vorgarten erwarteten Heckenrosen den Frühling, an einer Sprossenwand rankte Efeu empor. Es roch nach Erde und Behaglichkeit. Stutzig machte Paula ein Handkarren mit Gartenwerkzeug im Hof.

Wilhelm hieß Paula, kaum dass sie die Glocke betätigt hatte, an der Tür selbst willkommen. Er strahlte dabei Gelassenheit und innere Ruhe aus, die ihrem Vater oft fehlte. Er war sicher nicht immer der Klügere, aber oft der Besonnenere. Der auch über sich lachen konnte – und aus seinen Schwächen keinen Hehl machte.

Auch bei ihm war die schlechte Zeit abzulesen. Die Zimmer waren kühl, der Korridor finster, manch Zierrat wohl in den Ofen gesteckt worden. Aber ihr Onkel trug die Kargheit mit Fassung – in Wollhosen, passender Weste und mit bronzener Uhrenkette. Seine Füße steckten in gefütterten Pantoffeln und Wollstrümpfen. Schlurfend bat er Paula ins Esszimmer, wie er entschuldigend erklärte. Das Wohnzimmer oder gar den Salon zu heizen, verbiete sich angesichts des Frühlings. Von einem Dienstmädchen war nichts zu sehen. Passte zu dem Handkarren vor dem Haus.

»Schön hast du's.« Paula schlüpfte vor dem Raum aus ihren Stiefeln, sie hatte Wollstrümpfe dabei. »Hab Dank für die Einladung.«

»Sei mir herzlich willkommen!« Wilhelm bat sie an den Tisch, dessen Holz, vermutlich Buche, fast schwarz nachgedunkelt war. »Bitte, Paula, nimm Platz«, sagte er, »ich muss noch kurz in die Küche, aufbrühen.« Passend dazu drang der Duft von Kaffeebohnen herein.

Paula setzte sich. Auf dem Stuhl war man mit allen Sprungfedern per Du. Ein Kissen auf dem anderen Stuhl, auf dem Wilhelm offenbar immer saß, war der einzige Luxus. Ein Haus ohne Klimbim, in dem Leib und Seele auflebten. Ihr Herz klopfte trotzdem. Bereits beim Parkspaziergang hatte sie gegrübelt, ob sie von Maximilians Flachmann berichten sollte.

Onkel Wilhelm kam mit einem Tablett, einer Kaffeekanne, zwei verschiedenen Tassen und einem Kännchen Milch zurück. Die schönere Tasse dachte er ihr zu und schenkte ihr Kaffee ein, nicht jedoch sich selbst. Die andere Tasse war bereits gefüllt, mit Muckefuck. »Möchtest du Zucker?«

Paula verneinte, gab Milch in den Kaffee und schob diese zu ihrem Onkel hinüber.

Er verschränkte die Hände über seiner Tasse. »Mensch, ich kann es immer noch nicht glauben – du wirst Orgelbauerin! Wie geht es dir und Hans?«

Die Koppelung mit Hans stieß ihr auf, auch war der Kaffee unerwartet stark. »Mir geht es gut, das Lernen und die Arbeit machen mir großen Spaß und ich freu mich auf jeden neuen Tag. Froh bin ich auch, dass ich nun ein Zimmer in Taubach mieten konnte.« Das erwähnte sie, um ihre Unabhängigkeit zu betonen.

»Schön. Ich hörte, auch du warst über Weihnachten in Berka zu Besuch.«

»Ja.«

»Ich auch. Allerdings nur kurz, am 26. Dezember. Zunächst auf eine Tasse Kaffee.«

Klang geheimnisvoll. »Du warst also eingeladen?«

»Ich war immer zu Weihnachten in Berka, meist am 26. Dezember.« Nun wurde er ernst. »Vielleicht war es gut, dass du bereits abgereist warst. Denn was ich dort alles erlebte, gab mir so zu denken, dass ich vergangene Woche nochmals dort war, und diesmal nicht nur auf einen Kaffee.«

Müde, wie Paula war, hatte sie ihre Tasse schnell geleert. Wilhelm schenkte nach.

»Sicherlich bist du neugierig, was ich dir alles zu erzählen habe«, kam Wilhelm umgehend zur Sache. »Dein Vater ist in Geldnot, die ihm, wie wir an dem Schlaganfall sehen, an Leib und Seele zusetzt.« Er hielt kurz inne, die Stirn in Falten, als ränge er mit jedem Wort. »Na, du kennst ihn. Theodor muss, so alt er auch ist, eines endlich begreifen.«

»Was?«

»Für Aufträge offeriert Theodor mittlerweile alles. Pneumatik und Vollelektronik, sämtliche Arten von Laden, derzeit gar für einen Kantor aus Dresden eine Übe-Orgel mit elektronischer Traktur und ohne Pfeifen wie für ein Kino. *Multa* statt *multum*. Vielerlei statt Qualität. So ruiniert er sich.«

Paula nickte nur halbherzig. Auch Hans hatte um Aufträge zu kämpfen.

»Ich will nicht unbarmherzig sein. Unser Land liegt darnieder, viele Gesellen sind gefallen. Fünf hat Theodor noch. Zum Sterben zu viel, zum Leben zu wenig. Kirchengemeinden, die ihre Orgeln nicht mehr warten lassen. Rotstift, wohin du auch blickst.«

»Allerdings.«

»Heiß ist das Zeugs.« Ihr Onkel rührte in seinem Muckefuck und trank davon. »Der Hans macht es besser. Er kann die Umstände auch nicht ändern, doch er hat ein Konzept. Vor allem ist er damit der Einzige. Ich kenne keinen Orgelbauer, der sich so auf die Ertüchtigung und den Neubau von Orgeln vor Ladegast beschränkt.« Er ging zum Fenster und öffnete es. Aufgeschreckte Spatzen flatterten durch den Garten.

»Mutter berichtete mir schon, dass du dich mit Vater getroffen hast.«

Wilhelm nickte zerstreut. Er nahm rechts des Fensters eine Papiertüte mit Sonnenblumenkernen aus der Kommode, fuhr mit der Hand hinein und fütterte die Vögel. Wie liebenswert von ihm, dem früheren Beamten am großherzoglichen Hof in Weimar. Dem die Ausbildung von Frauen wichtiger war als dem letzten Großherzog.

Er lief in die Küche, um sich die Hände zu waschen. Zurück im Esszimmer erklärte er: »Nun, was dich betrifft:

Ich habe dich bei meinem letzten Besuch in Berka nicht ins Spiel gebracht. Ich habe für den Kredit, den ich ihm gewähren will, nicht zur Bedingung gemacht, dass er sich mit dir aussöhnt. Sonst hätte ihn gewiss ein tödlicher Schlag getroffen. Was dies für den Betrieb und vor allem für deinen Bruder bedeuten würde, das brauche ich dir nicht zu erklären.«

»Allerdings.« Paula schaute nun den Spatzen zu, die sich um die Kerne zankten. Anders als ihr Vater hatte ihr Onkel die Gabe, zu spüren, was sein Gegenüber bewegte, welche nicht beantworteten Fragen ihn bedrängten. Sie konnte sich zurücknehmen, die Idylle dieses Hauses genießen. Nun dachte sie an Maximilian, und neben dem Jod sah sie vor ihrem inneren Auge wieder den Flachmann.

Nach einer Weile führte Wilhelm seinen Bericht fort, leise, als wollte er Paula nicht erschrecken: »Theodor zuliebe habe ich noch etwas anderes Hanebüchenes von ihm unkommentiert gelassen. Es betrifft dich und lag, als ich zugegen war, offen auf seinem Schreibtisch. Allein das zeigt, dass seine Sturheit ungetrübt ist von jeglicher Einsicht.«

Paula wandte den Blick von den Spatzen. Spielte er auf den bösen Brief an? Gottlob hatte sie ihn dabei. Kurz entschlossen zog sie ihn aus der Tasche. »Meinst du diesen Brief?«

Onkel Wilhelm tastete nach seinem Kneifer mit den stärkeren Gläsern und eilte mit dem Brief vors Fenster. »Ja.« Sein Gesicht ein einziges Kopfschütteln. »Hat dein früherer Gatte …? Nein, diesen Brief leitete er doch nicht an dich weiter?«

»Nein, das tat er nicht.« Paula griff abermals in ihre Tasche und nahm das Kuvert heraus. »Mein Vater hat ihn an mich geschickt. Hier ist der Umschlag.«

Wilhelms Lippen zitterten. »Mein Gott! Dann war er nicht klar bei Verstand. Ist es zu fassen? Nun gut, eines konnte er seit jeher: sich zusammenreißen, vertuschen und leugnen.

Keine Schwäche, reglose Mundwinkel.« Ihr Onkel tastete nach hinten.

Paula zog ihm einen Stuhl her, auf dem er Platz nahm.

Er studierte den Brief. Steckte ihn in den Umschlag. Jetzt zitterte ihm die Hand. »Paula«, brachte er mit brüchiger Stimme hervor und gab ihr den Brief zurück, »das war ein Irrtum, der ihn nun entlarvt. Er ist und bleibt, wie er ist, er manipuliert alles, bis es ihm passt. Es wurmt mich bis heute, mich von ihm erpressbar gemacht zu haben.« Er fuhr zusammen. Als hätte er an ein Geheimnis gerührt, an das Familientabu.

Nun bloß nicht wie Vater reagieren, sagte sich Paula. Sondern Anteilnahme und Mitgefühl zeigen. Sie schnappte sich ihren Stuhl. Setzte sich neben Wilhelm und strich ihm sanft über den Rücken. Sachte musste sie bei ihm sein, der nie verheiratet, vielleicht nicht mal verliebt gewesen war. »Nur ein wahrhaft starker Mann spricht offen über seine Schwächen.«

Wilhelm kratzte sich am Hinterkopf. Anders als bei Paulas Vater war sein Haar zwar dünn, doch nicht grau geworden. »Mein Geld werde ich wegen der Geldentwertung nicht wiedersehen.« Er wandte den Blick zum Fenster und schaute den zankenden Spatzen zu. »Ich gab es Maximilian zuliebe. Theodor hat mir versprochen, den Stab an ihn zu übergeben. Ob und wann er es tut, wird man sehen. Ich werde mich nicht einmischen, ich will auch nicht in den Betrieb zurück. Es sei denn, Maximilian, und nur er, bindet mich neu ein.«

»Du sprachst von Schwächen«, spann Paula den Faden fort. »Für mich bist du schon immer der Klügere von euch zweien gewesen. Schon als du stiller Gesellschafter warst.« Sie hielt den Atem an.

»Gib mir bitte noch mal den Brief mitsamt dem Umschlag.«

Paula reichte ihm das Schreiben.

Er setzte den Zwicker auf. »Faszinierend …«, sann er. »So verschieden wir sind, so ähnlich ist unsere Handschrift.« Er nahm die Gläser ab und putzte sie mit seiner Weste, dann mutmaßte er: »Theodor wird mich beschuldigen, ihm arglistig den Umschlag mit deiner Anschrift untergejubelt oder den Brief gestohlen zu haben.«

Paula schwieg. Allmählich fügte es sich zu einem stimmigen Bild.

Wilhelm steckte den Kneifer ein. Nun schaute auch er wieder zu den hungrigen Spatzen. Bis er plötzlich zu erzählen anfing: »Trotz der Konflikte, die es unter Brüdern geben kann, hat es viele Jahre funktioniert. Erst als Hans in den Wanderjahren seinen Ladegast, denn ihm fühlte er sich immer verpflichtet, weitergedacht hat, also mit der Moderne versöhnen wollte, ist bei uns das Feuer an die Lunte gekommen. Ich für meinen Teil war mit Hans einer Meinung, als sich erste Einwände in der Orgelfachwelt gegen die immer stärkeren Universal-Orgeln erhoben. Wir wollten nichts Unrechtes, sondern bloß fort vom ›immer mehr, immer uniformer, immer lauter‹ – zurück zu Klarheit und Augenmaß, das den Registern ihre Individualität belässt.«

»So ist es«, erklärte Paula knapp, um seinen Redefluss nicht zu unterbrechen.

»Bei Gott!« Wilhelm sprach nun ohne Grimm. »Womit ich bei meinen Schwächen wäre. Wie du weißt, verarge ich es mir bis heute, dass ich allein geblieben bin. Ach, ich Narr! Hoffte ich wirklich, bei meinen Aufenthalten in Bad Kissingen nicht nur an meiner Galle, sondern zugleich auch von meiner Einsamkeit zu genesen? Wie auch immer, bei meiner dritten Kur im Jahre 1907 schien sich die Hoffnung auf eine bessere zweite Hälfte zu erfüllen. Ich lernte eine Dame kennen, etwas jünger als ich damals, die auch an der Galle litt, und traf mich mit ihr im Park oder im Tanzsaal. Wir verstanden uns. Bis ich sie auf ein Glas Wein in ein Lokal am Park einlud, um, wie ich es formulierte, mit ihr gepflegt anzustoßen. Wohlgemerkt, ich ließ sicher nichts vom Stapel, was sie missverstanden haben könnte. Nun, sie sagte zu, ich fand mich ein und bestellte ein erstes Glas, arglos, wie ich war. Und dann kam sie nicht. Sie hieß übrigens Gertrud Laux. Und ich habe sie nie wieder gesehen.« Onkel Wilhelm hielt ein. Seine brüchige Stimme verriet, dass es ihm naheging.

»Das muss nicht mit dir zu tun gehabt haben«, gab Paula zu bedenken.

»Natürlich nicht.« Wilhelm schlug die Augen nieder. »Umso mehr wurmt mich, was ich in meinem Frust geschehen ließ. Aus Kummer trank ich Glas um Glas, zu viel an diesem Tag. Bis mir der Film riss. Ich habe mich, so genau weiß ich das nicht mehr, am Tresen danebenbenommen und muss mich übergeben haben.« Er hielt erneut inne. »Ich hätte mir letztlich wohl verziehen, wäre nicht ...« Ihm brach die Stimme. Nach tapferem Schniefen begann er zu weinen.

Paula zückte ihr Täschchen, gottlob hatte sie ein Sacktuch dabei.

»... wäre nicht ausgerechnet ein mit Theodor befreundeter Industrieller aus Kranichfeld zugegen gewesen.«

Paula reichte ihm das Tuch. Alles reimte sich. Geschichten, Schicksale, die einander glichen. Auch er war verpetzt worden. Nun musste sie nur mehr eins und eins zusammenzählen.

»Theodor sah also die Gelegenheit gekommen. Über seinen Advokaten ließ er mir kundtun, ich möge gegen Rückzahlung der Einlage ausscheiden und auf meine Rechte in Ansehung des Betriebs verzichten – widrigenfalls der Vorfall ›en gros et en détail‹ an den Weimarer Hof verraten würde.«

Zurück am Tisch, erzählte Wilhelm den bitteren Rest. »Unter Großherzog Carl Alexander hätte ich wohl hoffen können, mit einer Rüge unter vier Augen davonzukommen. Wilhelm Ernst dagegen hätte mich mit Pauken und Posaunen dimittiert. Ihm waren bereits meine Bemühungen um eine gute Erziehung der Mädchen suspekt. So blieb mir nichts anderes übrig. Also willigte ich ein und schied aus.« Er erhob sich, japste hyperventiliert. »Und dennoch, ich kann den Stab nicht brechen – ich fühle sehr mit Theo und seinem Geschick, er bleibt trotzdem mein Bruder. Auch deshalb der neue Kredit.«

»Ich verstehe dich nur zu gut.« Paula umarmte ihn liebevoll. Er hatte also unter Einsamkeit gelitten. Auf sein Liebesglück in Kissingen gehofft. Nicht einmal davor hatte das Kalkül seines Bruders Halt gemacht. Der hatte diesen wunden Punkt zum Hebel genommen, erst ihn und dann Hans aus dem Betrieb zu werfen, allein weil Wilhelm mit Hans einer Meinung gewesen war.

»Zu Tisch nach all dem Kummer und Leid.« Wilhelm wies in Richtung Küche. »Bestimmt hast du Hunger. Leider kann ich nicht gut kochen, habe dir aber ein bescheidenes Abendbrot gerichtet.« Er bat sie, ihm zu folgen. »Wähle selbst, was du essen möchtest.«

Vor dem Herd band Wilhelm sich eine Schürze um. Etwas unbeholfen, weshalb Paula ihm bei der Rückenschleife zur Hand ging.

»Der Eisschrank ist leider nicht intakt«, seufzte er. »Gott sei Dank habe ich eine Speisekammer.« Er öffnete die Tür.

Paula staunte über ein Nudelwalkbrett voll Köstlichkeiten: ein frisches Roggenbrot, dessen Duft ihr in die Nase stieg, Butter, sogar etwas Wurst und Käse, dazu ein Schüsselchen Krautsalat mit Leinöl und Kümmel.

Wilhelm nahm das Brett heraus und holte zwei Möhren und einen Apfel, die er ihr extra schälte. »Bald wird mein Ruhegehalt als großherzoglicher Beamter von der Teuerung aufgefressen sein. Daher mache ich mich jetzt im Viertel nützlich. Helfe den verwundeten Kriegern und all den Witwen im Garten und im Haushalt und verdiene mir dadurch ein paar Kreuzer dazu – oder solche Köstlichkeiten aus ihren Gärten. Daher auch mein Handkarren im Hof. Er ist dir sicher aufgefallen.«

»Tausend, tausend Dank!«, stammelte Paula. Satt essen wie seit ihrer Scheidung nicht mehr. Unmöglich, sich ihren Vater um ein Butterbrot mit einem Rechen in fremden Gärten vorzustellen. »Eine letzte Bitte noch.«

»Nur zu.«

»Mutter teilte mir mit, Vater sei auf Montage. Weißt du darüber Genaueres?«

»Theodor erzählte von zwei Orgeln. Die eine ist jedoch fertig. Im Moment restauriert er ein Instrument im Sächsischen nahe Leipzig, und zwar bis in den Mai.«

Paula bedankte sich. »Ich sorge mich um die Auftragslage«, fügte sie rasch hinzu. Der Grund für ihre Frage war aber ein anderer. Nun stand ihr Plan. Sie würde Vater dort aufsuchen für das zu rupfende Hühnchen.

»Wein habe ich auch.« Der Onkel lächelte. »Einen guten Tropfen vom Rhein. Dieses Mal wird er kein Unheil anrichten wie damals in Bad Kissingen.«

ANFANG MAI 1920

Der Umzug war vollbracht, das Zimmer eingerichtet, nun also die Reise ins Sächsische.

In Leipzig musste Paula umsteigen. Zeit, sich den kolossalen Hauptbahnhof anzuschauen, der knapp vor dem Krieg erbaut worden war.

Ein Rundgang erwies, warum der so groß war; er gehörte je zur Hälfte der preußischen und der sächsischen Bahn. Doch es gab keinen preußischen, keinen sächsischen König mehr. Auch die früheren Großherzogtümer hatten gemeinsam eine Republik Thüringen gegründet, nach langem Hü und Hott, da von rechtem Störfeuer unter Beschuss genommen. Und die Bahnen schienen, den Schildern an den Schaltern und Türen nach zu folgern, unter einer gesamtdeutschen Leitung zu stehen.

»Zu Diensten, gnädige Frau?«

Paula schaute hinter sich. Ein Bahnbeamter mit Uniform und Schulterstücken zwirbelte an seinem Schnauzbart. Für ihn sah es wohl so aus, als fände sich eine Frau ohne Begleitung nicht zurecht.

»Danke der Nachfrage, nein.« Paula nickte ihm bestimmt zu und eilte auf Gleis 22, von dem aus der Zug abfuhr.

Trotz des ebenen Geländes kam die Bahn nur allmählich auf Geschwindigkeit. Paulas Unruhe wuchs mit jedem Stampfen der Lok. Wie ihrem Vater begegnen, wenn er aggressiv werden sollte?

In dem kleinen Ort im Sächsischen angekommen, drängelte sich ein Herr in feinem Zwirn auf der Plattform vor und scheiterte an der Waggontür. Paula öffnete sie. Sie widerstand dem Drang, sich triumphierend nach ihm umzudrehen.

Zur Kirche war es nicht weit. Vorbei an Bäcker und Metzger führte der Weg auf der von Pferdeäpfeln und Regenpfützen gezeichneten Straße in das Dorf. Vom Turme her schlug es eins.

Die kleine Kirche ließ keine Orgelempore vermuten, was das Sondieren, sprich Belauschen der Stimmen über Anwesende und Abwesende erschwerte. Hoffentlich war im Windfang ein dicker Vorhang.

Paula betrat das Gotteshaus und hatte Glück – es gab einen Vorhang. Sie versteckte sich dahinter, spitzte hindurch und stellte die Ohren scharf. Nun kam es auf ihre Intuition an. Doch die schien Pause zu machen. Ihr bangte. War ihr Plan, ihren Vater bei der Arbeit zu stellen, zu Ende gedacht?

Eins hatte sie sträflich verdrängt: Sie kannte niemanden mehr im Betrieb. Einige ältere Gesellen waren im Krieg geblieben. Hätte sie doch Wilhelm gefragt, wer außer ihrem Vater und Bruder Führungsaufgaben wahrnahm!

Ihr zitterten die Knie. »Nein!«, beschwor sie sich. »Du ziehst das jetzt durch!«

Da, ein hartes Geräusch, als wäre ein Eisenstück krachend zu Boden gefallen.

»Sakrament! Dir Heini kann man nicht einmal einen Hammer in die Hand drücken!«

»Selber Heini!«

»Vertragt euch!« Eine etwas ältere Stimme.

Offenbar waren sie zu dritt. Weder die Stimme ihres Vaters noch die ihres Bruders war zu hören. Wahrscheinlich ließ sich ein Register nicht betätigen. Also klemmte es zwischen dem Zug und der Lade. Nichts wie rein! Den Burschen geholfen! Ein Hammer machte alles nur schlimmer.

Paula betrat den Kirchenraum. Im Chor sah sie die Orgel, die es vermutlich noch zu ertüchtigen galt. Zwei Jungen, dem Alter nach Lehrlinge oder sehr junge Gesellen, zankten sich weiterhin und bemerkten sie nicht. Ein etwas älterer Mann blickte zu ihr.

Sie trat näher, er kam ihr entgegen. Zwischen den Bänken trafen sie sich.

»Verzeihung, ich bin mir unsicher.« Er nahm die Brille ab, setzte sie wieder auf. »Sind Sie … die Paula, also … Paula Bertram?«

Er wusste also, wer sie war, ohne ihr je begegnet zu sein. Steckte Wilhelm dahinter? Hatte er oder ihr Bruder der Belegschaft von ihr erzählt? Oder gar angedeutet, es sei mit ihrem Kommen zu rechnen?

»Das bin ich. Wie aufmerksam von Ihnen, es freut mich, Sie kennenzulernen.« Sie bot ihm die Hand zur Begrüßung. Von ihrem Vater und Bruder keine Spur. »Kann ich Ihnen helfen? Hakt es irgendwo?« Schließlich offenbarte sie: »Ein wenig verstehe ich vom Orgelbau.«

»Das könnten Sie«, erklärte der Geselle und winkte die beiden Burschen herbei, die zu streiten aufgehört hatten und nun scheu herumstanden. »Gestatten Sie, ich habe mich selber gar nicht vorgestellt, mein Name ist Stefan Herbst. Ich bin seit ungefähr einem Jahr im Betrieb.«

Ein Kerl mit Manieren, der mit einem Wink den zwei anderen gebot, sich ebenfalls vorzustellen. Ein Heinrich, vielleicht im dritten Lehrjahr, und ein Otto, vermutlich erstes Lehrjahr, der sich sogar vor Paula verneigte. Paula überlegte, ob sie nach ihrem Vater und Bruder fragen sollte. Sie stellte es hintan. Sosehr ihr das technische Problem an der alten, mechanischen Traktur auch zupasskam, sie sollte es vermeiden, die Belegschaft in den Familienkonflikt hineinzuziehen.

Abermals kam Herr Herbst ihr zu Hilfe: »Falls Sie sich etwa fragen: Ihr Herr Vater und Ihr Bruder sind beim Pfarrer zu Tisch. Der hat sie in den ›Krug‹ zum Mittagessen geladen, um das eine oder andere zu klären.«

»Tausend Dank für Ihr Mitdenken, Herr Herbst.« Was für ein intelligenter Mensch. »Wo klemmt es?«

Sie ließ sich das Problem an der Traktur in allen Einzelheiten erläutern, um keinen Verdacht aufkeimen zu lassen, sie habe im Windfang gelauscht. Herbst erklärte es so versiert, dass sie zu viert die Aufgabe schnell lösen konnten. Bei dem Registerzug waren zwei Teile, ein Winkel und eine Wippe, mit zu starkem Draht zusammengefügt worden, wodurch der Zug zur Gänze blockiert war.

»Was geht hier vor?«, tönte es nun durch das Schiff. »Paula, was hast du hier verloren?«

Ihr Vater trat zwischen die Bänke, hielt auf sie zu. Jetzt hieß es: Ruhe bewahren.

Sie lief ihm entgegen und bot ihm die Hand wie einem guten Freund. Herr Herbst folgte ihr.

Verdattert schlug ihr Vater ein. »Was führt dich hierher?« Er putzte sich, und dies vor ihren Augen, die Hand an seiner Hose ab. »Als Tochter eines Handwerksmeisters weißt du genau, dass Betriebsfremde im Gewerk nichts verloren haben.«

»Nichts für ungut, Theodor«, erwiderte Herbst, »aber für eine Betriebsfremde weiß sie ziemlich viel über den Orgelbau. Sie hat uns bei einem technischen Problem an der Spieltraktur geholfen.«

Vaters Kinnlade sank herunter. Von Maximilian keine Spur, wo steckte er bloß?

»Na und?«, herrschte er sie an. »Was auch immer dich hergeführt hat, es gehört sicher nicht in die Öffentlichkeit. Ich erwarte dich am Sonntag zu Hause. Allein dort gehört es hin. Und jetzt raus mit dir!« Woraufhin er Herrn Herbst und die beiden Lehrlinge mit einer unmissverständlichen Geste zu sich zitierte und Paula im Kirchenschiff stehen ließ.

Paula war so klug, nicht zu kontern. Sie hatte Herrn Herbst in die Bredouille gebracht, zu ihren Gunsten Partei ergreifen zu müssen. Das konnte sich für ihn rächen.

In Reue verließ sie die Kirche. Im Windfang regte sich etwas in ihrem Augenwinkel. Sie drehte sich um und erschrak. Es war ihr Bruder. Mit starrem Gesicht und glasigem Blick winkte er ihr zu – und verschwand in der Kirche.

Schämte Maximilian sich vor ihr? Hatte er wieder getrunken? Hatte er sich verdrückt aus Angst vor der Verantwortung, vor der Arbeit, vor Vater?

Paula presste die Lippen aufeinander. Flüchtete sich in einen Winkel des Kirchhofs. Was für eine Dummheit von ihr, Vater in der Öffentlichkeit an den Pranger stellen zu wollen! Schlimmer aber war: Maximilian trank tatsächlich – und dies nicht erst seit gestern.

Mit dem Abendzug fuhr Paula nach Leipzig und war erst gegen Mitternacht zurück in Taubach. Entsprechend kurz war die Nacht, schlaflos überdies.

*

Am nächsten Tag waren im Betrieb die hölzernen Pfeifen der Orgel aus Hessen abzubeizen und abzuschleifen, immerhin eine Arbeit, die mehr Kraft als Feinfühligkeit erforderte. Auch war Holz für die Öfen zu hacken. In all ihrem Ärger über sich selbst traktierte sie das Beil so sehr, dass sich der Stiel vom Eisen löste.

»Nun gut, passiert ist passiert.« Hans reagierte zu Feierabend ungerührt auf Paulas Bericht über das Desaster, er hörte nicht einmal mit dem Kehren der Späne auf. Bis er, auf den Besen gestützt, zu bedenken gab: »Hüte dich vor dir selbst. Du bist du, allein deines Glückes Schmied, Bruder hin oder her.«

»Du hast leicht reden«, erwiderte sie. »Kompagnons können auf Nimmerwiedersehen weg. Geschwister dagegen bleiben Geschwister.«

»Du hast doch getan, was du konntest, vielleicht nicht bis ins Letzte durchdacht, aber nach bestem Gewissen. Geschehen ist geschehen. Mach dich von dem Gedanken frei, jemanden retten zu müssen, und sei es Maximilian. Er ist ein erwachsener Mensch.«

»Du verstehst das nicht.« Paula nahm ihren Beutel. »Ich muss noch zum Kaufmann. Bis morgen.«

Womit sie draußen war. Überall sah sie aufgedunsene Gesichter mit von roten Adern durchzogenen Augen. Dieser verdammte Alkohol! Sicher, Hans hatte recht, Maximilian war für sich selbst verantwortlich. Und dennoch ließ die Sorge um ihn sie nicht los. Was Hans nicht wusste, denn sie hatte es ihm nicht gesagt: Vater hatte sie nicht rausgeschmissen, sondern sie für Sonntag einbestellt. Nicht zu erscheinen, wäre gekniffen. Doch sie war Paula, und Paula kniff nicht.

Unschlüssig blieb sie stehen, Hans' Werkstatt war noch in Sichtweite. Vermutlich ahnte er, dass sie heute, kurz vor dem nächsten Lehrgeld, eh nicht zum Kaufmann ging.

»Paula?«

Hans.

Sie drehte sich nach der vertrauten Stimme um. Hans kam auf sie zu, nicht im Kittel, sondern im Anzug. Musste sich blitzschnell umgezogen haben.

Paula war Paula und konnte auch schmollen. Sie ging Hans nicht entgegen.

Der sah über die Ausrede vom Einkaufen hinweg und sagte: »Du hast bald wieder Unterricht. Möchtest du ein wenig Orgel üben?«

»Diesen Samstag nicht, Magdalena ist verreist. Und ich habe niemanden zum Balgtreten.«

»Doch.«

»Wen?«

»Mich.« Hans zupfte eine schwarze Fluse von seinem Hemd. »Ich will dich mal spielen hören.«

Paula zögerte. Auch dies offensichtlich eine Ausrede. Weil er sie erneut durchschaut hatte. Denn wenn sie irgendwo abschalten, Abstand gewinnen konnte, dann an der Orgel. Sie sah an sich hinab, die flachen Schuhe passten. »Na gut, ausnahmsweise.« Mochte es eine Fügung Gottes sein, dass Paula die Kirchenschlüssel dabeihatte.

In der Kirche bestiegen Paula und Hans die Empore, und sie stellte die Orgelbank auf ihre Höhe ein. Im Notenschrank lag der geheimnisvolle Band mit eher leichteren Stücken. »Acht Kleine Präludien und Fugen« verhieß das Titelblatt, darunter: »von Johann Sebastian Bach«. Geheimnisvoll deshalb, weil »Bach« eingeklammert war. Magdalena hatte Paula im Unterricht bereits daraus spielen lassen.

Paula schlug das »Präludium in g« auf, das sie, es war nicht schwer, oft geübt hatte und beinahe auswendig konnte. Hans trat an den Balg und betätigte ihn. Was folgte, war ihr vertraut, erst Ächzen, dann Schnaufen. Stets wartete Paula mehrere Sekunden, ehe sie zu spielen begann, denn das Gesetz der Trägheit führte dazu, dass zu früh angeschlagene Töne kurzatmig aufjaulten.

Der g-Moll-Akkord der ersten Sequenz, gefolgt von der Dur-Parallele B, geriet mit dem vollen Werk, aber ohne die zu kräftige Mixtur*, zu einem weichen Teppich. Der Rest war Glück, die Freude an der Musik. Die Triller hakten noch.

* Mixturen sind (aus mehreren Pfeifen pro Ton zusammengesetzte) Stimmen, die die Principalregister ergänzen und dem Klang festlichen Glanz verleihen. Sie sind für sich allein nicht zu gebrauchen, setzen also ein Fundament von tieferen Stimmen voraus.

»Noch einmal«, rief sie Hans zu, strich im zu kräftigen Bass ein Register und begann von Neuem.

Schließlich saßen auch die Triller. Paula blätterte um. Neben Stücken in den leicht ausführbaren Tonarten C, F und G gab es auch eins in B, das mit einer Herausforderung aufwartete, einem Pedalsolo.

»Dieses Stück kenne ich.« Hans trat vom Balg weg und kam zu Paula an den Spieltisch.

»Woher?«

Hans stutzte. »Habe ich dir das noch nie erzählt? Mein Vater war Dorforganist.«

»Darum also kannst du so gut Balg treten.« Paula schlug das Heft zu. Das Rätsel blieb: Warum die Klammern um »Bach«? Ob Hans das wusste? Sie fragte ihn.

»Ist lange her, die Quellenlage ist dünn«, gab Hans auf ihre Frage zu bedenken. »Warum soll es bei den Werken anders sein als bei unseren Barockorgeln, für die es bestenfalls den Vertrag, doch oft nichts Schriftliches über die Anzahl der Manuale und die Art der Register gibt?«

»Trotzdem herrliche Musik.« Paula schlug den Band wieder auf. Spielte sich durch die anderen Präludien, bis der Abend dämmerte.

Während des Heimwegs summte sie das g-Moll-Stück vor sich hin, in der Nacht wiegte es sie in den Schlaf.

*

Samstagabend.

»Orgeln bauen ist das eine«, sagte Hans, nachdem sie den ganzen Tag lang mit Volker sowie einem neuen Gesellen namens Oskar über einer mürben Lade gebrütet hatten, und bat Paula mit bedrohlich ernster Miene in sein Büro. »Das andere ist das Kaufmännische.«

Paula nickte mit zusammengepressten Lippen. Über Zwinge und Hobel hatte sie das Rechnen oft ausgeblendet, obwohl sie wusste, wie sehr das dazugehörte. Spätestens bei ihrer Ausbildung zur Meisterin würde es zentraler Bestandteil ihres Lernens werden. Graute ihr davor, den nüchternen Blick ihres berechnenden Vaters zu verinnerlichen?

»Paula, ist alles gut?«

»Ich dachte über die Lade nach«, flunkerte Paula und setzte sich. »Jetzt bin ich ganz Ohr.«

»Ich kann dich über Soll und Haben nicht im Unklaren lassen.« Seine Miene war nun noch finsterer, er spielte mit einer Büroklammer. Bog sie zu einer Geraden. »Wir stehen vor zwei schwierigen Entscheidungen.«

Paula erschrak. War sie Hans zu einer finanziellen Belastung geworden? Andererseits hatte er zwei Gesellen, die weit mehr verdienen dürften. »Inwiefern?« Paula trommelte mit Zeige- und Mittelfinger der linken Hand auf der Lehne, als spielte sie auf der Orgel einen Triller.

»Man rät jetzt auch Handwerksbetrieben, die Gründung einer GmbH ernsthaft in Betracht zu ziehen«, antwortete Hans und ließ die auseinandergebogene Büroklammer dabei zu Boden fallen.

»Tatsächlich?«

»Weil das Wirtschaften inzwischen unkalkulierbar geworden ist.« Er blickte hinab, kroch sodann auf den Knien, bis er die Klammer gefunden hatte. »Wenn wir uns weiterentwickeln wollen, denn dies ist unsere einzige Chance, benötigen wir frisches Geld.«

Paula schwieg. Ob es »Orgelbau Bertram« ohne Onkel Wilhelms Kredit noch gäbe? »GmbH bedeutet doch ohne persönliche Haftung, bloß Haftung der Gesellschaft.«

»Gewissermaßen.«

»Dann traut uns keiner mehr.«

»Ja.« Er bog das Drahtstück wieder zu einer Büroklammer. »War gesponnen, laut gesonnen, mehr nicht.«

»Dann bin ich ja beruhigt, Herr Sonnenpoet.«

»Hypotheken sind jedoch wenig poetisch«, entgegnete Hans. »Ohne die kriegen wir keinen Kredit.«

Sie nickte gedankenverloren. Wie viele solcher Hypotheken wohl auf »Orgelbau Bertram« lasteten, auf ihrem Bruder und auf seiner Zukunft? Wie viel mochte ihr Vater in Kriegsanleihen investiert haben, deren Wert dahinstand?

»Wie mild es ist«, meinte Hans unvermittelt. »Hast du Lust auf ein Abendbrot im Freien?«

»Gern.«

Um das es, des einen Freud, des anderen Leid, nicht ganz schlecht bestellt war. Frau Bickel, Paulas Vermieterin, hatte sich bei einem Sturz das Bein gebrochen und konnte den Garten nicht bewirtschaften. Paula kümmerte sich um die Beete und durfte sich Gemüse abzweigen. Ein Segen in diesen Zeiten.

Durch den Seitentrakt der Werkstatt, in dem Hans wohnte, lief Paula in den rückwärtigen Garten, wo sie die Hussen aus der unter dem Vordach stehenden Truhe nahm und auf die beiden Gartenstühle zog. Kurze Zeit später kam Hans aus der Küche. Zwei Holzbrettchen klemmten unter seinem Arm, und das Tablett, das er über die Schwelle trug, ließ den Schmalhans erkennen. Ein altbackenes Brot, Margarine statt Butter, eine Scheibe fettigen Schwartenmagen. Aus Bickels Garten zwei Mohrrüben. Paula nahm ihm die Brettchen ab und half beim Decken.

Alles gerecht aufgeteilt, aßen sie daran nicht lange. Nach dem letzten Bissen fragte Paula: »Und was ist die zweite schwere Entscheidung? Der Kredit und die Hypothek dafür? Oder noch was anderes?«

»Noch etwas anderes.« Hans legte das Messer, mit dem

er sich eine letzte Scheibe abgeschnitten hatte, zurück auf den Tisch. »Unser Amerikaner mit der Schnitger-Orgel hat einen Brief geschickt. Er schlägt vor, die Beträge im Vertrag – die Anzahlung, jeden Einzelposten und die hochgerechnete Schlusszahlung – in Dollar auszuweisen. Als Bezugsgröße zur späteren Umrechnung der einzelnen Beträge und Zahlungen in Mark.«

»Er zahlt also letztlich in Mark?«

»Richtig. Alles andere könnte uns in Schwierigkeiten bringen. Die Zeit der strengen Devisenbewirtschaftung liegt noch nicht lange zurück und sie könnte wiederkehren.« Hans nahm sich die letzte Scheibe Brot. »Ist schon komisch, ein Vertrag ohne klare Markbeträge.«

»Das stimmt. Ich glaube dennoch, dass es unser Amerikaner gut mit uns meint.«

»Inwiefern?«

»Wer weiß, wo die Mark im nächsten Jahr steht«, gab sie zu bedenken. »Der Dollar besitzt einen Wert und behält den auch.«

Hans stellte den Kopf schief. »Du hast recht.«

»Hast du keinen Durst?«

»Doch.« Er nickte, lief ins Haus, kehrte mit Gläsern und einem Krug Wasser zurück und schenkte ein. »Gänsewein. Ist halt nicht mehr drin.«

»Gut so.« Denn seit Maximilians Kälberblick im Windfang der Kirche im Sächsischen wollte ihr kein Wein mehr schmecken. Abgesehen davon, dass sie ihm helfen musste.

»Auf Schnitger!«, sagte Hans und wollte mit Paula anstoßen.

Sie tat es sorgenunterspült. Bangte ihr vor der Konfrontation mit ihrem Vater?

*

Und dann war es Sonntag.

Der Lauf der Ilm war eine Laune der Natur, Menschenwerk ebenfalls. Entlang der Ilm kam man direkt von Taubach nach Bad Berka, es sei denn, man reiste per Bahn. Dann musste man zunächst nach Weimar.

Hans hatte eine Droschke direkt nach Bad Berka bestellen wollen, doch Paula hatte abgelehnt.

Der zweite Zug nach Bad Berka, Ankunft gegen halb elf, war ziemlich voll. Das sonnige Wetter lockte allerhand Ausflügler an, auch wenn Bad Berka nie zu dem »Weimarer Karlsbad« geworden war, das Goethe und der Weimarer Großherzog daraus hatten machen wollen. »Karlsbad« war es dennoch: Bloß Zylinder und Seidenkleider fuhren mit; man musste es sich leisten können.

Um Vater milder zu stimmen, trug Paula ein derartiges Kleid aus weißer Seide, welches ihr geschiedener Gatte Herbert ihr einst zum Geburtstag geschenkt hatte. Nun, umgeben von gnädigen Frauen, schalt sie sich dafür. Ignorierte die ihr angebotenen Sitzplätze, blieb auf der Plattform stehen und schlang ein feuerrotes Tuch um ihren Hals.

Als sie an ihrem Elternhaus ankam, rief ihre Mutter, die die Ankunftszeiten aller Züge kannte, Paula auch heute wieder rein, ohne dass sie hätte läuten müssen. Sie hatte im Windfang auf Paula gewartet, wegen des Hausherrn wertem Befinden.

Paula kam der Wasserstandsmeldung der Mutter zuvor, weil sie nur eins interessierte. »Wie geht es Maximilian?«

»Er ist guter Dinge.« Was immer das bedeuten mag. »Zu ihm scheint Vater ein wenig freundlicher und zugewandter geworden zu sein. Ist schon allerhand … nicht wahr, Paula?«

Mutter blieb Mutter, jedes Urteil überließ sie anderen. Paula sah es ihr nach. Zumindest ein Gutes könnte ihre

Fahrt ins Sächsische gehabt haben: Möglicherweise war Vater peinlich bewusst geworden, dass sie dort in der Kirche Maximilian mit seinem Kälberblick begegnet war.

Der Duft aus der Küche verhieß Huhn in Wein. Mutter lief ihr voraus, band sich an der Küchenschwelle die Schürze und reichte Paula eine zweite.

»Nein, Mutti, diesmal nicht.« Paula blieb im Gang an der Treppe stehen. »Tut mir leid, ich möchte gerne vor dem Essen mit Maximilian reden.«

»Tu das«, seufzte Mutter, die sie erkennbar lieber bei sich in der Küche gehabt hätte.

Nach Maximilian musste sie nicht suchen. Küche, Essraum und Keller betrat er allein zu den Mahlzeiten. Worin er Vater trotz aller Unterschiede glich. Paula lief zu Maximilians Zimmer und klopfte an.

Statt eines »Herein« öffnete er ihr.

Paula nötigte sich ab, ihren Bruder, vor allem seine Augen, den Teint und seinen Blick, nicht zu auffällig zu mustern.

Maximilian trug lediglich ein Hemd, begrüßte sie mit einer Umarmung, löste diese rasch wieder und trat an den geöffneten Kleiderschrank. Der war ebenso der alte wie die Einrichtung im Ganzen, nur das Spielzeug fehlte. An den Wänden ein Bord mit Büchern, meist Fachliteratur, dazu ein paar Romane, die unangetastet wirkten. Über dem Bett die Urkunde zu seiner Konfirmation, ein Foto der Berkaer Kirche und sein Konfirmationsspruch: »In der Welt habt ihr Angst, doch seid getrost, ich habe die Welt überwunden«.

»Ach, Gott, was ziehe ich nur an?«

Paula trat zu ihrem Bruder an den Schrank, wo er ihrem Blick auswich. Auf seiner Stirn Schweißperlen.

»Mir ist alles zu warm, ich gehe im Hemd.«

Nur ein Hocker stand am Schreibtisch. Paula fröstelte. Maximilian machte den Schrank zu und setzte sich aufs Bett. Sie zog den Hocker herbei und nahm darauf Platz.

»Wie läuft es im Betrieb?«, fragte sie ihn. Das lähmende Schweigen durfte von ihr nicht Besitz ergreifen.

»Wie meinst du das?«

»Bindet Vater dich in die Abläufe ein?«

»Ja ... zumindest in der Werkstatt. Deren Leiter bin ich ja bereits, betriebsintern jedenfalls.«

Womit das dezidiert Kaufmännische ausgespart wäre. »Gut. Wann geht es zum Notar? Und wie steht es um den Betrieb?«

Sein Blick verriet bereits alles. »Nun, wie soll es dem Betrieb schon gehen? Nicht viel besser als den meisten anderen Unternehmen. Allein, was hilft es? Immerhin gelang es uns, zwei neue Aufträge an Land zu ziehen: die Wiederherstellung einer Heidenreich-Orgel aus dem frühen 19. Jahrhundert sowie ein Wartungsvertrag für eine Steinmeyer-Orgel bei Coburg. Wie du weißt, war ich eine Weile bei Steinmeyer. Anscheinend weiß man in Coburg meine Arbeit zu würdigen.« Maximilian streckte sich.

Ein Hoffnungszeichen. Schließlich hatte er bei Steinmeyer 1911 die Meisterprüfung abgelegt, auch wenn er eher der Tüftler war als der Handwerker.

»Hat Onkel Wilhelm das Darlehen ausbezahlt?«

»Ja.«

In das Wort »Onkel« erscholl der Gong, der Ruf zum Essen. Ihr Bruder stand augenblicks auf.

Paula trat zwischen ihn und die Tür. »Das Elternhaus ist kein Kasernenhof.«

Maximilian erbleichte.

Sie erschrak, überlegte, bereute – wie unsensibel von ihr! Vom Kasernenhof hatte schließlich sein Weg nach Verdun geführt. »Es tut mir leid«, brachte sie hervor, versuchte ein Wangenschmiegen.

Er ließ es zu. Dann aber lief er stramm wie ein Soldat aus seinem Jugendzimmer und die Treppe hinunter.

Paula blieb nichts übrig, als ihrem Bruder zu folgen.

Im Hause Bertram sprach man ein Tischgebet.

»Ach, Herr Jesus, wärst du unser Gast, dann sähest du, was du uns da bescheret hast«, murmelte Paula innerlich. Wobei Jesus das Huhn in Wein sicher geschmeckt hätte, vermutlich auch die vorzüglichen Kartoffeln. Paula war außerdem nicht entgangen, dass ihr Vater angesichts des Gerichtes die Augen verdreht hatte, als hätte er Paula lieber Graupen serviert.

Gleichwohl gab Mutter ihm das größte Stück auf den Teller. Vater beklagte die »Knorpel im Huhn«. Ohne alle Knorpel hätte er die »horrenden Preise« gerügt, die Mutter für das Geflügel hatte zahlen müssen. Maximilian schwieg; er war beim Essen nie gesprächig gewesen.

Mutter gabelte sich ein Stück von der Hühnchenbrust aus der Schüssel und trug es Vater an. »Schau, das hier ist schieres Fleisch.«

Vater nickte sparsam. Ließ sich noch eine Kartoffel reichen, die er mit der Gabel zerdrückte. »Sämig soll die Soße sein«, maulte er mit reglosen Mundwinkeln, »sämig, weißt du?« Er schnitt sich von dem Brustfleisch ab. Die Gabel zitterte in seiner Linken. Er ließ sie kurz auf den Teller sinken, griff sich an die Schulter – seine Lindenblattstelle. Manche Verletzungen heilten nie.

»Was gibt es hier zu glotzen?« Vater drehte sich theatralisch Paula zu.

Paula zuckte zusammen. Nichts anmerken lassen, gelassen bleiben und ihm zugewandt. »Ich bin bloß in Sorge um dich wegen deines Schlaganfalls«, beteuerte sie. »Ich hoffe, dass es dir wieder besser geht.« Paula schaute zu ihrem Bruder. Er hatte aufgehört zu essen. Blinzelte er ihr zu? Wollte er sie warnen?

Vater ergriff das Messer, ohne weiterzuessen. »Noch besser ginge es mir«, entgegnete er kühl, »gäbe es nicht den Anlass für deinen Besuch.« Er zeigte mit dem Messer in der Rechten hin zu ihr. »Bis heute weiß ich nicht, wer oder was dich zu uns ins Sächsische geritten hat. Außer dass du mich vor der Truppe lächerlich machen wolltest.«

Paula stand auf, nahm aus ihrer Tasche den Zornesbrief und legte ihn zunächst ohne das Kuvert auf den Tisch. »Nun, ich denke, dieser Brief hier ist Anlass genug, dich auf ein Wort hin beiseitezunehmen. Wohlgemerkt beiseite, abseits deiner Truppe. Wenn du mich gelassen hättest.«

Vater griff nach dem Brief. Er setzte, über sein schwindendes Augenlicht schimpfend, seine Lesebrille auf und lief rot an im Gesicht. »Pfui Teufel! Meine Tochter stiehlt!« Er sprang auf, mit dem Messer in der Hand hielt er auf sie zu und wies zur Tür. »Raus!«

Paula blieb ungerührt stehen und hielt ihm das Kuvert unter die Nase. »Damit du nicht meinst, ich schnüffele in fremden Papieren.«

Vater schüttelte den Kopf, seine Brille rutschte ihm von der Nase, er bekam sie zu fassen. Er steckte den Brief zurück in das Kuvert, ließ ihn in seinem Spitzfrack verschwinden und warf Mutter dann einen hasserfüllten Blick zu. »Nun gut, wir wissen ja, wie der Haushalt hier geführt wird. Ich jedenfalls gab das nicht zur Post.«

»Theodor, lass uns bitte vernünftig reden«, flehte Mutter und faltete die Hände gen Himmel. »Ich habe nichts mit dem Brief zu tun! Du siehst doch an der Schrift, dass ich ihn nicht an Paula adressiert habe.«

»Schweig!«

»Vater!« Maximilian trat dazwischen. »Bitte. Lass uns im Guten über alles reden. Wem ist denn geholfen, wenn wir uns streiten? Stehen wir zusammen! Wir könnten eines Tages auf Paula zurückgreifen müssen.«

»Nun, mein lieber Filius, zusammen ist gut, straffe Führung ist besser.« Vater nahm seine Brille ab und putzte diese mit seiner Weste. »Zu viele haben hier schon gemeint, auf der Brücke ein Wörtchen mitreden zu können; sie sind es nicht wert, dass ich ihrer gedenke.«

Er warf Paula einen vernichtenden Blick zu und lief daraufhin zur Anrichte. Auf der, von ihr bislang unbemerkt, ein Etui aus Samt lag.

Mutter trat auf Vater zu. »Theodor, bitte nur im Guten, wie auch ich es immer gut mit dir und dem Betrieb gemeint habe! Bitte sei Paula nicht gram. Gott behüte, dass einem von euch, dir oder Maximilian, irgendetwas zustoße, aber des Allmächtigen Wille ist unergründlich. Und Paula …«

»… wird schon rein juristisch keine Meisterin des Orgelbaus werden.« Vater steckte die Brille ein. »Ganz abgesehen davon, dass sie Gottes Wille, auf den du dich berufst, mit Füßen getreten hat. Wo kämen wir denn hin, wenn nach einer Maßregelung und nach jedem Machtwort immer gleich auf Scheidung geklagt würde?«

Mutter zog den Kopf ein, Paula aber hielt Vaters Blick stand. Einer Eingebung folgend schritt sie zur Vitrine, nahm die alte Familienbibel heraus und hielt sie Vater entgegen. »So. Und nun zeig mir, wo Gott dem Mann erlaubt hat, seine Frau zu züchtigen.«

»Herbert hat dich nicht gezüchtigt.«

»Wohl hat er das. Sonst hätte kein Richter in diesem Lande unsere Ehe geschieden.«

Vater schwieg. Er entwand Paula die Bibel und stellte sie in die Vitrine zurück. Dann erklärte er: »Na schön. Doch nichts von dem, was in dem Brief steht, nehme ich zurück. Und ich stelle nochmals klar, dass ich ihn formulierte, um meiner Meinung Gestalt zu geben. Ich habe ihn zu keiner Zeit auf irgendein Postamt gebracht.« Von der Vitrine aus ging er nun zu dem Etui aus Samt. »Mein Sohn, ich übergebe dir hiermit das Steuer. Diese Krawattennadel, die mein Vater, Goldschmied und großherzoglicher Hoflieferant, selbst gefertigt hat, sei dir Zepter des Betriebssteuermanns. Alles Weitere walte der Notar.« Vater hielt inne, runzelte die Stirn, vermutlich weil Maximilian weder Jackett noch Krawatte anhatte, und bedeutete ihn auf sein Zimmer. »Los, mein Filius, kein Sonntag ohne Staat, das solltest du wissen.«

Maximilian nickte brav und ging. Angewidert verließ Paula mit ihrer Mutter den Raum.

»Das stimmt alles nicht«, stammelte Mutter, als sie draußen waren. »Es war der Wunsch meines Schwiegervaters, dass Theodor und Wilhelm die Orgelbauwerkstatt gemeinsam gründen und führen. Bereits diese Bitte hat er in den Wind geschlagen.«

Fünf Minuten später prangte die goldene Krawattennadel an Maximilians Krawatte. Das Huhn im Wein war kalt geworden. Mutter servierte das Zwetschgenkompott. Kein einziges Wort fiel mehr bei Tisch.

»Hicks!«

Vater räusperte sich.

»Hicks!«

Ein Schluckauf, der nicht weichen wollte, sodass Mutter den Hausarzt rief.

FUGE
1923–1929

1

Hans beugte sich über die Zeitung und sah nach dem Kurs des Dollars. »Bald sind wir Millionäre. Es ist beängstigend.« Er warf ein Bündel Scheine in den Korb. Schon bald könnte es dafür keinen Wocheneinkauf mehr geben.

Finster waren die Aussichten des noch jungen Jahres 1923. Die Franzosen hatten das Ruhrgebiet besetzt und holten sich das Wenige, was das Reich noch an Gütern besaß. Die Einwohner dort leisteten passiven Widerstand, waren aber ohne Arbeit und Brot. Oder mussten auf Wanderschaft. Die Gelddruckereien liefen heiß.

»Soll ich einkaufen gehen?«, fragte Paula, die den von Hans persönlich angefertigten Spieltisch für »unseren Amerikaner« unter den Hobel genommen hatte. Bis zur Mittagspause lohnte es sich nicht mehr, mit etwas anderem zu beginnen.

Hans legte die Zeitung zusammen. »Kauf, was du kriegen kannst, Frau Finanzministerin.«

Paula fuhr aus dem Kittel, sah an sich hinab. Die Latzhose war geflickt, doch hielten die Nähte nicht lang, zu mürb war der Stoff. Sie sollte dringend nach Weimar zum Schneider, der vermutlich zu einer neuen Hose raten würde. Fünf Nullen. Bloß zwei weitere Hosen besaß sie zum Wechseln. Sie zog den Mantel über, noch war es Winter, und machte sich auf den Weg.

Auf den Gassen waren die Blicke zu Boden gerichtet, der Verfall der Mark machte den Menschen zum Rehkitz. Vor dem Haus des Kaufmanns eine Kundentraube. Keiner pries den Abend, wenn er mittags zu spät dran gewesen war.

Paula reihte sich ein. Ließ eine Mutter mit ihrem Hosenmatz vor. Deren Augen verrieten, wie das Geschick zuschlagen konnte. Ihr Gatte war, wie man im Ort erzählte, kürzlich an Tuberkulose gestorben.

Finanzministerin. So hatte Hans sie vorhin genannt. Stolz darauf war sie schon. Mit den Dollars hatte es begonnen, als sie damals Hans' Unbehagen über den Dollaransatz des Arp-Schnitger-Begeisterten zerstreut hatte. Nun wuchsen alle seine Abschlagszahlungen mit der grassierenden Inflation, und nicht nur dies: Verfiele die Mark noch weiter, könnte und würde er die letzten Zahlungen in Dollar leisten. Zwar am Rande der Legalität, aber wie sagten alle so schön: *Cosi fan tutte!* – So machen es alle! Erste Landwirte weigerten sich, ihre Milch und Eier gegen Papiermark abzugeben, und selbst in Weimar steckten die Menschen mit Geldscheinen in dunklen Ecken die Köpfe zusammen. Klar, dass es auch um Devisen ging. Hätte Hans Dollars, kämen sie vermutlich leicht an frische Papiermark heran, um den Betrieb am Laufen zu halten.

Der Amerikaner, dessen Altonaer Villa nun fertig war und dessen Orgel zur Montage bereit, hatte zuverlässig die Abschlagszahlungen geleistet und sich, mit Hans' Worten, seine Orgel »redlich verdient«. Außerdem war die Fachwelt in der Hansestadt, in der es auch historische Orgeln von Arp Schnitger gab, auf das Projekt aufmerksam geworden. Laut Hans werde sie verschiedentlich in einem Atemzug mit einer Praetorius-Orgel in Freiburg im Breisgau genannt, welche ebenfalls auf private Initiative hin von Oscar Walcker gebaut worden war. Von einem Orgelbauer also, der dem barocken Erbe kaum zugeneigt war. Hans' Credo, »Zurück zur Barockorgel«, wirkte mithin nicht mehr so einsam.

»Der Nächste bitte!«

Paula war an der Reihe. Blätterte das Bündel Scheine auf den Ladentisch und bat den Kaufmann, ein Sortiment an haltbarer Ware zusammenzustellen, dazu frisches Graubrot, Käse, Eier und Wurst. Immerhin so viel, dass der Korb voll wurde.

Auf dem Rückweg begegneten ihr zwei Handwerkskollegen aus dem Dorf, der Zimmermannsgeselle Bert und Alexander, Geselle im Schlosserhandwerk. Auch sie eilten zum Krämer, weswegen es bei einem »Glück auf!« blieb. Seitdem Paula die Gesellenprüfung im Tischlerhandwerk mit großem Erfolg bestanden hatte, war sie allenthalben anerkannt; selbst Herr Schlossermeister Halbleib wechselte nicht mehr ihretwegen die Straßenseite und grüßte sie sogar. Jeder im Dorf ahnte, dass ihre eigentliche Berufung der Orgel galt, dennoch ging sie damit nicht hausieren.

Paula drosselte den Schritt, der zum Hüpfen geworden war. Gottlob waren die Eier heil geblieben.

Zurück bei Hans, begutachteten sie beide die Einkäufe. Was der steten Kühlung bedurfte, kam in den Eisschrank. Der war jetzt Gold wert, jedenfalls solange das Eis reichte, doch Hans hatte zum Glück Kontakte zu einem Großgastronomen. Denn Vorräte waren Trumpf. Paula fragte sich, wie Ärmere über die Runden kamen, welche kein Eis, geschweige denn einen Eisschrank besaßen. Auch sie wäre in ihrer ärmlichen Behausung ohne Vorratsräume aufgeschmissen. Deshalb kauften Hans und sie schon seit Wochen stets gemeinsam ein. Und Paula war nicht nur Hans' Finanzministerin. Sie zeichnete auch fürs Essen verantwortlich. So kam die Hauswirtschaftslehre, die sie auf Vaters Geheiß hatte absolvieren müssen, ihr jetzt zugute. Meist aßen auch Volker und Oskar mit sowie zwei neue Lehrlinge, die Hans im Orgelbau ausbildete, dank Zuschüssen der Sozialbehörden, die keine jungen Menschen auf der

Straße hungern sehen wollten. Ein ganzes Volk lebte im Ausnahmezustand.

»Alles verstaut!«, rief Hans. Lächelnd bis fast zu den Ohren, konnte er nun mit einer Neuigkeit aufwarten. »Bereits in drei Wochen sollen wir in Altona die Schnitger-Orgel montieren und intonieren.« Er zeigte Paula einen Briefumschlag. »In diesem Brief sind die Frachtpapiere für die Bauteile. Unser Amerikaner zahlt uns den Lastwagen von hier zur Weimarer Güterabfertigung.«

»Und das Gehäuse?«, fragte Paula. Darum war es eher am Rande gegangen.

»Das Gehäuse hat sich der Gute nach unseren Aufmaßen von einem Zulieferer fertigen lassen.« Hans runzelte die Stirn. »Na gut, im April ist es so weit. Wie gesagt, lumpen lässt er sich nicht. Er stiftet uns das Hotel für unseren Aufenthalt in Altona.«

»Wie heißt der Gute eigentlich?«

»Ernest Wright.«

Paulas Herz hüpfte. Altona. Hamburg. Ein Hauch von Welt, die ihr unbekannt war. »Ich darf doch mit?«

»Klar.« Hans nahm die Lesebrille ab. »Ohne dich wäre ich ein Meister ohne Hände. Du stehst einfach überall deinen Mann.«

Paula lächelte verhalten. Sein Wort in Gottes Ohr. Seit Langem beargwöhnten die Behörden sie. Es war bloß eine Frage der Zeit, bis sich so ein Arbeitsschutzbeamter in der Werkstatt umsehen würde, mit schwarzer Tasche, Ziegenbart und gespitztem Bleistift. Oder bestand die Möglichkeit, dass Paula durchschlüpfte, weil Vater Staat zu viele andere Sorgen hatte?

Ein Lichtblick war Paula das Orgelspiel. Magda unterrichtete sie weiterhin. Zwar ruhten, wenn die Arbeit vorging, Üben und Unterricht eine Zeitlang, doch war Paula rasch den

Anfängen entwachsen gewesen. Mehrfach hatte sie in Taubach und in Mellingen den Gottesdienst gespielt. Noch war der Dienst an der Orgel in den Dörfern ein Ehrenamt; ein Taschengeld gab es nur für die Buben an den Bälgen. Doch hatte Pfarrer Herwig Paula hin und wieder ein Scheinchen aus dem Klingelbeutel zugeschanzt und sie an Feiertagen zum Mittagessen ins Pfarrhaus eingeladen.

»Was steht nachher an?«

»Wir müssen nochmals an den Spieltisch«, meinte Hans und steckte den Bleistift hinter das Ohr. »Herr Wright hat wieder Sonderwünsche. Mit dem Brief ist auch ein Telegramm mit fast 50 Wörtern von ihm gekommen. Muss ein Vermögen gekostet haben!«

»Was möchte er denn?«

»Registerzüge aus Teakholz.«

Von außen ein Bellen, Nachbars Hund kläffte wieder mal den Bürgersteig an.

»Was ist das für ein Holz?«, fragte Paula und folgte Hans in den Orgelsaal hinüber, wo Spieltisch, Hölzer und Pfeifen der Montage entgegensahen.

»Es kommt von tropischen Bäumen. Zum Glück hat er mir eine Firma in Leipzig genannt. Als du einkaufen warst, habe ich da angerufen. Morgen liefern sie.«

Paula nickte. Klar, dass das Holz von dem Amerikaner dort vorab geordert worden war.

Hans, sonst die Ruhe selbst, war so aufgeregt, dass er wie ein flatterndes Huhn durch den Saal wirbelte. Vermutlich der Lieferung wegen, eines Holzes, mit dem er nicht per Du war. Außerdem, sie sah es an seiner Stirnfurche, schien ihn irgendetwas über Schnitger hinaus zu beschäftigen.

»Kann ich dir behilflich sein? Oder was für dich tun?«, fragte Paula ungelenk.

Hans schwieg. Er streifte den Kittel ab und wusch sich an der Schüssel das Gesicht, ging ans Kanonenöfchen und hängte sein Handtuch zum Trocknen auf. Paula war am Spieltisch stehen geblieben, dessen Registerzüge sie nun neu einrichten mussten. Links die von ihr gefertigte Orgelbank, ein sonst sträflich beiläufiges Möbel, sobald die Abmaße feststanden. Anders für ihren Amerikaner. Der hatte ihnen eine Kurbel zum Verstellen der Höhe untersagt. Entstanden war deshalb eine Bank, deren Sitz waagrecht verschoben und so auf drei Höhen eingestellt werden konnte.

Sie nahm darauf Platz. Worauf sich Hans neben sie setzte. Er füllte seine Tabakspfeife, die er selten benutzte, steckte sie sich an und erklärte: »Um Meisterin zu werden, wirst du leider nicht bei mir bleiben können. Mit Folgeaufträgen sieht es mau aus. Daran wird sich auch nichts ändern, solange es wirtschaftlich weiter bergab geht. Ich werde dich nicht mehr entlohnen können, wie du es verdienst.«

Der Nachbarsdackel hatte sich wieder beruhigt, es war nun beängstigend still.

Bis es von fern, wohl aus dem Holzlager, zaghaft hämmerte. Geselle Oskar. Er langte den Hammer und die Nägel immer mit Handschuhen an.

2

Im April war es dann so weit: Ernest Wright rief zur Montage der Arp-Schnitger-Orgel.

Für Paula die erste größere Reise überhaupt. Im Elternhaus kannte man keinen Urlaub. Ein kleiner Orgelbauer war immer im Dienst, sonst drohte er Aufträge zu verpassen. Herbert, ihr geschiedener Gatte, hatte ihr gern Urlaubsreisen an den Gardasee versprochen, sie jedoch immer wieder vertröstet. Und dann war der Krieg gekommen. Herbert war nicht eingezogen worden, da er stark kurzsichtig war. Später war er für unabkömmlich erklärt worden, weil er bereitwillig an Orgeln Dienst getan und die Zinnpfeifen abmontiert hatte. Schande über ihn, denn nicht alle Industriellen hatten sich vereinnahmen lassen. Ein weiterer Nagel im Sarg ihrer flüchtigen Liebe, die eine große Illusion gewesen war.

»Paula, kommst du?« Hans, vom Hof her. »Die Droschke wartet schon.«

»Sofort.« Sie strich den verblichenen Stoff ihres Gabardinemantels glatt, ohne den es in diesen noch spätwinterlichen kühlen Tagen nicht ging, und griff nach den Koffern. Viel zu früh waren sie dran, der Zug ging erst in drei Stunden. Hans wollte auf den Weimarer Ämtern noch »diverse Dinge regeln«, über die er Paula nur knapp unterrichtet hatte. Sicher ging es wieder einmal um sie. Über sie als Frau. Bei ihrer Gesellenprüfung waren Paula knifflige Fragen gestellt worden. Ihr Gesellenstück war schwerer zu fertigen gewesen als die der männlichen Absolventen. Paula hatte alle Klippen gemeistert.

Los ging die Fahrt. In Oberweimar fiel Paula eine Zimmerei auf. Die Gebäude ähnelten denen von »Orgelbau Bertram«. Paula zuckte zusammen. Wie mochten die Geschäfte in Bad Berka gehen, drei Jahre nach der Übergabe des Betriebes? Onkel Wilhelm schien Maximilian zu beraten, was ihren Vater bisher vom Betrieb ferngehalten hatte. Der jedoch stand dem Vernehmen nach auf der Kippe, es fehlte an Mitarbeitern. Maximilian hatte anscheinend seinen besten Gesellen entlassen müssen, weil er nicht mehr adäquat zu entlohnen war, und ein zweiter hatte von sich aus gekündigt. Schlimmer noch: Vater drängte mit Macht in die Werkstatt zurück, weil Maximilian auf dessen Arbeitskraft nicht mehr verzichten konnte. Und wie mochte es dort um Aufträge stehen, in dieser Zeit, da alles aus den Fugen geraten schien?

Ein Ruckeln, die zwei Pferde scheuten. Ein Automobil hatte zu schneidig überholt. Die Miene des Fahrers, die sie kurz gesehen hatte, als er an ihnen vorbeifuhr, erinnerte Paula an Herbert. Linker Hand kam der Park an der Ilm in Sicht.

Hans saß links neben ihr. In sich gekehrt ließ er Daumen und Zeigefinger umeinander kreiseln. Worüber dachte er nach? Die Orgelteile konnten ihm keine Sorgen bereiten, die waren wohlbehalten angekommen.

»Wie geht es nach Altona weiter?«, fragte Paula in die lange Stille.

Hans' Daumen erstarrten. »Ehrlich gesagt, so genau weiß ich das auch nicht. Wir werden fürs Erste von Reparaturen leben müssen.«

Schloss das »wir« sie also doch ein?

»Ein Auftrag zum Neubau einer Orgel zeichnet sich nicht ab. Und eine Kirchengemeinde im Thüringer Wald will ihre Orgel jetzt doch nicht restaurieren lassen. Geht das so weiter, dann spielt in den Kirchen bald das Schifferklavier. Vielleicht wäre es das Beste, bis auf Weiteres den ganzen Laden zuzusperren.«

Paula sah auf ihre Schuhspitzen. Trotz Schuhwichse war das schwarze Leder matt geblieben. Sie tastete nach Hans. Zog ihre Hand jedoch zurück, bevor er darauf reagieren konnte, und setzte sich darauf. Unbequem, wie das war, zog sie sie wieder hervor und legte die Hände in den Schoß. Wovor bangte ihr? War es die Männerwelt, in der sie sich bald würde behaupten müssen? War es der Schatten ihres Vaters? Ihr unbändiger Wille, die erste Orgelbauerin in Deutschland zu werden?

Die Droschke hielt unvermittelt an. Links mündete die Berkaer Straße in die Belvederer Allee; sie waren also kurz vor den Bauhaus-Gebäuden. Vor ihnen ein Leichenzug, der von der Stadt her in die Berkaer Straße zum nahen Friedhof einbog und ihnen den Weg versperrte.

»Paula!«

Paula schrak aus den Gedanken, sie drehte sich nach der ihr vertrauten Stimme, die von draußen kam. Magdalena stand am Straßenrand und winkte ihr zu.

»Wann geht noch mal der Zug?«, fragte sie Hans.

»In gut drei Stunden, um 12.08 Uhr.«

»Brauchst du mich in der Stadt?«

»Nein.« In seiner Miene ein Seufzen, als wollte er ihr sagen: »Im Gegenteil.«

»Bis nachher am Bahnsteig.« Ehe Hans reagieren konnte, war sie vom Sitz gesprungen. »Ich möchte mich gerne von Magdalena verabschieden.« Es könnte ein Abschied für immer sein.

»Achte auf die Zeit. Der Zug wartet nicht!«

Paula lief auf Magdalena zu.

»Geht es jetzt nach Altona?«, fragte diese.

Paula nickte. Rasch fügte sie hinzu: »Hans hat in Weimar noch zu tun, bis wir abreisen. Unser Schnellzug fährt erst um kurz nach zwölf.«

Gottlob fragte Magdalena nicht nach. Gemeinsam gingen sie in den Park. Ach was, Paula hastete, Magdalena im Schlepp, weg von der Chaussee und dem weiten, ungewissen Weg, der doch erst begonnen hatte. Als die Kutsche außer Sicht war, fasste sie sich an die Taille, sie spürte Seitenstechen.

Magdalena an ihrer Seite stellte sichtlich besorgt fest: »Du fieberst!«

Unwillkürlich griff Paula sich an die Stirn. Sie glühte. »Es wird gleich besser«, beschwor sie, »lass uns einen Spaziergang im Park machen.«

Eine Weile liefen sie schweigend nebeneinanderher. Bald war das Tempelherrenhaus erreicht. Der Morgenzeit wegen stand es einsam da, das Bauhaus schlief noch. Die Sonne hatte schon Höhe, wärmte jedoch nicht, ein Frühling ohne Kraft. Paulas Begegnung mit der Bauhausstudentin Brigitte Hartwig vor drei Jahren, auch im April und vor ihrem Besuch bei Wilhelm, hatte sie öfters zu den Bauhaus-Werkstätten, auch zum Tempelherrenhaus, pilgern lassen. Doch Brigitte hatte ihr Studium mittlerweile abgeschlossen. Und selbst am Bauhaus, der Schule der Zeitenwende, wie es sich gern sah, war viel beim Alten geblieben. Itten schien mit seinen Kuttenjüngern gegangen zu sein.

Unwillkürlich war Paula auch im Hier und Jetzt dem Bauhaus entlaufen und hatte die Ilm überquert.

»Hast du Angst vor der Reise?«, fragte Magdalena. Sie hatte Paula, ohne dass sie es bemerkt hätte, zurück in Richtung Tempelherrenhaus gelotst.

Paulas »Nein« geriet zu halbherzig, ihre Mentorin ließ nicht ab.

»Wie geht es nach Altona weiter?«

Zwischen den Bäumen kam das Tempelherrenhaus in Sicht. Paula bog nach rechts Richtung Schloss ab. »Wird sich weisen. Letztlich weiß derzeit keiner, wie es weitergeht. Außer Gott der Herr.«

»Du fieberst«, beharrte Magdalena und lief unbeirrt auf das nun von Bauhaus-Studenten gesäumte Tempelherrenhaus zu.

Paula folgte widerwillig. Von der Allee her kam eine Studentin auf das Haus zu, die Magdalena anscheinend kannte. Sie trug einen roten Rucksack, aus dem Hammer und Meißel ragten.

»Guten Morgen, Magda«, rief die Studentin freudig und zog ihre abgerutschten Kniestrümpfe hoch. Sie wirkte wie ein Kind, hatte geflochtene Zöpfe. Ihre Haut schimmerte wie weiß gepudert. Sie glich einer gutbürgerlichen Konfirmandin, nicht einer Bauhaus-Studentin des Fachkurses Bildhauerei. Trotz ihres saloppen »Magda« zur Begrüßung passte nichts an ihr zu Magdalena.

Magdalena stellte Paula vor und fragte die Studentin, sie hieß Gerlinde Kropf, ohne jegliche Zurückhaltung, woran sie gerade arbeite.

»Schwer zu erklären«, murmelte Gerlinde, verlegen ob der vorlauten Frage.

Magdalena deutete zur Tempelherrentür. »Gut, dann zeig es uns.«

Gerlinde wagte ihr nicht zu widersprechen. Gemeinsam betraten sie das Tempelherrenhaus. Dort wirkte alles wie auf dem Sprung. »Wir Bildhauer müssen hier bald raus«, erklärte sie vor ihrem fast fertigen Werk: eine Frau mit hoher Denkerstirn aus hellem Holz.

»Warum?«, fragte Magdalena.

Gerlinde hob die Schultern. »Weiß nicht genau. Mal wegen Ittens Nachfolger, diesem Ungarn. Ich kann mir den

Namen nicht merken. Dann wieder heißt es, wegen der für September geplanten festlichen Bauhaus-Ausstellung. Oder weil die neue Bühnenwerkstatt Platz braucht.«

Das Haus war also ein Provisorium geblieben. Würde die Hochschule auch weiterhin Bestand haben?

Magdalena lotste Paula zu allen anderen Werken im Tempelherrenhaus, eher im Werden als vollendet. Gerlinde Kropf, die sie höflich begleitete, war jetzt nur mehr Staffage.

Paula fragte sich, warum Magdalena sie nur zu Skulpturen aus Gips führte, nicht zu Arbeiten der Bauhaus-Tischlerwerkstatt, die sie mehr interessiert hätten.

Vor einem »Versuch über Kollwitz«, so das Schild – schwarze Schrift auf Pappkarton –, blieb Magdalena stehen und beäugte das Werk.

Paula spähte auf deren Armbanduhr. Wieso hatte sie selbst keine Uhr? Doch, sie hatte eine. Ein Etui-Ührchen, das ihr die Patentante zur Konfirmation geschenkt hatte. Paula trug die Uhr ungern, weil sie nachging, vor allem aber, weil sie sich schon lange eine moderne Armbanduhr kaufen wollte. Hätte sie es doch früher getan, nun war sie wegen der Inflation unerschwinglich.

Viertel nach zehn. Gerlinde Kropf verabschiedete sich, sicher war sie ihrer Funktion als Dekoration überdrüssig.

»Paula?«

»Ja?«

»Wie geht es nach Altona weiter?«

»Warum fragst du das wieder?«

»Weil ich es gut mit dir meine, liebe Paula.«

War das auf Hans gemünzt? »Liebe Magdalena, dein Unterton gefällt mir nicht. Ich brauche keine Belehrungen von dir.« Sie floh aus dem Tempelherrenhaus, der »Versuch über Kollwitz« deprimierte sie.

Magdalena folgte ihr.

»Meinst du etwa, ich sollte ans Bauhaus?«, fragte Paula, um das Thema abzuräumen.

»Ja.« Magdalena zog sie vom Pfad zurück wegen eines zu forschen Fahrradfahrers. »Ich sehe dich als Künstlerin, nicht als Handwerkerin.«

»Selbst wenn es so wäre«, entgegnete Paula, »es wäre nicht mein Weg.« Sie ließ den Radfahrer passieren und strebte in Richtung Schloss. »Abgesehen davon, dass es das Bauhaus bald nicht mehr geben könnte.«

»Unerhört! Dass du so kleingläubig bist wie die Pfaffen, hätte ich nicht von dir erwartet.«

»Magdalena, nochmals: Ich bin Handwerkerin. Ich habe ein Ziel und bedarf keiner Schule. Auch keiner Hochschule. Der Orgelbau ist Kunst genug.«

»Schade, Paula. Ich habe dich für ambitionierter gehalten.«

Paula wäre nicht Paula, nähme sie sich diesen Tadel nicht zu Herzen. »Nicht böse sein, Magda, bitte. Ich habe dir viel zu verdanken.« Vorhin war es Viertel nach zehn gewesen, es war also noch Zeit. »Ich möchte dir gerne zeigen, was ich von dir an der Orgel gelernt habe. Und zwar gleich.«

»Wie ›gleich‹?«

»Du spielst doch auch in der Herderkirche und hast den Orgelschlüssel. Lass mich dort für dich spielen, bis ich zum Bahnhof muss. Und sage mir bitte, sobald es an der Zeit ist. Ausnahmsweise?«

»Ausnahmsweise.«

Paula und Magdalena liefen zur Herderkirche, betraten diese und stiegen auf die Empore. Eine Wolldecke lag über die Orgelbank gebreitet, Handschuhe ohne Fingerkuppen warteten auf den nächsten Einsatz.

Magdalena legte eigenmächtig die Decke zusammen. Dann fragte sie: »Wann fährt dein Zug?«

»Um 12.08 Uhr.«

Magdalena sah auf ihre Armbanduhr.

Paula zögerte. Magdalena war ihr in all ihrem Rigorismus fremd geworden. Außerdem hatte Paula keine Noten dabei. Vor dem Schrank des Kantors prangte ein Vorhängeschloss. Sie musste mit dem Wenigen vorliebnehmen, was offen unter dem Sitz der Orgelbank zu finden war. Nebst Kantorei-Literatur lediglich ein Band mit Stücken von Gustav Merkel, einem früheren Hoforganisten in Dresden. Die Werke waren darin nach Schwierigkeitsgrad geordnet.

Paula legte das erste, leicht spielbare Stück auf und setzte sich. Hinter ihr Magdalena, die über diesem »epigonalen Schwulst« zwar gerne die Brauen hob, aber ihren Johann Sebastian auch immer wegsperrte.

Die Walcker-Orgel der Herderkirche war für Merkel ideal. Ein vorhandener Fingersatz erleichterte den Zugriff. Bald meisterte Paula dieses Werk und schwelgte in Merkels Harmonien. Der hatte sein Handwerk beherrscht. Sie probierte noch das eine und das andere weitere Stück aus und floh aus Raum und …

… Zeit.

Paula erstarrte. »Mein Zug!«

Sie fuhr herum. Von Magdalena keine Spur. Die, wie sie Paula versprochen hatte, dank ihrer Armbanduhr die Zeit im Blick gehabt hätte.

Sie schaltete die Orgel ab und rannte los.

Trotz der Eile kam sie um wenige Sekunden zu spät. Sie sah dem auslaufenden Zug hinterher.

Hans war nicht zugestiegen, sondern hatte auf sie gewartet. Mit einem »War ja klar!« eilte er vom Bahnsteig, um Wright per Telegramm zu informieren.

»Zieh mir die Kosten für das Telegramm und die Droschken vom Lohn ab«, bat Paula beschämt, als Hans endlich zu ihr zurückkehrte.

Die Koffer in ihren Kniekehlen, stiegen sie die Treppe in den Gleistunnel hinunter. Auf dem Bahnhofsvorplatz winkte Hans eine Kraftdroschke heran. Der Fahrer hieß sie zusteigen und lud das Gepäck.

»Was hast du so lange getrieben?«, fragte Hans, unverhofft milde im Ton.

»Ich konnte mich nicht von der Orgel trennen«, murmelte sie. So sparte sie das Händeringende aus. »Glaub mir, es tut mir leid.«

Hans nickte und gab »Taubach Dorfanger« als Fahrtziel zu verstehen.

Paula erschrak. Hatte sie vorhin in der Kirche die Orgel abgeschaltet? Eine Frage, die nicht zu zerstreuen war. Paula vertraute sie Hans an. Der bat den Chauffeur, zuerst zur Kirche zu fahren, er habe etwas mit dem Pfarrer zu besprechen.

Durchflutet von Dankbarkeit, eilte sie mit Hans in die Kirche. Wo an der Orgel natürlich alles in Ordnung war. Nein, nicht ganz. Unter der Orgelbank lag ihr Halstuch, ein Verlust, der ihr in der Aufregung nicht aufgefallen war. Sie schlang es um und sprach ein stilles Gebet.

Als der Wagen jenen Ort passierte, an dem sie am Morgen aus der Droschke geflüchtet war, tastete Hans auf dem Sitz nach ihr.

Diesmal ließ Paula es zu. Sie ergriff seine Hand und wärmte sich daran. Ein Frösteln der Liebe, ein Sehnen nach Halt, den diese Zeit ihr nicht bot?

3

Wie im Flug war die erste Arbeitswoche vergangen, alles war nach Plan verlaufen. Dank dreier Gesellen, welche Mr. Wright bei einem benachbarten Orgelbauer akquiriert hatte, war die Orgel nun mit dem kompliziertesten Register, dem »Scharff«, früher als kalkuliert montiert.

Kommende Woche ging es ans Stimmen und Feinintonieren. Volker und Oskar, beide eher Bastler denn Musiker, konnten bald den Heimweg antreten.

»Bitte Endkontrolle Scharff«, sprach Hans. »Pfeifen auf Sitz überprüfen.«

Hochkonzentriert gingen Hans und Volker zu Werke, Paula und Oskar reichten das Werkzeug. Bei den höheren Tönen wechselten sie.

»Fertig«, beschied Volker und steckte die Wasserwaage in die Tasche seiner Arbeitshose.

»Feierabend.« Hans.

»Sonntag«, ergänzte Paula.

Ernest Wright fehlte. Sein Vertrauen musste grenzenlos sein. Er hatte einem Hausverwalter, der sie empfing und betreute, alle Schlüssel für Villa und Orgelsaal überantwortet und war dann auf ein Schiff nach den Vereinigten Staaten gegangen. Um, wie er Paula in seinem amerikanischen Akzent erklärt hatte, »dort nach dem Richtigen zu sehen«. Er hatte mehrere Kirchen in den USA und ließ in die größte eine Orgel von Walcker mit fünf Manualen und Fernwerk bauen. Nicht nur die Kirchen, auch die Wohlfahrt als Ganzes schienen dort in den Händen wohlhabender Industrieller und Bankiers zu sein. In Deutschland undenkbar, hier investierten sie angesichts der Hochinflation in Sachwerte und Rohstoffe. Oder spekulierten mit Devisen und Immobilien.

Endlich Sonntag, wiederholte Paula im Geiste. Er kam zur rechten Zeit. Hans hatte ihr erzählt, es gebe in Hamburg große Schnitger-Orgeln in St. Jacobi und St. Nikolai. Schließlich sei der Meister von Neuenfelde nahe Hamburg aus tätig gewesen.

Paula wartete, bis rund um die Orgel gekehrt und aufgeräumt war. Dann schlug sie vor: »Lasst uns morgen nach Hamburg in die Jacobikirche zum Gottesdienst gehen.« Was von ihrem Hotel aus, das in Altona lag, einen längeren Fußmarsch oder eine Hochbahnfahrt erforderlich machte.

Volker und Oskar wollten sich ausruhen. Hans zögerte, sagte aber zu.

Anderntags nieselte es; Böen stülpten die Regenschirme um. Viele Passanten trugen keinen Schirm, sondern Jacken und Mützen, an denen aller Regen abzuperlen schien. Paula erlöste ihren Schirm, klappte ihn zu. Auf dem langen Marsch musste sie an Magdalena denken, an ihren spürbaren Tadel. War sie zu konservativ? Allein weil sie sich Hans zuliebe mit Hausfrauen vor dem Laden in die Schlange einreihte, um der Hochinflation wenigstens an diesem Tag ein Schnippchen zu schlagen? Vor allem aber, trotz Herbert: Durfte sie nicht doch lieben?

Zwei Minuten vor dem Läuten kamen sie an. Hans und Paula betraten St. Jacobi, eine der großen Kirchen im Zentrum von Hamburg. Bereits von Weitem erkannten sie: Das war eine Schnitger-Orgel. Der Prospekt verriet es genau. Als jedoch der Kantor zu spielen begann, stand fest, in welch traurigem Zustand sie sich befand. Vielleicht war sie ihrer Zinnpfeifen beraubt worden, doch das schien es nicht allein. Der Zahn der Zeit machte vor keiner Orgel Halt. Oder die Instrumente wurden brutal »modernisiert«.

Solche Brutalität war hier nicht am Werk gewesen, die Orgel klang einigermaßen barock. Der Kantor gab sein Bestes, um sie klingen zu lassen, untermalt von den Seufzern der Jahre. Doch was für ein Instrument! Eine mächtige Mixtur, das kräftigste Register jeder Orgel, es bestand stets aus mehreren Pfeifen pro Ton, dazu integrative tiefe Stimmen. Jedes Manual ein eigenes Werk. Vor allem aber die Zungen, die an Schnitgers Orgeln herausragten.

Übermannt von der Orgel, schwelgte Paula die Predigt über – es ging darin um die Schafe, den Hirten und den Mietling – in Gedanken und genoss Vorspiel und Begleitung des Predigtliedes sowie das Postludium, ein Stück, das sicher Johann Pachelbel war und auf dieser Orgel auch nach Pachelbel klang.

Trunken vor Klängen, schritt Paula nach dem Schlussakkord aus der Kirchenbank, stolperte dabei an der Fußbank, wurde von Hans aufgefangen.

An den Portalen ins Freie sammelten sich die Kirchgänger. Als Paula sich an ihnen vorbeidrängeln wollte, sah sie, warum. Es regnete aus Kübeln. Keiner jedoch zückte hektisch den Schirm, alle blieben im Vorraum stehen. In Hamburg schien kein Regen von Dauer zu sein, rasch war er wieder vorbei.

Hans schien nach den letzten Regentropfen nicht hinaus zu wollen. »Muss mit dir sprechen«, raunte er und zog sie hinter eine Säule.

»Was ist?«

»Ich möchte versuchen, an den Pfarrer heranzukommen oder an den Kantor.«

Er sagte nicht, weshalb, Paula aber ahnte es. Er wollte mit ihnen über den bedrückenden Zustand dieses Kleinods ins Gespräch kommen. »Sehr gut. Mit mir zusammen?«

Hans wand sich. Blickte beschämt an ihr vorbei. Paula

kannte seine Befangenheit, wann immer er mit ihr unter Männer kam: Entweder vermuteten diese in ihr eine Tochter oder gar die »gnädige Frau«.

»Darf ich allein gehen?«

»Lass mich bitte mitkommen. Ich stelle mich selbst vor und du bist der Aufgabe enthoben.«

»Na gut.«

Sie trafen bloß den Pastor an, der Kantor sei, so antwortete der Pfarrer verlegen, schon über alle Berge. Im flachen Hamburg.

»Schätzt er die Orgel nicht?«, fragte Hans.

»Wissen Sie«, erklärte der Pfarrer leise, »die Schnitger-Orgel ist unser Stolz, aber auch eine Last. Stolz, weil es nicht mehr viele Instrumente von ihm gibt. Und eine Last, weil es wenige geworden sind, die sich noch auf ihn verstehen und die seine Instrumente schätzen. Allein das Vorhaben, die Orgel wieder zu Schnitger zurückzuführen, ist in unserer Kirchengemeinde umstritten.«

Hans zog eine Werbeannonce aus dem Rock, mit der er für seine Barock-Expertise geworben hatte.

»Wie viele Mitarbeiter haben Sie?«, fragte der Pastor hörbar kleingläubig.

»Mich zum Beispiel«, antwortete Paula keck und stellte sich vor. »Ich bin Tischlergesellin, doch meine Leidenschaft gilt der Orgel. Außerdem haben wir zwei erfahrene Gesellen im Betrieb.«

»Mutig, mutig«, lobte der Pfarrer, aber schon beim zweiten »mutig« wandte er sich wieder Hans zu: »Bauen Sie diese private Schnitger-Orgel in Altona?«

Hans bejahte.

»Nun, dies Instrument wird überschaubar sein.« Der Pfarrer wünschte ihnen einen gesegneten Sonntag und verzog sich in die Sakristei.

Anders als Hans, dem seine Enttäuschung anzumerken war, gönnte Paula der Schnitger-Orgel noch einen Blick. Trotz all ihrer Mängel hätte sie gern darauf gespielt.

Im Freien spitzte die Sonne hervor; die Brise hatte den Regen nach Osten geschoben.

»Und nun?«, fragte Hans draußen, eher sich selbst als Paula.

Sie einigten sich auf einen ausgiebigen Spaziergang. Endlich sahen sie mehr als Elbe, Villa und Hotel.

»Was für eine aufregende Stadt«, meinte Paula auf dem Kai, der ausgerechnet »Jungfernstieg« hieß.

Hans nickte nur. Die Nullen der Preise an den Cafés am Wasser erschreckten ihn. Paula auch, sonst hätte sie ihn auf einen Kaffee eingeladen. Erstaunlich, wie viele sich hier noch Kuchen leisten konnten.

»Lass uns nach Altona gehen«, schlug Hans vor. »Dort ist es nicht so teuer.«

»Bist du mir böse?«

»Inwiefern?«

»Weil ich in der Kirche vorgeprescht bin.«

»Nein, ganz im Gegenteil. Du wirst mutig deinen Weg gehen, wohin er dich auch führt. Ich hoffte, mag es auch vermessen sein, ich hoffte auf den Pfarrer.«

»Dass er uns mit der Wiederherstellung der Schnitger-Orgel beauftragt?«

»Nun, ich hatte mir erhofft, dass er zumindest darüber nachdenkt.«

»Gräme dich nicht. Mir scheint, dass es über die Zukunft der Orgel mehr als nur Streit über das Vorgehen gibt. Warten wir mal ab. Pfarrers Ratschlüsse sind ebenso unergründlich wie diejenigen Gottes.«

Paula und Hans hatten ihre Schritte Richtung Hafen gelenkt, das Salz in der Luft wies ihnen den Weg.

»Lass uns dort was essen«, meinte Paula, »Seeleute haben keine dicke Geldbörse.«

»Gern. Ich lade dich ein.«

»Aber …«

Hans jedoch beharrte: »Ich lade dich ein! Dass wir mit dem Pfarrer ins Gespräch gekommen sind, habe ich dir zu verdanken. Denn es war deine Idee, in den Gottesdienst zu gehen.«

Es wurde ein langer Tag am Hafen. Alles Geld saß locker, obwohl es der Regierung in diesen Wochen gelungen war, den Wert der Mark etwas zu stabilisieren.

»Kennst du Orgelbauer im Norden?«, fragte Paula, zurück im Hotel.

»Nein.« Hans bat am Empfang um die Schlüssel. »Jedenfalls nicht persönlich. Kemper in Lübeck ist namhaft. Dieser Kollege zumindest könnte sich von der barocken Orgelbaukunst noch nicht ganz losgesagt haben. Und Marcussen/Zachariassen in Apenrade.« Er hielt kurz inne. »Leider gehört diese Stadt nun zu Dänemark.«

Im Zimmer notierte sich Paula die Namen auf einen Zettel. Bald würde sie sich wohl von Hans verabschieden müssen – leider. Bangte ihr etwa davor?

4

»Spielen Sie Orgel?«, fragte Herr Wright nach der Abnahme des fertigen Instruments.

Paula stutzte. Wusste er das etwa von Hans? »Ja.«

»Show me.«

Er bat sie zum Probesitzen auf die Bank, brachte sie auf die richtige Höhe und legte ihr dann ein Heft mit amerikanischer Orgelmusik auf.

Paula sichtete die Stücke. Die enthaltenen Komponisten, alle aus dem 19. Jahrhundert, passten nicht zu Schnitger. Sie beließ es bei Principal und Flöten; ein Elektromotor sorgte für gleichmäßigen Wind.

»Enjoy your play«, rief der Hausherr voller Überschwang und zog nach Paulas ersten Takten das »Scharff«, das für solche Musik ungeeignet war.

Dennoch genoss sie das Spiel. Der Klang der Orgel erinnerte sie an die Schnitger-Orgel von St. Jacobi. Obwohl sie nicht original Schnitger war. Die Stücke waren nicht schwierig, sie gelangen ihr vom Blatt.

So vertieft war sie, dass sie nicht merkte, wie Herr Wright die Ohren spitzte. Dass er voll des Lobes über sie war und Hans um Paulas Anschrift bat. Und dass plötzlich eine Bedienstete schnellen Schritts den Saal betrat, um ihnen etwas Wichtiges mitzuteilen.

Bis Hans neben ihr stand. »Genug jetzt.«

»Wie fandest du mein Spiel?«, fragte Paula. »Unglaublich, dass man auf unserer Schnitger-Orgel diese Orgelmusik spielen kann.«

»Allerdings«, antwortete Hans lediglich. Als beide unter sich waren, erklärte er seine Eile. »Wir müssen packen und nach Taubach zurück. Volker hat eben ein Telegramm geschickt. Die ganze Werkstatt steht unter Wasser, ein Leck war in der Hauptwasserleitung.«

Sie verabschiedeten sich von Herrn Wright, welcher, sichtlich betroffen, ihnen viel Geld für Droschke und Rückreise in der zweiten Klasse gab, und erreichten um 18 Uhr den Bahnhof Altona, wo sich Hans um ihre Fahrscheine kümmerte. Kurz vor Mitternacht fuhr ein Zug nach Süden; dieses Mal würden sie in Bebra umsteigen und am Vormittag zurück in Weimar sein.

Erschöpft sanken sie im Waggon der zweiten Klasse auf die gepolsterten Sitze. Hans öffnete das Fenster. Sah plötzlich verschmitzt zu ihr rüber und sagte: »Der Wright ist begeistert von dir. Von deiner Arbeit und von deinem Spiel. Er werde dir ›Türen öffnen‹. Mehr sagte er nicht, doch er fragte mich nach deiner Anschrift.«

»Hast du sie ihm gegeben?«

Er nickte. »Glaube, vertraue mir, es geschah nur zu deinem Besten. Vielleicht hält er ja sein Wort.«

Was auch immer das verhieß.

Hans schloss das Fenster, breitete ein Plaid über sich aus und nickte bald ein.

Paula fand keinen Schlaf.

Kurz vor Bebra weckte sie Hans. Es war 6 Uhr und es hatte aufgeklart.

*

Der Wasserschaden in der Werkstatt hielt sich in Grenzen, denn es war Volker und Oskar gelungen, die Stromkreise zu kappen und alles von Wert in den ersten Stock zu schaffen. Die Feuerwehr pumpte das Wasser ab.

Dennoch ruhte der Betrieb. Die Räume mussten abtrocknen, Material und Werkzeug waren fortgeschwemmt worden, viele Metallteile korrodiert. Paula brachte Stunden vor Geschäften und Lagerhäusern zu, um das Nötigste zu ersetzen. Zugute kam ihnen, dass Wright durch einen Kurier weit vor der Zeit die Schlusszahlung erbrachte, die Hälfte in Mark, die andere in Dollar. Für die schwindsüchtige Mark gab es kaum noch was zu kaufen. Subventionierte Lebensmittel waren knapp und meist von schlechter Qualität, die Regale beim Krämer im Handumdrehen leer. Die Bauern forderten alle Devisen. Und die Sozialkassen waren im Rückstand, sodass Hans die zwei bezuschussten Lehrlinge schweren Herzens freistellen musste.

*

An einem regnerischen Tag holte Hans neben den Gesellen Volker und Oskar auch Paula ins Büro, den einzigen Raum, der trocken geblieben war.

»Weit und breit kein Auftrag. Dazu der Wasserschaden.« Er spielte mit dem Brieföffner. Ließ ihn fallen, Paula zu Füßen.

Sie hob ihn auf und gab ihn zurück.

»Danke.« Sein Blick blieb an ihr haften. »Du tust dich ja um, nicht wahr?«

»Ehrlich gesagt, ich warte auf den Brief.«

»Von Herrn Wright?«, fragte er.

»Ja, von Mr. Wright, natürlich«, beharrte sie, darauf bedacht, den Namen korrekt auszusprechen. »Du sagtest selbst, er nehme mit mir Kontakt auf.«

»Auch recht«, sagte er ohne innere Überzeugung. »Ich hoffe es für dich.«

»Und für uns interessiert sich hier keiner mehr«, beschwerte sich Volker, und Oskar nickte dazu.

»Euch entlasse ich nicht. Euch ist es zu verdanken, dass das Wasser keinen höheren Schaden angerichtet hat.«

Sicher, Hans hatte recht, trotzdem war Paula verstimmt. Sie sah bei Hans ihren Vater durchschimmern. Den Patriarchen, nicht mehr den Komplizen. Sie musste weg, und zwar bald. Ob Herr Wright ihr nun half oder nicht.

»Bleibt guter Dinge und macht die Fenster auf«, sprach Hans und lief zurück in die feuchte Werkstatt.

5

Paulas Hoffnung trog nicht. Tags darauf erreichte sie ein Brief aus den Vereinigten Staaten von Amerika:

Hoch verehrte Frau Bertram!
Ihre Begabungen machten mich staunen, was haben Sie für viel Talent! Ich zoegerte nicht, Sie bei »Orgelbau Stoerring« zu empfehlen, ein Werkstatt aus der Umgegend von Hamburg. Der Inhaber heißt Stoerring und wartet schon fuer Sie. Ein ehrenvolles Unternehmen, das modern, aber noch richtig hand-

werklich arbeitet mit Chief, ein Meister-Anwaerter, einige Gesells und Lehrlings. Der ist trotz Inflation gut im Geschaeft, also sorgen Sie nicht.
Darf ich mich noch erlauben, Sie Herr Fielding vorzustellen? Er wird, so Sie es moechten, Sie an meiner Elb-Villa-Orgel im Orgelspielen unterrichten. Ich bin sicher, Sie werden entzueckt von him sein.
Hochachtungsfull
Ernest Wright

Paula zuckte bei »Frau Bertram« zusammen, obgleich sie in Altona wie bereits in Weimar unter ihrem Geburtsnamen und nicht mit dem Ehenamen aufgetreten war und sich das »Frau Bertram« Wright gegenüber ausbedungen hatte. Vor allem aber rätselte sie über »Herrn Fielding«, den sie sich sofort ausmalte. Gewiss war er deutlich jünger als Hans. Hatte er sie bei Wright die amerikanischen Orgelstücke spielen gehört und gemerkt, was sie alles konnte? Wollte er auch mit ihr anbandeln? Dann musste sie ihm unmissverständlich die Grenzen aufzeigen.

In einem Brief zog sie Onkel Wilhelm über Wright und »Orgelbau Störring« ins Vertrauen.

Er antwortete rasch und bestärkte sie in ihrem Entschluss. Zumal »Störring« eine grundsolide Firma sei. Deren Instrumente gingen bis nach Amerika und würden wohl in Dollar bezahlt.

Blieb das eine, das sich nicht ersparen ließ: sich von Eltern und Bruder zu verabschieden. Bei ihren wenigen Besuchen seit Maximilians Übernahme des Unternehmens war sie von Vater erst ignoriert, dann stillschweigend akzeptiert worden.

Wilhelm hatte zwar angedeutet, dass er Maximilian mehr als nur stiller Ratgeber war. Ob dies im Einvernehmen mit Vater war? Oder gegen dessen erklärten Willen?

Sie zögerte es lange hinaus. Erst eine Woche vor der Reise zu Störring fuhr sie nach Bad Berka. Auch auf dem Weg zum Bahnhof hatte Paula gebummelt und balgte sich mit fremden Ellbogen um einen Platz auf der Plattform.

Am Ziel wartete sie, bis alle anderen Fahrgäste an ihr vorbei und ausgestiegen waren, ehe sie sich auf den Weg machte. 200 Meter vor ihrem Elternhaus hielt sie inne. Wilhelm kam ihr entgegen. Wo sonst konnte er gewesen sein als im Betrieb?

»Ach, Paula, du?« Er lupfte verlegen den Hut, schien sich das Weitere abzuringen. »Du möchtest dich sicher von zu Hause verabschieden.«

Paula nickte bloß. Wann immer sie nach Berka kam, jedes Mal war es zur falschen Zeit.

»Gut, Friederike wird sich freuen«, murmelte er. Mehr ließ Wilhelm nicht erkennen, deutete vage einen innerbetrieblichen Streit an, womit letztlich offenblieb, inwiefern er sich selbst als Teil des Betriebes sah. »Tut mir leid«, murmelte er betreten. »Der nächste Zug nach Weimar fährt erst in zwei Stunden. Ich warte am Bahnhof auf dich.«

Für ein Drama zu Hause sprach, dass er die unwirtliche Wartehalle des Bahnhofs vorzog.

»Danke dir«, sagte sie. »Dann hängt also der Haussegen mehr als nur schief?«

»Leider.« Womit ihr Onkel davonlief. Er wollte nicht mit ihr zurück zu ihrem Vater und Bruder.

Du sollst deinen Vater und deine Mutter ehren, auf dass dir's wohlginge und du lange lebest auf Erden. Wieso ließ nun auch Wilhelm sie im Stich?

Stille vor dem Betrieb, kein Maschinengeräusch, nicht einmal Stimmen. »Orgelbau Bertram« in Schockstarre.

»Suchen Sie wen?«

Paula schrak aus den Gedanken. Unversehens hatte sich

ein Fenster der Werkstatt geöffnet, und ein Mann mit schlohweißem Haar schaute heraus.

»Nicht wirklich«, stammelte sie und steuerte zögernd auf den Mann zu, der ihr mit einem Wink zu erkennen gab, ihr die Tür zu öffnen. Kurz darauf betraten beide den Vorraum zum Saal für die Erstmontage der Instrumente.

»Du bist doch Paula?« Sein Kropf hüpfte vor Aufregung auf und ab.

Woran sie ihn erkannte. Geselle Hubert. Im Betrieb, so lange sie zurückdenken konnte. »Dass du immer noch bei uns bist«, sinnierte Paula und rügte sich ob des »uns«. Nun gut, Tochter blieb sie halt ihr ganzes Leben.

»Ich koste den Schuppen nichts mehr, ich arbeite für Gottes Lohn.« Er griff an die Brusttasche. Die war anscheinend leer, denn er verzog das Gesicht.

Paula hatte keine Zigarette für ihn. Dafür formulierte sie nun ihr Anliegen: »Darf ich dich was fragen und du behältst es für dich?«

Er nickte.

»Wie läuft es im Betrieb?«

Hubert zierte sich. Bis er in den Tiefen seines Drillichs doch was zu rauchen fand. »Eine gute Frage.« Er zog an der Zigarette. »Im Prinzip lässt Theo Maximilian schalten und walten. Doch er traut ihm nicht, ist argwöhnisch. Wilhelm will wegen des Kredits, weil er mehrfach zugebuttert hat, auch mehr als nur ein Wörtchen mitreden. Und die Geschäfte sind im Sinkflug wie Mark, Volk und Land. Leben von der Hand in den Mund. Hätten wir nicht unsere Gärten, dann …« Hubert griff mit der flachen Hand an den Hals und machte sich den einen Kopf kürzer.

»Ist Wilhelm also noch in den Betrieb eingebunden?«

»Nun, Paula, mir scheint, du weißt mehr, als du zu erkennen gibst, nicht wahr?«

»Arg viel weiß ich nicht.« Was nicht der Wahrheit entsprach, ohne gelogen zu sein.

»Was hast du nun vor? Maximilian redet immer mit großer Hochachtung über dich. Er hätte dich sehr gerne im Betrieb, darauf nehme ich Gift.«

Vergifte dich nicht, dachte Paula, obwohl sie berührte, wie viel Maximilian von ihr hielt. »Ich gehe zu ›Orgelbau Störring‹ in den hohen Norden.«

Woraufhin Hubert nickte, nicht weiter fragte. Sein Blick verriet Anerkennung.

»Wie geht es Hans?« Hubert nahm einen Aschenbecher von der Fensterbank und schnippte die Asche von der Zigarette. »Auch ihn wüsste ich gern noch im Laden.«

»Hans ist gesund und guten Mutes, Gott sei Dank, trotz aller Widrigkeiten.«

Hubert schwieg nun, rauchte die Zigarette in aller Ruhe. Was für ein angenehmer Mensch.

»Liebe Paula, auch ich weiß nicht so viel, wie du dir vielleicht erhoffst, nur dass es zwischen Theodor, Wilhelm und Maximilian Streitigkeiten zu geben scheint, die mit einem Gebot für eine Orgel in Hessen-Nassau zu tun haben dürften. Und Theodor scheint über Geschäfte verärgert zu sein, mit denen Wilhelm sein durch die Inflation dahingeschmolzenes Ruhegeld aufbessert.«

Paula schwieg. Mehr hierüber sollte sie besser nicht aus ihm herauskitzeln.

Dann sagte Hubert noch: »Seit seinem Schlaganfall ist Theo angegriffen. Auch seelisch.« Er reichte ihr die Hand. »Ich muss jetzt ins Holzlager, aufräumen.«

Bestimmt ein reiner Vorwand. Egal.

Der bevorstehende Abschied von Mutter und Bruder fiel ihr plötzlich schwer. Sie hatte nicht einmal was für Mutter dabei – Schnittblumen waren unerschwinglich. Aber sie hätte auf den Wiesen einen Strauß pflücken können.

Mutter hatte anscheinend vor Sorgen keine Tränen mehr. Sie umarmten sich stumm. Wozu noch der Worte viel?

»Sei Gott befohlen. Bin so stolz auf dich!« Sie rief Paula in die Küche. »Nun, Paula, du weißt ja, was für ein eisernes Regiment der Schmalhans führt. Für dich brühe ich die letzten Bohnen auf. Bitte nimm Platz.«

Der Kaffee blieb schwarz. Paula teilte mit Mutter, die gab ihn an Maximilian weiter, der auf Paulas Stimme hin in die Küche gekommen war.

»Geh besser nicht zu Vater«, warnte er und setzte sich neben Paula. »Er möchte heute niemanden mehr sehen.«

Der Stein, der ihr von der Seele fiel, als sich die Türen hinter ihr schlossen, mochte bis zum Bahnsteig zu hören gewesen sein, wo Wilhelm sie erwartete.

Ein erstes Schnauben der Lok kündigte die Abfahrt des Nachmittagszuges an. Wider Erwarten traf Paula den Onkel nicht im Wartesaal an. Er schritt, wie um selbst Dampf abzulassen, mit kurzen, erregten Schritten vor der Dampflok auf und ab.

Der Zug war mäßig besetzt, die Ausflügler saßen noch in den Schänken. So fand sich zum Glück ein leeres Abteil.

»Nun also zu unserem Triumvirat«, hob Onkel Wilhelm mit gallenbitterer Stimme an. »Gottvater hat gesprochen.« Er lachte sarkastisch. »Wie sein Willem-Zwo-Bart gezittert hat vor Genugtuung!«

Paula zuckte zusammen. Ihr oberster Blusenknopf sprang auf. Das Tischtuch, bereits mehrfach geflickt, war bei Bertrams endgültig zerrissen.

»Theodor hat all meine Darlehen gekündigt und den Mark-Anteil zum Nennwert zurückbezahlt. Dafür könnte ich nicht mal mehr eine Briefmarke kaufen. Er hat mir ferner die 1.000 Dollar hingeworfen, welche ich Maximilian vor Kurzem als weiteres Darlehen anvertraut habe. Ohne Dollar gäbe es ›Orgelbau Bertram‹ nicht mehr, denn nur mit Devisen kriegt man in dieser haltlosen Zeit überhaupt noch Nachschub an Rohstoffen und Bauteilen, an Benzin, Öl sowie an frischem Bargeld.« Onkel Wilhelm senkte die Stimme. »Stattdessen hat Theo mich gefragt, von wem ich diese ›Silberlinge‹ habe. Ob ich Kontakte zu amerikanischen Juden besäße oder mit krummen Geschäften betrogen hätte.«

Paula schwieg. Irgendwas passte nicht, bescherte ihr ein mulmiges Unbehagen.

»Vater darf das Darlehen gar nicht kündigen«, wandte sie ein. »Maximilian ist der Betriebsinhaber.«

»Richtig.« Ihr Onkel lächelte verschlagen, beinahe diebisch. »Deswegen habe ich Maximilian versprochen, ihm die 1.000 Dollar erneut zukommen zu lassen und dazu einen höheren Betrag in Mark, sobald die sich gefangen hat.«

Paula nestelte an ihrem Blusenknopf. Was war das für ein Irrsinn! Onkel Wilhelm redete, als wäre er im Reinen mit sich. War er das wirklich? Sie wechselte das Thema. »Du sprachst von Differenzen zu einem Gebot auf ein Projekt.«

Die Dampflok spie Feuer, sie quälte sich die Rampe aus dem Ilmtal nach Legefeld empor.

Er ließ sich Zeit mit der Antwort. »Ein weites Feld, Paula, ein steiniges dazu«, murmelte er und strich mit der flachen Hand über das rechte Augenlid, als quälte ihn ein Haar oder Staubkorn. Nach einigem Reiben musste er niesen. »Um es kurz zu machen: Es lief uns etwas aus dem Ruder rund um die Ausschreibung, die eine etwa 100 Jahre alte Orgel in Nassau betrifft, ein Alter also, an dem sich gerade die Orgelgeister scheiden. Sie ist alt, insofern als sie eine mechanische Traktur aufweist, aber nicht so marode, dass eine

Instandsetzung nicht in Betracht käme. Kurz, es gibt auch Stimmen in der Kirchengemeinde, die diese Orgel bewahren möchten.«

»Ganz meine Meinung. Und auch die von Hans, wie du ja weißt.«

»Die Kirchengemeinde hat allen Anbietern anheimgestellt, je ein Gebot auf zwei Leistungsverzeichnisse abzugeben. Eins für einen gänzlichen Neubau, zwei Manuale, pneumatisch-elektronisch, nicht wahr, und eins für eine rein konservative Lösung unter Erhaltung der Stimmen und der mechanischen Spielanlage.«

Paula stieß es auf, Mutters Kaffee schwarz. »Hat mein Bruder auf beides geboten oder bloß für den Neubau?«

»Du ahnst es, nicht wahr?«

Paula bejahte.

»Maximilian hat nur auf den Neubau geboten. Leider.«

»Wundert dich das? Mich nicht.«

»Ach, Paula.« Ihr Onkel mied nun ihren Blick, er schaute aus dem Fenster, den Schwaden der Lok hinterher. »Wie heillos verknäult ist doch alles bei uns.«

»Hat Maximilian dich um Rat gefragt?«

»Ja. Ich wollte nicht, dass er sich wieder bevormundet fühlt. Nur beiläufig erwähnte ich, auf beides ein Gebot abzugeben. Ich hätte ihm Mut zusprechen müssen, ihn darin bestärken sollen, dass er beides schultern kann. So hat er es sich nicht zugetraut. Hat nur auf das geboten, was ›Orgelbau Bertram‹ halt tut, pneumatisch-elektrisch eben. Nun schmiert es ihm sein Vater aufs Butterbrot. Jener Vater, der stets gepredigt hat, dass alte Orgeln abgebaut und durch moderne ersetzt werden müssen. Der Pfeil, den dein Vater gegen deinen Bruder richtet, gälte ihm eigentlich selbst.«

Paula schwieg wohlweislich dazu. Mit ihr und Hans hätte Maximilian die nötige Expertise.

Die Lokomotive pfiff, das Halleluja des Heizers, die Steigung aus dem Ilmtal war geschafft. Die restliche Fahrt über hingen Paula und ihr Onkel ihren Gedanken nach.

Kurz vor Weimar stand Wilhelm auf und holte seine Tasche von der Gepäckablage über den Sitzen. Er öffnete sie, eine Brieftasche kam zum Vorschein. »So, du kriegst jetzt von mir 100 Dollar Reisegeld. Mit Dollar bleibst du flüssig, ganz egal wie es weitergeht.«

Paulas Herz hüpfte freudig, setzte dann jedoch einen Schlag aus. »Herzlichen Dank, aber …«

»Fragst du dich, woher ich die habe?«

»Ehrlich gesagt, ja.«

»Ich verrate es dir, aber erst in Weimar und wenn wir aus der Bahn draußen sind.«

In Weimar angelangt, führte ihr Onkel sie in ein Abbruchhaus hinter dem Bahnhof. Dort gestand er ihr: »Es ist so: Ich habe mich mit einem Druckergesellen zusammengetan. Wir stellen Firmennotgeld her. Coupons also, die viele Leute an Lohnes Statt erhalten, um sie gegen Papiermark zu tauschen oder auch gegen Lebensmittel, die ihr Chef für sie organisiert hat. Wir schaffen damit, was Vater Staat nicht mehr schafft. Daher drucken wir auch gegen Devisen. Wie viele andere im Land. *Cosi fan tutte.*«

Womit klar war, weshalb ihr Vater, der ehrbare Handwerker, vermutlich auf seinen Bruder zornig war. Wilhelm war für ihn ein Halsabschneider, ein Inflationsgewinnler.

Wilhelm verabschiedete sich. Paula blieb mit den Dollars in dem Abbruchhaus zurück. Ganz unverhofft konnte sie ihren Vater verstehen.

6

Am Abend des 31. Juli 1923, Paulas letztem Tag in Taubach, zog ein Gewitter auf. Die Schnaken in der Werkstatt stachen erbarmungslos zu.

Früher als sonst gab Hans Feierabend, auf dass auch Volker und Oskar trockenen Fußes heimkämen. Donner um Donner grollte von Weimar herauf.

Volker und Oskar, die in Paula lange die »gnädige Frau« hatten sehen wollen, verabschiedeten sich mit einem »Schön war's mit dir.«

Schließlich Hans. Er umarmte sie. Paula gab ihm einen Kuss auf die Wange, den er innig erwiderte.

»Einen Wunsch hätte ich noch.« Paula glitt aus Hans' Armen und kratzte an einem Mückenstich. »Eine letzte Nacht in der Werkstatt.«

Hans merkte auf, es funkelte in seinen Augen.

»Nein, nicht ...«, stotterte sie erschrocken, »nicht falsch verstehen. Nur ... wie damals, als ich im Gesellenzimmer war. Ich möchte dort und ganz allein für mich die letzte Nacht verbringen. Du weißt, ich habe das Zimmer bei Bickels gekündigt.«

Sein Blick verriet Enttäuschung. »Na gut, doch lass uns wenigstens zusammen zu Abend essen.«

»Gern.«

»Das Bett oben ist übrigens nicht frisch bezogen.«

»Egal.«

Nach einem köstlichen Omelett erkundigte sich Hans: »Was weißt du über die Firma von Störring?«

»Bis jetzt nicht allzu viel, telefonieren kostet. Aus einem

Brief von Herrn Störring ging hervor, dass es ein größerer Betrieb mit etwa 30 Leuten ist.«

»Das ist ja fast eine Fabrik!«

»Nun, mein Onkel meinte, dass es noch recht handwerklich zugehe. Wie auch immer, ich werde mich dort als Frau erst recht behaupten müssen, du sagtest es bereits.«

»Du lässt dich nicht herumschubsen! Und wer sich an dir die Hörner abstoßen will, dem werden sie bluten.«

»Das war ein dickes Lob.«

»Hast du dir verdient.«

So fein das Omelett war, sogar mit einer Handvoll Speck, es wollte Paula nicht schmecken. Woher hatte Hans die Eier für so einen Genuss? Ging alles mit rechten, sprich anständigen Dingen zu?

»Bedrückt dich was?«, fragte Hans prompt.

Paula sparte Onkel Wilhelms Dollars und seine Rechnungen für die Coupondruckerei aus und berichtete über Bad Berka. »Ich fühle mich wie eine Rabentochter«, erklärte sie. Quälte sich mit den letzten Bissen und fügte hinzu: »Ich wollte nichts wie weg, weg von Berka, hinaus in die Welt. Und jetzt, da ich die Welt vor Augen habe, bangt mir davor.«

»Was ich bestens verstehe.«

Hans legte Messer und Gabel hin. Wie von einer Eingebung illuminiert, sprang er auf. »Ich bin gleich wieder da.« Er ging in die Werkstatt hinüber.

Paula hing ihren Gedanken nach. Betriebswesen und Organisation, Finanz und Kalkulation. Würde sie das Kaufmännische bei Störring lernen können? Dort gab es gewiss Angestellte, die dafür zuständig waren. Sofern die Geschäfte noch liefen. Auch dort drohte ein Einbruch.

Es hatte gewittert, Schwüle hing im Büro. Paula öffnete das Fenster. Hans' Schritte hallten durch die offene Tür. Als suchte er irgendetwas in der Werkstatt.

Sie ging mit ihrem Besteck und dem leeren Teller zur Spüle in der Küche. Stellte ihr Geschirr ab und öffnete den Hahn, um ein paar Schluck zu trinken.

»Schau mal, Paula.« Hans, in ihrem Rücken. »Ich habe was für dich.«

Sie drehte sich um. Hans hielt etwas in Händen, das er sanft zu streicheln schien.

Eine Hohlflöte.

Nicht ihre, die von damals mit Hans, die nun in der Werkstatt einen Ehrenplatz hatte, aber doch die gleiche, nur sehr viel kleiner.

»Für dich. Die habe ich diese Woche für dich gedrechselt. Sie passt in deinen Koffer. Nimm sie als Glücksbringer – und als Zeichen meiner Treue. Was dir auch widerfahren mag, du darfst jederzeit bei mir anklopfen.«

7

Fiete Störring, ihr neuer Herr und Meister, hieß Paula persönlich im Betrieb willkommen.

Er begrüßte sie ohne lange Worte mit einem Lächeln, einer Kanne Friesentee und einem Stück Friesentorte. »Wir ankern schließlich nah am Deich.«

Dann führte er Paula durch den Betrieb und stellte sie der Belegschaft vor. Dazu zählten ein junger Meister, der Ratzel hieß, aber bald selbst gründen wollte, junge und auch einige ältere Gesellen, drei Lehrlinge, außerdem noch Angelernte, von Kriegsverletzungen gezeichnet.

Denn Störring besaß ein soziales Gewissen. Er hatte Nahrungsmittelvorräte angelegt und Coupons gedruckt, die seine Leute verlässlich dafür eintauschen konnten. Ihm lag es am Herzen, dass sich jeder im Betrieb abends satt essen konnte.

Die Betriebsgebäude lagen am Rande der Kleinstadt Wilster in Holstein nahe an einem Kanal, die anderen Gebäude auf Abstand. Aus Vorsicht, denn die Esse der Metallwerkstatt spuckte Funken. Die Maschinen und Kessel des Krafthauses kühlten nur am Sonntag ab. Orgelbau Störring lieferte ins Ausland, und um an Teile und Materialien zu kommen, hatte Herr Störring ein enges Netzwerk aus Händlern und Handwerkern errichtet, das einander aushalf. So erhielt er meistens, was zu verbauen war. Das wiederum rief jedoch Diebe auf den Plan. Täglich hielt deshalb ein Anfang 1923 eigens eingerichteter »Unteroffizier vom Dienst« Wache, rund um die Uhr, reihum von Mann zu Mann.

Fiete Störring war knapp 50. Er trank keinen Korn, nur selten ein Bier und in der Werkstatt seinen »Friesentee« mit Milch. Obwohl angeblich verheiratet, sah man ihn nie in Begleitung einer Frau.

Die Männer schwankten Paula gegenüber zwischen Irritation und Neugierde, genau wie die Gesellen Volker und Oskar bei Hans es getan hatten. Meister Ratzel siezte sie anfangs höflich, ging jedoch, sicher auf Störrings Geheiß, an Paulas zweitem Tag im Hause zum Du über. Die vielen ihr angebotenen Zigaretten wies sie lächelnd, aber bestimmt zurück. Schon Hans' Tabakschwaden hatten sie immer gestört.

Paulas neues Zuhause hatte Störring ihr vermittelt, ein Zimmer mit Kochnische und nicht weit vom Betrieb entfernt. Das Bett war behaglich, es schlief sich ausgezeichnet darin. Viel mehr brauchte sie nicht. Die Miete war inflationsbedingt gedeckelt und kaum der Rede wert. Blieb der Brief nach Hause. Sofort nach ihrem Einzug hatte Paula ihrer Mutter die neue Anschrift mitgeteilt.

Störring, nicht ohne Gespür für das »Zwischen den Feilen«, hatte Paula in seine »Kajüte« gesteckt, in sein Büro, wo die Luft allein wegen der Inflation zum Schneiden dick war. Das Sagen in der Kajüte hatte Berta Achterndiek. Sie legte Wert auf ihr »Fräulein« und war neben Paula die einzige Frau im Betrieb. Störring stellte Paula dort einen Gesellen zur Seite, der Matthias hieß, von allen jedoch »Matte« gerufen wurde. Er strebte ebenfalls den Meistertitel an. Übte sich bereits im Projektieren und Rechnungswesen. Seine langen Wimpern faszinierten Paula, seine Herzlichkeit wärmte sie. Oft trafen sich ihre Blicke, ohne dass er das so gewollt hätte.

An Paulas zweitem Arbeitstag kam Störring mit einem Brief in die Kajüte und bat Paula und Matte zu sich. Achterndiek beorderte er mit Millionen von Papiermark zum Krämer. Sie quittierte es mit einem Knicks und einem »Wie der Herr wünschen«.

Störring ging über ihr Sticheln hinweg und breitete den Inhalt des Briefumschlags auf seinem Beistelltisch aus. »Ein erstes Exposé einer ausgeschriebenen Orgel, Vorort von Hamburg. Kuckt euch dat an.« Schelmisches Zwinkern. »Ihr zwei könnt gut miteinander.«

Was sie aufhorchen ließ, denn Meister Störring hätte ja auch »ihr habt dasselbe Ziel« sagen können. Paula spürte, wie ihr das Blut in den Kopf schoss. Matte richtete eilig den Blick auf seine Schuhspitzen.

»Rechnet alles einmal gründlich vorweg, morgen machen wir uns an ein Gebot dafür.« Womit Meister Störring das Fenster öffnete und sie mit dem Projekt allein ließ.

An dem Tischchen gab es keine Stühle, an Meister Störrings Schreibtisch trauten sie sich nicht. Im Stehen studierten sie die Ausschreibung. Schon auf den ersten Blick war klar, was für eine große Herausforderung das war: eine Orgel mit drei Manualen, 50 klingenden Stimmen, komplizierten Spielhilfen wie Schalter zum freien Registrieren und Abregistrieren. Ihre Größe überstieg bei Weitem alles, mit dem Paula es bei Hans jemals zu tun gehabt hatte – ganz zu schweigen von der hochmodernen elektronischen Spielanlage.

»Wie viel die wohl kostet?« Schwindelnd malte Paula sich die Markmillionen in den schmalen Preisrubriken aus.

»Keine Sorge«, meinte Matte, der Paulas Gedanken erraten haben musste, »der Meister rechnet neuerdings in Goldmark, bei Exportorgeln in Dollar oder Schweizer Franken, und kalkuliert dementsprechend.«

Matte faszinierte Paula. Wenige Kerls in der Werkstatt achteten auf ihr Äußeres. Matte war eher klein und leicht verwachsen von Gestalt, kaum etwas an ihm war attraktiv, aber er achtete gut darauf. Nun, im Büro, hatte er seinen Kittel an die Garderobe im Vorraum gehängt – nicht an die Haken, sondern auf einen Bügel. Sein Schlupfhemd, das seinen Rumpf tüchtig streckte, war gestärkt und gebügelt, seine Hose ohne Flecken, weil er an den Lacktischen und Werkbänken stets eine Schürze trug, obwohl er dadurch den nicht ausgesprochenen, aber dennoch sichtbaren Spott der anderen auf sich zog.

Unterdessen hatte er die »Orgelbauer-Minimalpreisliste« aus dem Ordner »Preise & Gebote« herbeigeholt. Gern bekrittelt, zuweilen auch unterlaufen, auch von Hans, legte diese Liste fest, welcher Preis mindestens für einzelne Register und, je nach Größe, für Orgeln als Ganzes mit all ihren Bauteilen in Anlage, Spieltisch und Prospekt anzusetzen war, um üblem Dumping zu wehren. Gut gemeint, aber auch dies Papier war geduldig.

Das von einer dicken Metallklammer geheftete Tabellenwerk sah demzufolge wie neu aus, die Blätter waren weiß und wiesen kaum Spuren von Bleistift, Ölschmiere oder Fingerschweiß auf, von Eselsohren ganz zu schweigen.

»Wie gesagt, Fiete kalkuliert und bietet in Devisen oder auf Goldmarkstandard, sprich der Mark von 1914. Je nachdem, wohin die Orgel geht.« Er öffnete eine andere Schublade und entnahm dieser eine weitere Liste mit den Preisansätzen des Hauses von 1913. »Schau dir diese Preise mal an, vor dem Krieg. Es ist der Wahnsinn!«

Da genügte ein Blick: »Irre, einfach nur irre!« Paula verglich die beiden Listen, sah unwillkürlich auf ihre Hose, die Löcher hatte. Eine neue würde sie sich bald nur noch als Milliardärin leisten können oder mit den Dollars von Onkel Wilhelm. »Die Minimalpreise hatten bereits im Mai drei oder vier Nullen zu wenig.«

»Richtig, das ist es aber nicht allein.« Matte zwirbelte einen Bleistift hinter seinem Ohr hervor und ließ ihn zwischen den Fingern zappeln. »Diese Minimalpreise sind auch deswegen obsolet, sogar illusorisch, weil sie eine wirtschaftliche Normalität voraussetzen, die seit dem Kriegsausbruch verloren ist. Weil seitdem kaum noch neue Orgeln errichtet werden. Es wird nur noch ausgeschlachtet oder gekittet, soweit es noch geht.«

Paula hatte ihm fasziniert zugehört. Mattes Ton und auch seine Sprache passten nicht zu einem Handwerker. »Sag mal, bist du immer im Büro? Oder arbeitest du auch manchmal in der Werkstatt?«

Mattes Bleistift erstarrte. »Manchmal, wenn es nötig ist.«

Paula ließ es vorerst hierbei bewenden. Jeglicher Versuch, sich Matte neben Volker, dem biederen Gesellen von Hans, an der Kreissäge auszumalen, mutete absurd an. Und Matte redete wie Maximilian. War er im Feld gewesen? Vorlaut fragen verbot sich, sie würde es anders herausfinden.

»Paula?«

Sie erwachte aus ihrer Beklemmung. »Ja?«

»Ich finde das so mutig«, murmelte er und zog dabei das »o« in die Länge, »dass du ... Orgeln bauen möchtest. Ein Handwerk, das vielleicht keine einzige Frau jemals erlernt hat.«

Weil eine Frau dies nicht durfte, dachte Paula, ohne es auszusprechen.

»Hast du schon einen Orgelneubau kalkuliert?«, fragte er unvermittelt.

»Nein, noch nicht.«

Er nickte.

Ahnte er, dass sie mit Hans noch nie eine fabrikneue Orgel gebaut hatte? Bloß die von Mr. Wright, für die Hans nicht hatte bieten müssen.

»Dann zeig ich es dir. Wir kalkulieren und offerieren auf dem Goldmarkstandard. Wie viele Nullen draus werden, weisen die Orgelbaugötter.«

Paula schmunzelte.

»Ich hole zwei Stühle für uns.« Matte ging in einen Nebenraum, der durch einen Vorhang aus Brokat im Türrahmen von der Kajüte abgetrennt war.

Als er zurückkehrte, setzten sich Paula und Matte zusammen an den Tisch und machten sich ans Werk. Rechneten und tüftelten. Worüber es Abend wurde.

Dann stand ihr Entwurf für ein Angebot.

»Da muss ich ja nur noch meinen Kaiser Willem hinpinseln«, pries Störring sie anderntags. »Wisst ihr was? Ihr betreut das Projekt, kaufmännisch und handwerklich. Meister Ratzel wird uns bald verlassen.«

8

Nun war es so weit, Paulas erste Unterrichtsstunde bei Herrn Fielding in Ernest Wrights Altonaer Elb-Villa stand an. Für sie fast zwei Stunden Bahnfahrt.

Die Dampflok keuchte, doch sie kam nicht mehr vom Fleck. Beunruhigt rannten Männer in pechschwarzer Kluft über den Bahnsteig. Fast eine halbe Stunde saß der Personenzug im Bahnhof von Pinneberg fest, bis eine intakte Lok gefunden und vorgespannt war.

Paula ließ in ihrem Abteil der Stehklasse ihre ersten beiden Wochen bei »Orgelbau Störring« Revue passieren. Wie im Flug waren sie vergangen. Meister Störring hatte sie in der Kajüte an Mattes Seite arbeiten und sie so betrieblich weiter dazulernen lassen. Er hatte ihnen dafür sogar einen Tisch in das Nebenzimmer gestellt. Was dafür gesorgt hatte, dass sie von Fräuleinfrau Achterndiek beargwöhnt wurde, die um ihre Pfründe besorgt war und das Paula auch subtil zu verstehen gab, bis Paula diesen Futterneid mit einem friedlichen »Du wirst hier doch noch ein und aus gehen, wenn ich schon lange wieder weg bin« ein wenig besänftigt hatte.

Leider hatte Fiete Störring Post von der örtlichen Berufsgenossenschaft erhalten, die genauere Angaben über die Arbeiten haben wollte, die Paula im Betrieb oblagen. Störring hatte den Brief ihr gegenüber zwar heruntergespielt und gesagt, sie habe nichts zu befürchten, zumal er genug Leute habe, die gefährliche Arbeiten mit Blei und an den Sägen verrichten konnten. Aber was, wenn die damit nicht besänftigt waren und den Vorgang an die Gewerbepolizei weitergaben?

Endlich, der Zug fuhr wieder an, gewann an Tempo. Hoffentlich kam sie rechtzeitig nach Altona. Bangte ihr etwa vor der Unterrichtsstunde? Vor der Orgel, an der sie mitgebaut, vor diesem Herrn Fielding, den sie sich schon so oft innerlich ausgemalt hatte?

Und noch etwas ging ihr durch den Kopf: Warum hatte Hans ihr auf einen Brief, den sie ihm an ihrem ersten Tag bei »Orgelbau Störring« geschrieben hatte, noch immer nicht geantwortet?

Um 14 Uhr erreichte sie den Bahnhof in Altona. Droschken waren unbezahlbar, deshalb eilte sie im Stechschritt zur Elbchaussee. Auch die Chaussee selbst zog sich. Dennoch kam Paula pünktlich an.

Wider Erwarten öffnete Wright ihr persönlich die Haustür, er war also derzeit nicht in den USA. »Oh my God, Sie sind ja ganz out of breath«, begrüßte er sie und bat in den Salon. »Etwas zu trinken?«

Ehe Paula antworten konnte, fuhr ein Dienstmädchen einen Servierwagen mit Getränken und Gläsern in den Salon und verneigte sich emsig.

Ohne ihr einen Blick zu gönnen, fragte Wright: »Sodawasser? Saft?«

Paula zögerte. So großzügig sich Wright Hans und ihr gegenüber gezeigt hatte, so hartherzig war er zum Dienstmädchen. Als handelte es sich um seine Sklavin.

»Tonic?«

Paula nahm sich ein Herz. »Saft mit etwas Wasser, und bitte zwei Gläser voll.«

Wright wirkte irritiert, gab aber die Bitte mit einem herrischen Wink weiter. Auch die Hausangestellte stutzte, schenkte zwei Gläser ein, trat unschlüssig zwischen Wright und Paula, kam dann zu Paula und überreichte die beiden Gläser. Paula dankte ihr freundlich – und gab ihr daraufhin das zweite Glas zurück. Wer weiß, wie oft das Dienstmädchen was zu trinken bekam.

»Ich sehe, Sie haben ein weiches Herz«, stammelte Wright. Die Szene musste ihm, seinem Blick nach zu schließen, peinlich sein. Er dankte nun seiner Angestellten und gab ihr auf, Herrn Fielding zu rufen.

Paula atmete erleichtert auf. Da sie dank Wright für Fieldings Unterricht nichts zu berappen brauchte, sollten ihr die Gäule ihrer sozialen Ader nicht noch einmal durchgehen.

Fielding strafte ihre Ahnungen Lügen. Keine Annäherungen, keine dezidierte Rose im Knopfloch, sondern ein Gentleman, der die 60 überschritten hatte. Erleichtert erwiderte sie Fieldings Gruß, Wright geleitete sie in den Orgelsaal. Paula nahm auf der Orgelbank Platz. Feierlich war ihr zumute. Zum ersten Mal spielte sie ein Instrument, an das sie selbst Hand angelegt hatte.

»Was haben Sie bereits gespielt?«, fragte Fielding trotz des englischen Namens in akzentfreiem Deutsch.

Paula besann sich der letzten Unterrichtsstunde bei Magda. »Bach vor allem, bis zum Orgelbüchlein.«

»Schön.« Fielding hatte eine Aktentasche aus Leder dabei, in die er nun hineingriff und einen zerfledderten Band »Bach« herausholte.

Paula blätterte darin. Die Stücke waren schwieriger als das, was sie bisher gespielt hatte.

»Oder möchten Sie zeitgenössische Musik versuchen? Max Reger zum Beispiel?«

»Auf einer Orgel à la Schnitger?«

»Probieren geht über Fragen.« Herr Fielding griff noch mal in seine Tasche.

Auf dem Band, den er ihr nun reichte, stand: »Max Reger, 30 Kleine Choralvorspiele, Opus 135a.«

»Darf ich?«, fragte er galant. Jetzt hätte die Rose im Knopf doch zu ihm gepasst.

Paula glitt auf der Bank nach rechts und ließ ihn in die Mitte. Die Höhe der Bank passte auch auf Fielding.

Der entschied sich für das Vorspiel zu »Alles ist an Gottes Segen«, einen schlichten Orgelchoral im Stil der Spätromantik. Fielding ließ den Blick über die Registerzüge schweifen und betätigte auf dem Hauptwerk Principal 8' und Octave 4', auf dem Oberwerk lediglich Flöte 8'. Er verzichtete mithin auf obertönige Stimmen. Dann spielte er das Choralvorspiel, die Verszeilen ab Mezzoforte auf dem Hauptwerk und die leisen Passagen auf dem Oberwerk.

Paula traute ihren Ohren nicht. Das ließ sich hören, nein, das klang sogar!

»Jetzt Sie«, sagte Fielding, als er das Stück deutlich schneller wiederholt hatte.

»Sehr gern. Offen gesagt, mir war's das zweite Mal etwas zu zügig gespielt.«

»Richtig. Ich wollte Ihnen demonstrieren, dass man Reger nicht zu schnell nehmen sollte. Man hört sonst über zu viel hinweg.«

Paula blieb bei Reger, und viel zu rasch war die Orgelstunde vorbei.

»Ich zahle Ihnen die Droschke«, sagte Wright, als Paula sich von ihm verabschiedete. »Und auch, bitte, wenn Sie zur nächsten Stunde kommen. Out of breath steht Ihnen nicht gut zu Gesicht.«

»Danke Ihnen.« Magdalena, die Amazone, hätte über Paulas Strahlen ihre Augen verdreht. Auch über Fielding. Erst recht über Reger. Doch Paula konnte von Fielding und an dieser Orgel dazulernen. Wenngleich sie sich die langen Fahrten hart würde absparen müssen.

Die Rückfahrt ging gut vonstatten, sie erwischte den Sechs-Uhr-Zug nach Husum und kam noch vor Anbruch der Dunkelheit in Wilster an.

Als sie die Pforte des Hauses erreichte, sah sie ihn schon: den Brief, der an dem Briefkasten, den der Vermieter für sie angebracht hatte, durchs Frontfenster spitzte.

Paula ließ vor Aufregung den Briefkastenschlüssel fallen. Zitternd fasste sie in den Kasten. Zwei Briefe. Der eine stammte von Hans, der andere von der Ortskrankenkasse. Sie lief an den Tisch in ihrem Zimmer, wo sie zunächst das Schreiben von Hans öffnete.

Liebe Paula,
kein Morgen lacht mir mehr, die Abende ziehen sich wie Blei, ich weiß nicht zu sagen warum.
Nicht, dass ich nichts zu tun hätte, nur eben wieder alles Flickschusterei. Du weißt, was ich meine: rostendes, billiges Kriegsblech und Heuler. Dazu diese Geldentwertung, sie gibt mir demnächst den Rest.
Du fehlst mir. Und zwar mit Haut und Haar.
Herzlichst
Dein Hans

Noch weicher wurden Paulas Knie, als sie danach den Brief der Ortskrankenkasse öffnete. Der enthielt zwar nichts, was ihr Sorgen machen musste, eine Statusmeldung nur, sie war nun als Arbeitnehmerin gemeldet. Krankenversichert zu sein beruhigte.

Doch jetzt nahm die Bürokratie ihren Lauf, für eine Frau als Orgelbauerin und dazu noch mit dem Gesellenbrief eines Tischlers …

9

Die Sonne war an diesem Morgen im September 1923 längst über Taubach aufgegangen. In Hans jedoch war es finster.

Die Werkstatt lag brach, die Maschinen ruhten. Hans war trotzdem Tag und Nacht im Geschäft, um all das von Wert, was er noch hatte, gegen Plünderer zu verteidigen. Er schlief im Büro auf einem Feldbett.

Jetzt frühstückte er, die Scheibe trocken Brot war kaum noch zu beißen. Selbst Margarine war unbezahlbar. Manchmal holte er sich Äpfel von einer vor den Toren Taubachs gelegenen Wiese.

Nach bloßen Heulern und Durchstechern, die er an Orgeln in der Umgegend beseitigt hatte, hatte er keine Aufträge mehr. Hatte neben den Lehrlingen auch die beiden Gesellen nach Hause geschickt. Dass er ihnen vorläufig keinen Lohn mehr zahlte, hatten beide akzeptiert. Ob sie Stempelgeld erhielten, wusste Hans nicht. Vater Staat schien den Überblick über das Elend verloren zu haben.

Hans verschluckte sich an seinem letzten Bissen Brot, als das Telefon läutete. Noch tat es dies, doch die Post hatte ihm bereits mit Abschaltung gedroht.

»Orgelbau Meichelbeck, guten Tag.«

Er erschrak. Herr Wright. Ließ nichts Gutes ahnen, konnte bloß Gewährleistung oder Schadensersatz sein. Doch weit gefehlt.

»My Kompliment, Ihre Orgel ist grandios! Ich hätte gerne noch eine.«

Mit allem hatte Hans gerechnet, nur damit nicht. Es verschlug ihm buchstäblich die Sprache.

»Herr Meichelbeck?«

»Tut mir leid.« Hans griff nach Papier und seinem gespitzten Bleistift. »Ich war überrascht. Selten bestellt ein Auftraggeber gleich noch mal eine Orgel.«

»You're right. Bloß, ich bin eben Amerikaner und möchte gern nach Hause. Falls sie hoffentlich bald vernünftig werden und es wieder zu trinken gibt.«

Ach ja, das US-Alkoholverbot. »Sie möchten also ein zweites Instrument hier?«

»Nein, wie gesagt, in America. Aber erst dann, wenn die Alkoholkrise hinfällig geworden ist.«

Hm.

»Sind Sie noch am Apparat, Herr Meichelbeck?«

»Bin ich.« Hans streckte sich. »Natürlich, gern. Nur, ich kann Ihnen keine Orgel bis in die Vereinigten Staaten liefern, sollte das dieser Tage überhaupt möglich, also legal, sein. Ich kann Ihnen hier eine bauen.«

»Great. Das mit dem Export lassen Sie getrost meine Sorge sein. Ich habe Schiffe genug.«

Wäre Hans nicht so aufgeregt, hätte er rundheraus gelacht. Der Kerl sammelt Orgeln wie Briefmarken und schippert sie dann über den Teich und wieder retour, dachte er. »Was für eine Orgel möchten Sie denn?«

»Eine moderne dieses Mal.«

Half nichts. Nun musste er Farbe bekennen. »Herr Wright, ich bin voll und ganz auf Orgeln im Barockstil spezialisiert. Es tut mir leid.«

»Ich verstehe. Schade. Sie waren mir so sympathisch. Na schön, auf Wiederhören.«

Womit das Gespräch beendet war.

Egal. Jetzt nicht verzagen. Hans lief in die Werkstatt und machte sich am Reißbrett an den Entwurf einer Kleinorgel mit mechanischer Spielanlage. Eine serielle Truhen-Orgel für die Kirchengemeinden, denen das Geld für den Ersatz ihrer schadhaft gewordenen großen Orgel fehlte. Die am besten beweglich sein sollte, auf Kufen oder Rollen.

Ein Manual mit Principal 8', Flöte 4', Octave 2'. Und vielleicht eine kleine Mixtur.

Hans konnte sich nicht konzentrieren, der Amerikaner ging ihm nicht aus dem Kopf.

Unversehens dachte er an Paula, und je inniger er sich nach ihr sehnte, desto sicherer war er: Mit ihr an seiner Seite, mit ihrem Elan ginge es ihm besser.

Hans löschte das Licht über dem Reißbrett. Nein, heute kam er nicht weiter. Auch der Bau von Kleinorgeln erforderte das volle Fertigungsprogramm, weshalb er sich letztlich nicht rentierte. Von den Problemen, an Teile und Material zu kommen, ganz zu schweigen.

Er sollte sich, jedenfalls solange die derzeitige Misere andauerte, weiterhin auf Reparaturen konzentrieren. Vor allem aber sein Ding durchziehen. Dieser Betrieb war eine pneumatikfreie Zone und musste es unbedingt bleiben.

Beraten, beschlossen, beschworen.

10

Wie hatte das Unheil angefangen? Wohl mit der vergessenen Kerze. Diesem Brand in der Werkstatt, der den Betrieb zwar nicht von Null hatte beginnen lassen, aber viele entscheidende Meter zurückgeworfen hatte. Denn in der Zeit war nicht nur der Betrieb zu modernisieren gewesen, noch weit über den Wiederaufbau hinaus, sondern auch das Wohnhaus. Es hatte elektrisches Licht, eine elektrische Wasserpumpe und manches mehr bekommen. Außerdem waren von 1890 bis 1910 die zentralen Weichenstellungen auch im Orgelbau erfolgt, technisch und wirtschaftlich. In diesen 20 Jahren hatte sich entschieden, wer den Platz an der Sonne errang und wer ins Hintertreffen geriet.

Maximilian klappte das Buchungsjournal zu, dessen Zahlen und Nullen ihm vor Erschöpfung verschwammen. Er löschte die Schreibtischlampe. Sogar zum Feierabendmachen war er zu matt, ein Gedankenkarussell ohne Ende. Draußen zog Nebel auf. Novemberatmosphäre Mitte Oktober.

Wie hatte das Familienunheil angefangen, das ganze Drama zwischen Vater und Paula? Denn dies war das eigentliche Drama, nicht der Bruderzwist. Der drehte sich nämlich auch um Paula. Und, ob es Vater einsah oder nicht: Onkel Wilhelm war »Orgelbau Bertrams« Überlebensversicherung, damals wie heute.

Der erste Streit zwischen Vater und Onkel Wilhelm, an den Maximilian sich erinnern konnte, hatte bereits mit Paula zu tun gehabt. Es war um ein Messer gegangen, ein wohlgemeintes Weihnachtsgeschenk von Onkel Wilhelm für Paula. Für Vater ein Geschenk für einen Knaben, das er Paula von Anfang an hatte vorenthalten wollen. Umso demonstrativer hatte Paula es benutzt. Hatte gewandt ihre ersten Pfeifen geschnitzt, statt sich, wie es Vater wollte, im Stricken und Nähen zu üben. Er hatte es ihr schließlich weggenommen. Was sie nicht akzeptiert hatte; sie hatte nach diesem Messer gesucht und es auch gefunden. Wobei sie von ihm ertappt worden war. Die Folge war gewesen, dass sie zwar auf die Höhere Töchterschule gedurft hatte, nach deren Ende jedoch eine Lehre in Hauswirtschaft hatte absolvieren müssen. Das Messer hatte sie nie wiedergesehen.

Und er, Maximilian?

Seit gut drei Jahren saß er hier im Kontor, an Vaters breitem Schreibtisch, umringt von altem dunklen Holz, Eiche furniert. Doch das Furnier bröselte, und massive Holzmöbel waren unerschwinglich.

Plötzlich blieb Maximilians Blick an einem Kästchen aus Holz haften, welches in einem der alten Regale stand. Es war ihm bisher nicht aufgefallen. Das Holz, aus dem es gefertigt war, passte nicht zum Furnierholz von Vaters Möbeln. Maximilian ging zu dem Kästchen, besah es sich. Der Deckel war zu und hatte ein Schloss. Einer Eingebung folgend öffnete er die obere Schublade des Schreibtischs, welche einen flachen Einsatz mit Fächern für Stifte, Radiergummis und weiteren Kleinkram hatte. Sie ließ sich nicht ganz rausziehen, also griff er hinein.

Er fand einen Schlüssel, mit dem er zu dem Kästchen lief. Der Schlüssel passte. Das Kästchen war leer, doch irgendetwas klapperte darin. Es musste ein Geheimfach haben.

Das Fach war schnell entdeckt. Maximilian langte hinein und bekam etwas zu fassen.

Paulas Messer! Unverkennbar, schließlich hatten sie oft miteinander geschnitzt, Pfeifenrohlinge, auch um die Wette. Meistens war sie die Schnellere gewesen.

Als Maximilian die Klinge des Messers ausfuhr, verschlug es ihm den Atem. Die Schneide war abgefräst – Zeichen der Zerstörungswut des Vaters.

Nun fiel Maximilian auch ein, woher dieses Kästchen kam. Es war früher im Herrenzimmer gewesen, genau dort hatte es gestanden, wo seine Schwester damals von Vater ertappt worden war.

Maximilian legte das Messer zurück in das Kästchen, schloss es zu und lief damit rüber ins Haus. Ein schmaler Lichtstrahl fiel durch die angelehnte Tür des Herrenzimmers. Jetzt hieß es Farbe bekennen. Dieses Mal kniff er nicht.

Maximilian öffnete das Kästchen. Nahm das Messer heraus und legte es mit dem Schlüssel offen darauf. Dann betrat er das Zimmer und stellte es wortlos und ohne Blickkontakt zum Vater, der in seinem Lehnstuhl die Zeitung studierte, auf den alten Herrenzimmer-Schreibtisch.

Erst als Maximilian wieder zurück an der Tür war, ließ sich der Vater vernehmen. »Was führt dich her?«

Immer diese Frage. Diese Kälte in seiner Stimme. Maximilian zitterte. Nicht ins Stottern kommen! Jetzt musste er stark sein! »Schade um das schöne Messer.« Er ging zu Vaters Schreibtisch, nahm es in die Hand und hielt es dem

Vater hin. »Ich hätte meinen Sohn damit die erste Orgelpfeife schnitzen lassen können.«

Vater zuckte zusammen.

Maximilian ließ es dabei bewenden. Verließ schweigend das Zimmer. Kurz bevor er die Tür hinter sich zumachte, vernahm er Vaters Replik.

»Fein. Dann bring mal einen zustande!«

»Worauf du dich verlassen kannst«, murmelte Maximilian zu sich selbst. Denn am kommenden Sonntag war er in Weimar verabredet, mit Kunigunde Pfister, der ältesten Tochter eines ehrbaren Polsterers, der auch Hoflieferant des Großherzogs gewesen war.

Zurück in der Werkstatt war ihm leichter. Er setzte sich sofort ans Reißbrett und knipste die Lampe an. Es galt, aus der Not der Zeit eine Tugend zu machen.

Etwa mit einer beweglichen Orgel, die bei Bedarf verschoben werden konnte und gut in kleine Räume passte. Für den Fall, dass der Gottesdienst im Winter in einen besser beheizbaren Gemeindesaal verlegt werden würde. Oder für jene Kirchengemeinden, die sich eine große Orgel nicht mehr leisten konnten. Für eine Orgel auf Rädern wäre indessen eine pneumatische Anlage zu empfindlich. Daher: reine Elektronik. Oder zurück zur Mechanik? Ja, warum eigentlich nicht?

Er musste es wagen. Wie bisher konnte es nicht weitergehen. Im Betrieb nicht – obwohl Vater das nicht einsah – und auch nicht darüber hinaus.

11

»Halleluja!«

Meister Fiete Störring schritt mit der Wilsterschen Zeitung in die Werkstatt und breitete das Blatt auf dem Projekttisch aus. »Wir kriegen zwölf Nullen gestrichen.«

Manche beugten sich über den Artikel, doch keiner las ihn zur Gänze. An diesem trüben Novembertag 1923 hatte eine positive Nachricht die Runde gemacht: »Orgelbau Störring«, und damit Paula und Matte, hatten es geschafft: Sie hatten den Auftrag zum Orgelneubau in dem Vorort von Hamburg erhalten.

Dass der Meister Paula und Matte dazu ausersehen hatte, das Projekt kaufmännisch und operativ zu betreuen, machte Paula im Betrieb nicht beliebter. Störring hatte die Dissonanzen gespürt und Felix, den ranghöchsten Gesellen, mit ins operative Boot geholt.

Paula war nun öfter auch in der Werkstatt, wo sie sich an der Werkbank mit Feinsinn und Geschick Respekt verschaffte, vor allem beim Holz und bei filigranen Arbeiten. Vorerst waren dank Störrings Planung und seiner Beziehungen Rohmaterial und Bauteile am Lager, weiterhin rund um die Uhr gegen Plünderer verteidigt. Die Inflation ließ indes die letzten Dämme brechen. Zahllose Kollegen und Zulieferer hatten die Krise leider nicht überlebt. Waschkörbe voller Papiermark mussten schnellstmöglich in Waren umgeschlagen werden. Milliardenbeträge standen auf den Scheinen; diejenigen mit Millionen dienten nur noch zum Anschüren der Öfen. Die neue Währung würde Anlauf nehmen müssen, ehe sie funktionierte.

Doch anders als in den großen Städten, in denen Unruhen und die allgegenwärtige Not alles zu lähmen drohten, kam die Arbeit in Wilster nicht zum Erliegen.

*

An einem Abend, als die meisten früh Feierabend gemacht hatten und Matte noch die Räume kehrte, wofür andere zu eitel waren, wurde Paula von Meister Störring in die Kajüte gerufen.

Bis dorthin waren es etliche Schritte. Paula dachte an Hans, der nicht der »Hans im Glück« war. Konnte sie ihn bei Störring ins Spiel bringen? Störring war eher ein Freund des Metalls. Ließ sich manche Holzpfeifen zuliefern. Bei Hans war es umgekehrt.

Vor ein paar Tagen hatte ein Brief von Hans sie erreicht. Die Worte ihres Mentors klangen düster, die Not und die Inflation machten seine Situation täglich schlimmer. Konnte Hans noch von etwas zehren?

Im Büro angelangt, schloss Störring die Tür hinter sich. Normalerweise lehnte er sie nur an. Er hieß Paula an den Tisch mit Stühlen und nahm selbst dort Platz. Er hatte sich eine Zigarette angezündet, die nun im Takt seiner Worte wippte. »Leider gibt es welche, die es dir und damit auch mir unnötig schwer machen.«

Paula hob die Brauen. Wurde im Betrieb offen gegen sie intrigiert? »Inwiefern?«

Störrings Zigarette war auffallend geschrumpft. »Bekanntlich kommt sehr vieles an der Küste erst Jahre später an. Vor allem der Weltuntergang. Leider auch der gesellschaftliche Fortschritt.«

Sie hatte es geahnt. Bremserhäuschen. Fragte sich nur, wer bremste. »Der gesellschaftliche Fortschritt wird sich auch hier seinen Weg bahnen«, antwortete sie zuversichtlicher, als sie sich fühlte.

»Wie gesagt, das wird dauern.« Womit Störring an das Regal mit seiner Korrespondenz trat. Holte eine Postmappe heraus, deren Bänder die Briefe nicht mehr fassen konnten, und kam zu ihr zurück an den Tisch. »Hier, meine Ämter. Finanz und Gewerbe, Kammer, Krankenkasse, Pontius und Pilatus. Keine dieser Behörden hält es für möglich, dass es Orgelbauerinnen gibt.« Er ordnete die Briefe zu einem akkuraten Stapel. Worauf sich die Mappe zumachen ließ. »Du siehst, alles eine Frage des methodischen Vorgehens.« Er schmunzelte. »Und vor allem: Du bist es mir wert. Du schreckst vor keiner Schandtat zurück und bist doch zartfühlend. Du lebst, du streichelst das Holz, dass es mir eine Freude ist.«

Unversehens lächelte Paula. »Das hat der Hans auch mal so gesagt.«

»Hast du Kunde von ihm?«

Was für eine Chance! »Ja, und diese Kunde beschäftigt mich sehr.«

Fiete Störring nickte.

Ihm brauchte sie nicht mehr zu erzählen, die Zeiten sprachen für sich. »Weißt du, das Holz, es ist einfach meine Leidenschaft – und mein Schicksal zugleich.«

»Das müsstest du mir erklären.«

Paula erzählte. Von Hans, der Hohlflöte und ihren heimlichen Versuchen an Vaters Werkbank, von Onkel Wilhelms Messer zu Weihnachten, dem gemeinsamen Schnitzen mit ihrem Bruder und dem »Schluss damit!« des Vaters.

Störring legte die Mappe ins Regal zurück. Er hielt seine zweite Zigarette schon in der Hand, verzichtete aber darauf, sie anzuzünden, wohl ihr zuliebe. Stattdessen öffnete er die Postmappe, die ihm Fräulein Achterndiek auf den Schreibtisch gelegt hatte, als Paula eingetreten war. Blickte auf und winkte sie zu sich. »Das könnte was für ihn sein.«

»Für wen?«

»Für Hans Meichelbeck.« Sprach's und zog ein Rundschreiben norddeutscher Orgelbau-Meister aus der Mappe. Die Rubrik »Neubau« war erwartungsgemäß dürftig. Wesentlich mehr enthielt die Spalte »Instandsetzung und Pflege«.

Störrings Zeigefinger fuhr die Seite hinab. »Die hier. In Brandenburg. Eine Orgel von Altmeister Buchholz senior. Große Orgelbaukunst.«

»In Brandenburg wird man Hans nicht kennen.«

Statt einer Antwort bat Störring Paula in die Küche. Er stellte den Wasserkessel auf den Herd, der neu war und bereits mit Strom betrieben wurde. »Aber ich kenne dort wen. Ist alles ein Geben und Nehmen.«

Wozu ihr Chef sie nun einlud, ergab sich aufgrund der Uhrzeit von selbst. Der Fünf-Uhr-Friesentee. Störring holte sechs Dosen aus dem Büffet und ließ Paula an jedem Tee schnuppern. »Und?«

»Entscheide du das, du bist doch der Friese.«

»Nein.« Störrings Bart lachte mit. »Ich bin Dithmarscher, das ist ein Unterschied.« Der Meister und Tee-Experte entschied sich daraufhin für eine Sorte, die er als eine »für Landratten« bezeichnete, und goss das siedende Wasser auf.

Es wurde für Paula ein anregender Feierabend. Wie Störring der Inflation diese Vielfalt an Tee abzuringen vermochte, verriet er leider nicht. Wohl aber deutete er an, bei einem Kirchenältesten der Brandenburger Gemeinde, den er einen langjährigen Freund nannte, gut Wetter zugunsten von Hans zu machen.

*

Drei Wochen später die Erleichterung, der sehnlich erwartete Brief von Hans, in dem er freudig von einem Auftrag aus Brandenburg berichtete.

Auch Paula lachte das Glück. Denn als sie am ersten Advent zum ersten Mal in Wilster in den Sonntagsgottesdienst ging, blieb die Orgelbank wegen einer Erkrankung des Organisten leer. Sie sprang für ihn in die Bresche und zeigte ihr ganzes Können an einem großen Instrument von Marcussen.

Noch etwas bewegte ihr Herz: Kurz vor Weihnachten erhielt sie einen Brief ihres Bruders. Maximilian berichtete darin von der Frau seines Herzens: Kunigunde Pfister. Es wäre ihm zu wünschen. Viel mehr über diese Frau verriet der Brief leider nicht. Auch nicht über die wirtschaftliche Situation von »Orgelbau Bertram«. Jedoch, dass ihr Vater in Weimar Polstermöbel anfertigte und ein Amt in der Handwerkskammer bekleidete.

12

Mutters Waschkörbe hatten noch längst nicht ausgedient. Eine neue Währung war eingeführt, die Rentenmark, und erste Banknoten waren im Umlauf, aber die alten Scheine blieben weiterhin gültig, im Verhältnis eins zu einer Billion. Ob alt oder neu: Jeder Schein wurde zweimal rumgedreht, ehe man ihn ausgab. Störring half, wo er konnte, gewährte Vorschüsse und lud seine Belegschaft an allen Samstagen zu einem »Abendessen zum Sonntag« ein. Die bittere Not hatte die Wangen dürr werden lassen.

Im Frühjahr ging es langsam aufwärts, die neue Rentenmark trug. Viele Betriebe entließen dennoch ihre Mitarbeiter, auch viele Behörden, vor allem Post und Bahn. Folge der Überbeschäftigung, weil in der Inflation die Menschen ohne sinnvolle Arbeit entlohnt worden waren, um Unruhen vorzubeugen. Bei Störring sorgten vor allem kleinere Aufträge wie Stimmen oder Pfeifenreinigungen für stetigen Umsatz. Dazu kamen im Mai die ersten Abschlagszahlungen aus Hamburg. Zum Glück, die Banken knauserten mit Krediten.

*

Im September 1924 begannen sie schließlich im Orgelsaal mit der Vormontage des Instruments für den Vorort von Hamburg.

In der Kajüte war nun weniger zu tun, daher ließ Störring Fräulein Achterndiek allein schalten und walten. »Ihr helft ab sofort beide im Orgelsaal mit«, hatte er Paula und Matte draußen im Hof zwischen zwei hektischen Zigaretten erklärt. »Aber ohne Turteln und Händchenhalten, klar? Geselle Hinrich hat Kummer mit seiner Frau, bitte reizt ihn nicht.« Mit einem Zuzwinkern, da maßlos übertrieben.

Dass Störring trotzdem recht hatte, zeigte sich, als Paula und Matte den Orgelsaal betraten. Die Gesellen gingen auf Distanz, alle wichen von der im Bau befindlichen Orgel zurück. Klar, dass auch Hinrich darunter war.

»Wir beißen nicht«, rief Störring.

Niemand von den Gesellen lächelte.

Der Chef betrachtete das entstehende Werk und bat Hinrich dazu. »Wo ist Martin?«, fragte er den Gesellen.

Martin Hegemann war der frisch eingestellte Meister, der Ratzel im Betrieb ersetzte und die Aufsicht an den Werkstätten führte.

Achselzucken.

Bereits auf den ersten Blick war zu erkennen, wie diffizil die vollelektronische Spielanlage der Orgel war. Ein Gewirr von Stromleitungen, Kontakten und Drähten ragte aus dem Torso. Matte, gewiss kein Freund Hinrichs, aber mit der Elektronik weit besser vertraut, gesellte sich zu den Kollegen um das entstehende Werk.

Paula schauderte es, weniger wegen der Kollegen, sondern wegen der Technik. Nun zeigte sich, wie fremd Hans und ihr die Elektronik war. »Du weißt, dass ich mich damit nicht gut auskenne«, wisperte sie Störring zu. Jeglicher Gedanke, auch Kabel zu verlegen, durch die später der Strom floss, jagte ihr Bammel ein.

»Nun, als künftige Meisterin in unserem Handwerk wirst du dich damit auskennen müssen.«

Zum Glück betrat Hegemann den Saal. Störring eilte zu ihm. Ihnen allen den Rücken zugekehrt, berieten beide sich kurz. Worauf Hegemann zu den Kollegen an der Orgel ging. Störring bedeutete Paula mit einem Kopfnicken, ihm zu folgen. Gemeinsam gingen sie in die Holzwerkstatt und dort zu einem barocken Spieltisch für eine Orgel-Instandsetzung in Flensburg. Die seit Wochen brachlag, weil Hamburg sämtliche Kräfte im Betrieb band.

»Mache da mal weiter.« Störring schaltete ihr die Hobelbank an. »Viel Freude damit.«

Paula tat wie geheißen, doch anders als sonst machte ihr

dieser Spieltisch keine Freude, obwohl sie so gerne an und mit Holz arbeitete. Matte fehlte ihr.

Nach etwa einer halben Stunde schaltete sie alle Geräte ab und kehrte zurück in den Orgelsaal.

Hegemann schritt gezielt auf sie zu. »Paula, hilfst du an den Laden?«

Mit den hier montierten Laden war Paula nur wenig vertraut, weil die von Hans restaurierten älteren Orgeln anders konstruierte Laden gehabt hatten. Trotzdem bemerkte sie sofort, dass an einer Lade Ventile falsch angebracht waren. Traurig war nur, dass sie den an sich leicht zu behebenden Fehler klammheimlich angehen müsste, um bei den Herren nicht abermals in Ungnade zu fallen. Sie sah sich um, Matte war nicht im Saal.

Hinrich trat neben sie, stieß sie zur Seite. Paula stieß zurück.

»Vertragt euch!« Hegemann.

»Sind die Ventile richtig montiert?«, fragte Paula den Meister beiläufig.

Bevor dieser antworten konnte, kam Matte mit Störring zurück. Anscheinend hatte Matte den sich anbahnenden Ärger kommen sehen.

»Meister, auf ein Wort«, sprach Geselle Hinrich.

»Nur Hunde knurren, nicht Menschen.« Störring rief Hinrich und Hegemann zu sich und bat beide in die Kajüte.

Das Weitere aus Hinrichs Mund verklang in den Schritten der drei, die, Störring voraus, den Saal verließen. Es klang nach »Paula« und »Extrawurst« – der Rest war zu erahnen.

Nun arbeitete keiner mehr. Selbst Felix, mit dem Paula sonst gut konnte, ging auf Distanz.

Fünf Minuten später zog Störring durch den Betrieb und hieß alle in den Pausenraum.

»Männer«, begann er. Die Zigarette im Mund wippte wieder einmal im Takt seiner Worte. »Die Zeiten sind rau. Aller Sand im Getriebe nützt nur unseren Wettbewerbern.«

Nebenan gurgelte es, das Abflussrohr im Waschraum. Berta Achterndiek, Toilette, Lidstrich, Händewaschen.

»Halten wir also zusammen, Männer und Frauen. Ich feuere nur ungern Mitarbeiter.«

Der letzte Satz tat Wirkung.

Paula konnte auf die fehlerhaften Ventile an der Lade hinweisen, ohne dass sich jemand echauffierte. Der Orgel kam es zugute, und zügig ging es voran.

*

Der Sonntag verhieß Sonnenschein. Paula war zum ersten Mal für einen ganzen Tag mit Matte verabredet. Zu einem gemeinsamen Ausflug mit der Bahn an die Nordsee.

Am Morgen brütete sie vor ihrem Kleiderschrank. Vor dem Spiegel, innen an der Schranktür, musste sie an die Seufzer ihrer Mutter denken: Kleider in Hülle und Fülle, nichts zum Anziehen. War aber lange her. Denn inzwischen glichen sich ihre Schränke, von Fülle keine Spur.

Paula entschied sich für ihr dunkelrotes Kleid. Obwohl sie es bereits vor ihrer Scheidung besessen hatte, konnte sie notgedrungen nicht darauf verzichten. Für Strümpfe war es zu warm, ihre Füße schlackerten in den ausgetretenen Schnallenschuhen. Einlegesohlen waren teuer geworden wie alles andere. Vielleicht auch, weil das Geld wieder etwas wert war. Insbesondere die Mieten, welche in der Hochinflation zu Bagatellbeträgen geschrumpft waren, schlugen jetzt stark ins Kontor.

Dennoch, ein Hauch von Rouge.

Zum Bahnhof von Wilster war es nicht weit, doch weit

genug, um die Gedanken nach Hause und zu Maximilian schweifen zu lassen. Seit dem Brief zu Weihnachten, in dem er über sein Liebesglück berichtet hatte, ohne es mit ihr zu teilen, waren ähnlich nichtssagende Schreiben gefolgt. Sosehr sich Paula mühte, es wollte von Kunigunde kein Bild in ihr entstehen. Nur dass der Name »Pfister« eher nicht zu Thüringen passte.

War es eine Liebe aus Kalkül, womöglich von Vater lanciert, der Protektionen wegen, die ein Schwiegervater eintragen konnte? Liebte ihr Bruder lediglich, um den Vater versöhnlich zu stimmen?

Indes: War ihre eigene Liebe kurz vor dem Abschluss ihrer Hauswirtschaftslehre nicht letztlich auch ein Versuch gewesen, sich mit Vater zu arrangieren? Ihre Liebe war echt, aber naiv gewesen. Herberts Geld und seine Geltung hatten sie und vor allem ihren Vater beeindruckt – und ebenso das von ihr so geliebte Holz, das Herbert Motte in seiner Fabrik verarbeitete. Hatte sie tatsächlich gehofft, von ihm nicht als Gattin, sondern als eine Mitunternehmerin betrachtet zu werden, die sich in das Design und in die Produktion seiner Möbel kreativ einbringen durfte? Herrgott, wie naiv war sie damals gewesen! Liebe aus purer Sehnsucht, nach dem verlorenen Messer, nach Anerkennung, nach … zum Teufel, ja, auch nach Liebe.

Ein Schrei von hinten, gefolgt von einem Radfahrer, der eine Handbreit zu nahe an ihr vorbeifuhr und sie mit »Blinde Kuh!« zurechtwies. Prompt erinnerte sich Paula an Magdalena und den Radfahrer am Tempelherrenhaus in Weimar, den sie damals übersehen hatte. Genug der Rückblende, zurück ins Hier und Heute.

Matte erwartete sie schon vorm Bahnhofsgebäude. Er hatte eine matrosenblaue Hose aus Leinen und ein weißes Hemd mit kurzen Ärmeln an. Seine flache Mütze wies ihn kaum als Mann aus. Unmöglich, sich Matte als Soldat und in einer Uniform vorzustellen.

Sie hatten sich Büsum auserkoren, ein Seebad mit Bahnhof, nicht zu weit von Wilster. Der Zug, ein Eilzug aus Hamburg, war brechend voll, alle rückten in den Abteilen und Gängen zusammen. Sie beide natürlich auch, ohne dass es beargwöhnt wurde.

In Heide mussten sie umsteigen, viele andere taten es auch. Die Wagen nach Büsum konnten die Ausflügler kaum fassen. Paula und Matte hatten zwar die dritte Klasse gelöst, gönnten den Mühseligen und Beladenen jedoch die Sitzplätze und blieben zusammen auf der Plattform stehen. Der Zug fuhr nicht viel schneller als ein Kurierfahrrad.

Die Region Dithmarschen, die Heimat von Fiete Störring, wie Paula jetzt wusste, ließ ihren Blicken freien Lauf, und sie rochen bereits das Salz der See. Glücksgefühle, Hand in Hand, ohne dass es vieler Worte bedurfte. Auch das Wetter meinte es gut mit ihnen, ungetrübter Sonnenschein.

Endlich erreichte der Zug das Ziel. Ein Ziel ohne Ziel. Ziellos schlenderten sie auf und ab, schauten am Hafen dem regen Treiben zu. Gesittet im Ort und eng aneinandergeschmiegt, wo sie allein waren.

»Ich habe Hunger«, murmelte Matte, als es lange über Mittag hinaus war.

Gaststätten gab es in Büsum wie Watt und Sand, bezahlbar waren sie leider kaum. In einer Kaffeestube weit abseits des Strandboulevards fanden sie an einem kleinen Tisch am Rande der Gaststube Platz. Paula setzte sich auf die Bank, Matte auf den Stuhl.

Paula glitt aus den Schuhen, sie hatte sich Blasen gelaufen. Aufreibend waren auch ihre Gedanken und Sorgen, die sie nun überfielen und sich nicht weiter hintanstellen ließen.

»Sieht übel aus.« Matte blickte auf ihre Füße. »Ich besorge

dir Heftpflaster am Bahnhof. Dort hat die Drogerie auch am Sonntag offen.«

»Musst du nicht.«

Er ging darüber hinweg. »Bestell mir bitte eine Tasse Kaffee mit Sahne und einen Windbeutel.« Fort war er.

Paula fühlte sich allein, die wund gelaufenen Fersen brannten. Der Kellner kam, sie bestellte eine Tasse Tee und ein Sodawasser gegen den Durst für sich und gab Mattes Wünsche weiter. Der Kellner musterte Paula. Es war immer das alte Lied: Frau mit unklarer männlicher Begleitung.

Matte ließ auf sich warten. Paula erhielt ihren Tee, der laut Störring ziehen musste, wenn er beruhigen sollte, sowie das Wasser, das sie sofort trank. Umso mehr litt sie mit Mattes Kaffee, der abzukühlen drohte. Auch die Sahne des Windbeutels zerging in der Sonne, die durch die großen Fenster schien.

Dann kam er endlich, und mit ihm das Pflaster, mit dem er sie liebevoll verarztete.

»Noch einen Wunsch, die Herrschaften?«, fragte der Kellner.

Sie sahen einander an.

»Nein, danke«, gab Matte zu verstehen.

Womit sie der Ober in Ruhe ließ. Zumal der Nachmittag viele Gäste in das Lokal gerufen hatte.

»Es tut mir leid«, begann sie vor ihrem ersten Schluck Tee, den sie nicht zu schnell trinken durfte. »Mir geht so viel durch den Kopf.«

»Mir auch«, seufzte Matte, der seinen kalten Kaffee mit der Sahne verlängerte, bis an den Rand der Schale. »Weißt du, mir tut das weh, dass sie dich im Betrieb schneiden, statt sich dessen bewusst zu werden, was nun Ereignis geworden ist: eine Frau als Gesellin, sogar als künftige Meisterin des Orgelbaus!«

»Danke.« Paula nahm Mattes Hand. »Danke dir, dass ich auch mal schwach, ja, verzagt sein darf.« Sie fasste sich an die Fersen, die Pflaster saßen. »Bei dir, an deiner Seite kann ich es, auch als zukünftige Meisterin. Für die Liebe gibt es keine Meisterkurse. Mit dir könnte ich sie vielleicht lernen …«

Er schmunzelte. »Ganz meinerseits.«

»Ich liebte bereits. Schäme mich heute aber dafür.« Paula kostete von ihrem Tee. Er war passabel, Störrings »Landratten-Tee« hatte ihr jedoch besser geschmeckt. »Auch damals war es das Holz – mein Schicksal geradezu.« Sie begann zu erzählen. Ganz von vorn. Von der Kerze und dem Brand, von ihrem Bruder und seiner Kriegsverwundung. Von der Fehde der ungleichen Brüder. Von Hans' Bruch mit ihrem Vater und von der Liebe zu Herbert. Matte gegenüber brauchte sie sich nicht zu schämen.

Der Kellner kam und servierte ihr ein Stück Zwetschgenkuchen mit Streuseln und Sahne, den Matte bestellt haben musste, ohne dass sie es mitbekommen hatte.

Erst jetzt befasste er sich mit seinem Windbeutel, dabei blinzelte ihm die Sonne direkt ins Gesicht. Er blickte zu ihr auf, die Tasse Kaffee, der längst kalt war, in der Hand, und deutete neben sie. »Darf ich?«

»Natürlich, gern.«

Paula rückte auf der Bank nach rechts, Matte schob sein Gedeck über den Tisch und setzte sich zu ihr.

Sie erzählte weiter. Und sparte nichts aus, nicht mal das Huhn im Wein und seine Folgen. Alles verschwamm um sie, der Kellner, die anderen Gäste. Ihr Leben brach sich Bahn, aus ihr hinaus. Matte bot ihr tröstend die Hand. Sie ließ es zu, verhalten zunächst, dann an ihn geschmiegt. »Wo kommst du eigentlich her?«, fragte sie schließlich. »Du klingst nicht wie einer von hier.«

»Das bin ich auch nicht.« Er winkte den Kellner her, für

eine zweite Tasse Kaffee. »Meine Eltern, Kinder ärmster Bauern, stammen aus dem Pfälzer Wald. Die Not war groß. Hunger, Missernten, Kartoffelkäfer … Kurz und gut: Ein Jahr nach ihrer Heirat wollten sie nach Amerika auswandern.«

»Und dann? Sind sie doch nicht fort?«

»Nein. In Bremerhaven, vor dem tutenden Dampfer, hat sie der Mut verlassen. Hilflos standen sie beide am Pier, hielten sich an den Händen und greinten. Bis ein Mann der dortigen Seemannsmission sich ihrer annahm. So blieben sie hier im Norden. Papa fand Arbeit in Wilster, in einer Fabrik, und kurz darauf kam ich zur Welt.« Auch Matte wurde von seinen Gefühlen durchgeschüttelt.

Paula schmiegte sich noch enger an ihn. »Wie berührend. Leben deine Eltern noch?«

»Klar. Sie heirateten schon mit 20, mein Vater arbeitet sogar noch. Der Rücken ist krumm von der Plackerei, aber er beißt die Zähne zusammen.«

Bis der Kellner den Kaffee brachte, blieb es am Tisch gedankenverloren still. Wie sich Schicksale, Familiengeschichten doch glichen.

Diesmal trank Matte den Kaffee rasch. Dann standen sie beinahe gleichzeitig auf, um auf die Toilette zu gehen.

Paula musste eine Weile warten, bis eine Kabine frei war. Zurück am Tisch, hatte Matte die ganze Zeche bezahlt. Zu spät, sich dagegen zu verwahren. Wegen Onkel Wilhelms Dollars, die sie allesamt über die Hochinflation hinweggerettet hatte, wäre es andersherum angemessener gewesen.

*

Beargwöhnt wurden Paula und Matte im Betrieb weiterhin – zumal von Hinrich.

Ein Auftrag aus dem Weserbergland kam ihnen zupass.

Dort sollte eine 120 Jahre alte Orgel konservativ, ohne die übliche Umstellung auf Pneumatik oder Elektronik, hergerichtet sowie neue Zinnpfeifen eingebaut werden, wofür Störring mit ihnen beiden die ersten Fäden zog. Martin Hegemann, dem neuen Werkmeister, den Störring vor voller Belegschaft zum Herrn in der Werkstatt und zum Vize erklärt hatte, gelang dies ohne größere Widerworte. Martin war bestimmt, doch auch so sensibel, dass es ihm meist glückte, die Wogen wieder zu glätten.

Mit Freude machten sich Paula und Matte an die Planung des Vorhabens, eine Orgel mit zwei Manualen und 28 klingenden Stimmen. Störring unterstützte sie dabei. Hans hätte sich bei diesem Auftrag eine Freudenzigarre gekauft.

Längst galt Paulas Blick als Erstes dem Briefschlitz, wenn sie am Abend nach Hause kam. Vergebens. Kein Brief von Hans und auch keiner aus Bad Berka.

13

Bis in die Werkstatt hörte man das Telefon. Eines Morgens im Juni 1925 läutete es Sturm.

»Paula, es ist so weit.« Störring, nach dem Telefongespräch. »Die Gemeinde im Weserbergland ist bereit, ihr könnt dort in zwei Wochen montieren. Bis dann sind wir hier fertig und haben Werkzeug und Material vor Ort.«

Paula, die eben auf der Intonierlade das dortige Principal angebracht hatte, spielte darauf die Melodie des Chorals »In dir ist Freude in allem Leide«. Im Weserbergland, so hatte Störring es von Anfang an geplant, würden sie und Matte ganz allein ans Werk gehen, und zwar nicht mit Hinrich und Co., sondern mit zwei Gesellen eines mit Störring eng befreundeten ortsnahen Orgelbauers, die abends nach Hause gehen konnten.

Die Orgel für Hamburg band momentan die Kräfte, weil der Teufel mehr als nur im Detail steckte. Vor allem waren sie im Verzug damit.

So galt es, das Operative zu regeln: den Transport und nicht zuletzt eine Unterkunft für die auf einige Wochen berechnete Montage des generalüberholten Instrumentes sowie dessen Stimmung und Endkontrolle.

Nicht alles lief nach Plan. Der einzige Gasthof im Ort besitze nur ein Einzelzimmer, so Berta Achterndiek im Büro, und die Doppelzimmer würden nicht auf längere Zeit an lediglich eine Person vermietet. Ihre verkniffene Miene ließ ihre Botschaft genau erkennen, die Paula und Matte gleichermaßen betraf: »Untersteht euch!«

»Paula, du hast es mit dem Rücken«, meinte Matte außer Achterndieks Hörweite. »Nimm du das Zimmer. Ich nehme mein Feldbett mit und übernachte in der Kirche.« Ein Bett, auf dem Matte öfters bei sich daheim in der Küche schlief, denn sein Schlafzimmer lag in Richtung einer Fabrik, aus der nachts laute Geräusche kamen.

Für das Instrument, das passabel über die 120 Jahre gekommen war, war es höchste Eisenbahn gewesen. Die Registerzüge hätten »schon seit einiger Zeit gehakt«, seien »zuletzt bloß mit Gewalt zu ziehen gewesen«. Solche gequälten Formulierungen deuteten oft darauf hin, dass die Registerzüge seit Langem, womöglich sogar von Anfang an, nicht reibungslos zu betätigen gewesen waren.

Genug Arbeit also in der Werkstatt mit der Reinigung und Sichtung der Pfeifen, der Neuinstallation der im Krieg verlorenen und nur notdürftig ersetzten Zinnpfeifen und den vielen schadhaften Stellen auch an der Tastentraktur und den Laden. Bis zur Montage blieb noch einiges zu tun.

Mit Matte arbeitete Paula gut zusammen. Sie kannten ihre Handgriffe, wussten von ihren Begabungen und ihren kleinen Schwächen.

*

Dann war es so weit. Paula und Matte reisten zusammen ins Weserbergland und gingen frohgemut ans Werk. Frauen aus der Kirchengemeinde brachten ihnen jeden Tag eine Brotzeit und luden sie im Wechsel zu einem warmen Mittagessen ein. Bei allen diffizilen Arbeiten halfen die beiden ortsansässigen Gesellen mit.

Viel an Zerstreuung bot ihnen das Dorf nicht. Von ihrer Arbeit müde, gingen sie meist früh zu Bett. Paula hatte Fachbücher mitgenommen, die sie in dem kargen Fremdenzimmer noch bei sommerlichem Tageslicht verschlingen konnte. Titel wie »Meister im Metallfachwesen«, »Wunderwerk Elektronik« und »Orgelbau heute«, dazu ein betagter Wälzer »Der tüchtige Kaufmann«, welchen sie dem Vater aus seiner Bibliothek entwendet hatte, ohne dass der es bemerkt hätte. Bücher, mit denen sie dazulernen und Wissenslücken stopfen konnte.

Die nötige Abwechslung bot Paula ein Roman, den sie schier in einem Zug durchlas, mit dem Titel »Der Untertan«. Was für ein Segen, dass aus Maximilian kein Diederich geworden war.

Mit der Orgel kamen Paula und Matte gut voran. Zwei Tage früher als kalkuliert begannen sie mit der Abstimmung und Intonation der Pfeifen. Fiete Störring, der ansonsten bei dieser wichtigen letzten Etappe der Endmontage stets mit dabei war, vertraute ihnen und blieb in Wilster. Was für ein Kompliment!

Bei der finalen Intonation kam der örtliche Organist dazu und half beim Antippen der Tasten. Er hieß Friedemann Kilb und war, wie meist auf dem Dorf, Volksschullehrer, mit wehenden Rockschößen auch abseits des Sonntags, Lehrer Lämpel bei Max und Moritz aus dem Gesicht geschnitten. Rasch ging es voran, trotz aller nötigen Sorgfalt bei obertönigen Registern, die schwer rein zu stimmen waren. Kilb betätigte die Tasten, Paula und Matte korrigierten an den Pfeifen und reichten sich das nötige Werkzeug. Angenehm auch der konstante Wind dank des neuen elektrischen Balgmotors.

»Fertig!«

Kilb holte den Pastor in die Kirche. Paula räumte das letzte Werkzeug weg. Es war so weit. Die Feuertaufe jeder Orgel stand bevor, sei sie nun neu oder generalüberholt.

Paula und Matte standen Hand in Hand ehrfürchtig vor ihrem Werk. Die Treppe zur Empore knarzte, Kilb kehrte mit dem Pfarrer zurück. Was würde der Organist spielen? Er kramte in seinen Noten. Blätterte in diesem und jenem. Aufgeregt auch er.

»Paula …«, wisperte Matte in die gespannte Stille, »schau mal, da oben …«

»Was?«

Matte deutete empor. »Siehst du nicht? Ein Holzteil ragt aus dem Prospekt. Da ist was lose.«

»Oh ja, jetzt sehe ich's.«

Endlich begann Kilb zu spielen. Paula erkannte das Stück, Pachelbels »Ciacona in f«. Rasch wanderte ihr Augenmerk zurück zu dem verqueren Holz. Matte schien das Gleiche zu überlegen wie sie: Wie konnten wir das bloß übersehen?

Notenrascheln, dann ein anderes Stück. Spätromantik. Paula kannte es nicht, hörte nur beiläufig zu. Konnte sich das Holz lösen? Hinunterfallen sogar?

Der Schlussakkord. Kilb schien genug gespielt zu haben, er registrierte ab, verließ den Spieltisch. Dachte dabei nicht an den Schalter, den er zum Ausschalten des Balgmotors betätigen müsste. Matte erinnerte ihn daran. Zu viele Feuer hatte ein heiß gelaufener Motor schon verursacht.

Der Pfarrer war voll des Lobes, seine Erleichterung war ihm anzusehen. Paula wies ihn auf das Holzstück am Prospekt hin.

»Kommen Sie mit Ihrer Trittleiter hoch?«, fragte der Pfarrer, ohne selbst emporzublicken.

»Ich denke schon«, gab Matte zur Antwort.

Der Pfarrer breitete seine Arme aus. »Morgen ist auch noch ein Tag. Seien Sie bei uns im Hause zu Gast auf ein feines Abendbrot und eine Flasche Wein. Sehr gern auch auf zwei.«

Es wurde ein langer, fröhlicher Schmaus.

Wieder draußen, begleitete Paula Matte noch zur Kirche, wo sein Bett zum letzten Mal auf ihn wartete.

Nach ihrer Umarmung zur guten Nacht blieb Matte stehen, die Schlüssel in Händen. »Ach, bleib doch noch … zur Feier des Tages.«

Paula erschrak.

Sehnte er sich nach Zärtlichkeiten? Ihr kam es so vor … und nicht zum ersten Mal.

In einer Kirche? Auf dem Bett auf der Empore? Ihr rann es kalt den Buckel hinab.

»Ausnahmsweise?« Er tastete nach ihrer Hand.

»Bitte sei mir nicht böse, aber mir ist es gerade zu viel. Bitte, nicht böse sein.«

Das war nicht gelogen. Der Wein, den sie nicht gewöhnt war, war ihr zu Kopf gestiegen, von der Arbeit der drei Wochen ganz zu schweigen. Dennoch: Als sie allein zu ihrer Herberge schlich, ahnte sie es schon: Er war enttäuscht. Tief in ihr drin hatte sie Verständnis dafür.

Verpennt.

Paula schrak aus dem Schlummer. Erst zum Morgen hin war sie eingeschlafen. Der ungewohnte Alkohol war Karussell mit ihr gefahren. Oder das schlechte Gewissen?

In aller Eile würgte sie in der Gaststube ihr Margarinebrot mit Rübensirup hinunter, dazu eine Tasse Kaffee-Ersatz.

Alles Weitere ergab sich von selbst. Mit dem von Störring mit auf den Weg gegebenen Geld zahlte sie das Zimmer, fast 30 Mark weniger als veranschlagt, weil sie schneller fertig geworden waren. Störring hatte ihnen deshalb erlaubt, dritter statt vierter Klasse zurückzureisen.

Den Koffer in den Knien, hastete Paula zur Kirche, denn sie mussten sich noch um dieses Stück Holz kümmern.

Atemlos betrat sie den Kirchhof und erschrak. Ein Motorrad stand vor der Kirche, und ein Mann lief mit einem schwarzen Koffer in das Gotteshaus.

Ein Arzt? Holzstück, Leiter, Unfall?

Sie sollte leider recht behalten. Als sie oben auf der Empore ankam, kniete der Mann mit dem Koffer Matte zu Füßen, der neben der Trittleiter lag.

14

Auf ihrem Weg zum Bahnhof erschien in fast jedem Fenster ein neugieriger Blick.

Matte, der von der Trittleiter gestürzt und auf den Hinterkopf gefallen war, trug nun einen Pflasterverband am Kopf, durch den das Blut sickerte. Ihm war schwindelig, Paula stützte ihn. Der ersten Diagnose des Arztes nach war wohl nichts gebrochen und Matte war vermutlich mit einer Gehirnerschütterung davongekommen. Wegen der Wunde am Kopf hatten ihm der Arzt und der hinzugeeilte Pfarrer jedoch dringend von der Rückreise abgeraten. Aber Matte wollte heim.

Die Leiter war zu kurz gewesen. Doch anstatt eine längere anzufordern oder zumindest auf Paula zu warten, hatte Matte, um das Stück Holz zu erreichen, die fehlenden Zentimeter mit einer Kiste überbrücken wollen, die er auf den oberen Tritt der Leiter gestellt hatte. Woraufhin er beim Greifen nach dem Holz den Halt verloren hatte und zu Boden gefallen war. Zum Glück war der Küster zufällig in die Kirche gekommen, auf Mattes Rufe aufmerksam geworden und zum Dorfarzt gerannt.

Matte schien Paula mehr als körperlich verletzt. Je länger sie neben ihm her ging, desto mehr spürte sie, dass er ihr etwas vorzuwerfen schien. Und zwar das, was sie sich die halb durchwachte Nacht über selbst vorgeworfen hatte: Sie hatte ihm und seiner Liebe die kalte Schulter gezeigt.

Beide konzentrierten sich auf jeden Schritt, das Kleinpflaster im Dorf war tückisch. Schließlich erreichten sie den Bahnhof. Ein Bahnbeamter nahm sich dort Mattes an und schob Paula dezidiert beiseite. Jederzeit sonst hätte sie sich gegen dieses Gebaren verwahrt, jetzt aber war sie dankbar dafür, dass sie in Ruhe die Fahrkarten kaufen konnte.

Als ihr Zug in den Bahnhof eingefahren war, brach Paula das Schweigen. »Dritte Klasse.« Dort konnte Matte sich vor allem setzen.

Sein »Danke« kam erst im Abteil, sein Gesicht sprach Bände. Die Verletzung setzte ihm zu.

Die Fahrt eine Tortur. Dreimal umsteigen, in Elze, Hannover und Altona. Auf einem Bahnsteig in Hannover, Gott sei Dank nicht im Zug, musste sich Matte übergeben, zum Glück direkt vor einem Abfallbehälter. Gerade noch rechtzeitig stiegen sie um. Daraufhin bekam Matte wieder Farbe im Gesicht, er war jedoch weiterhin benommen und zuckte unkontrolliert. Paula schmiegte sich an ihn und wurde von der Frage durchflutet: warum nicht schon gestern Abend?

In Altona eine weitere Stunde Aufenthalt. Paula führte Matte in einen Wartesaal und lief zum Bahnhofspostamt, wo sie an Störring telegrafierte.

Weshalb am Bahnhof in Wilster, als sie endlich ankamen, eine Droschke auf Matte und Paula wartete. Auch Störring war gekommen und nahm sich ihrer an. Er verspürte sofort, dass Paula mit den Kräften am Ende war.

»Ab nach Hause mit euch«, gebot er, ohne zuvor, zu Paulas Erleichterung, nach dem Unfallhergang zu fragen. Er bat den Fahrer, Matte anderntags zum Krankenhaus nach Itzehoe zu bringen und die Diagnose abzuwarten. Die Kosten der Fahrt trage das Unternehmen.

Der Spitalschirurg untersuchte ihn am nächsten Tag sorgfältig und ließ sogar röntgen. Die Diagnose bestätigte das Urteil des Arztes vor Ort. Es war tatsächlich nichts gebrochen, Matte war mit einer Gehirnerschütterung und multiplen Prellungen an Kopf und Schultern davongekommen. Dazu die Wunde. Er wurde drei Wochen krankgeschrieben, für das Unternehmen eine lange Zeit.

Paula war sich dessen unumwunden bewusst. Überdies war zu verhindern, dass im Betrieb üble Gerüchte über den Unfall aufkämen.

»Leichtsinn«, bemerkte Störring, als Paula ihm den genauen Unfallhergang geschildert hatte. »So etwas geschieht, hätte aber nicht passieren dürfen. Matte hätte sich um eine lange Leiter kümmern müssen und nicht ohne dich hinaufsteigen sollen.« Seine Miene verfinsterte sich. »Ich befürchte, dass die Berufsgenossenschaft uns da Scherereien bereiten wird.«

Sie nickte betreten. Das andere zwischen Matte und ihr würde Privatsache bleiben. Erst recht ihre Selbstvorwürfe ob ihres »Nein«.

Gottlob fragte Störring nicht weiter. Stattdessen: »Nach einer Orgel ist vor der nächsten. Hamburg möchte baldmöglichst montiert haben. Es ist allerhand zu tun.«

Womit das Gespräch mit einem Wink zum Orgelsaal beendet war. Kittel und Latzhose, abhaken und weiter.

Blieb die Frage: Matte heute noch besuchen? Oder ihn erst einmal in Ruhe lassen? Sie sollte ihn zumindest fragen, ob sie für ihn einkaufen oder ihm im Haushalt helfen konnte.

Als Paula nach Feierabend bei ihm vorbeischaute, öffnete er erst nach dem dritten Klopfen die Tür zu seiner Kammer. Er war kreidebleich im Gesicht. Ein Eimer Wasser stand neben der Tür, daneben ein Schrubber. Das Wasser war klar, neben dem Eimer ein trockener Putzlumpen.

»Matte, ach, mein Matte.« Paula umarmte ihn und gönnte ihm einen Kuss auf die Wange.

Er erwiderte ihn. »Danke.«

»Bist blass.«

»Ich habe vorhin saubermachen wollen, doch ich kann mich nicht bücken. Mir schwindelt.«

Sie sah sich um. Es täte not. Wollmäuse tanzten im Reigen, in der einfallenden Abendsonne wirbelte der Staub von mehr als drei Wochen. Also ans Werk.

Ab sofort sah Paula täglich nach ihm. Sie kaufte für ihn ein und sorgte, soweit das karge Salär reichte, für gesunde Kost. So erholte er sich bald und wurde bei einer abschließenden Vorstellung im Spital von Itzehoe vom Arzt mit »summa cum laude« aus der Rekonvaleszenz entlassen.

Dennoch wurde, wenn auch nur hinter vorgehaltener Flosse, über sie beide gelästert. Paula vergalt es ihren Kollegen auf ihre Art. Sobald den Männern die Geduld für ein vertracktes Problem abging, löste sie es mit Geschick. Ihr war es zu verdanken, dass Abbau und Versand der Hamburger Orgel schneller als kalkuliert vorangingen.

Zeit für Überlegungen zu einem Projekt, das auch auf Paula zurückging. Eine Kirchengemeinde nahe Braunschweig hatte bei Störring ein Angebot für eine neue einmanualige Orgel erbeten, offenbar nach einer Empfehlung der Gemeinde aus dem Vogtland, für die sie zusammen mit Hans tätig gewesen war, damals ihr erstes gemeinsames Projekt.

Ihr Wirken schien also Kreise zu ziehen. Nur: Hans hätte der Auftrag auch gutgetan.

Immerhin erhielt Paula von Hans den so sehnlich erwarteten Brief. Darin schrieb er, derzeit an einem Prototyp für eine zur Serienanfertigung geeignete, transportable Truhen-Orgel zu feilen. Ein Hoffnungsschimmer zumindest.

*

Der September brach an, Matte kehrte zurück. Störring lud die ganze Belegschaft zu einem »Willkommenskaffee«, für den er sich sämtliche Kuchen des Zuckerbäckers gesichert zu haben schien. Mohntorte, Käse mit Streusel, ein großes Blech Pflaumenkuchen. Bei der Zusammenkunft informierte er alle über die neue Anfrage aus Braunschweig.

»Einmanualige Dorforgeln sind was Eigenes«, sagte Störring und zerdrückte die letzte Zwetschge mit seiner Kuchengabel, bevor er sie aß. »Weil man die Dörfler darüber hinwegtrösten muss, dass ihnen das Geld für zwei Manuale fehlt. Wer dies am liebevollsten tut, hat den Auftrag meist in der Tasche.«

»Mit einem ohne Berechnung offerierten Register und dadurch niedrigeren Kosten?«, fragte Hegemann.

»Richtig.« Störring schob die Anfrage aus Braunschweig mit Entwurfsskizze und Leistungsverzeichnis über den Tisch zu Hegemann und Hinrich. »Rechnet das bitte mal durch, dann greifen wir an.«

Paula atmete auf. Wie gut, dass er diesmal ihren Rivalen mit dem Projekt betraute.

Waren sie wirklich Gegner? Sie verband doch dasselbe Ziel: einzigartige Instrumente. Es galt zusammenzustehen, anstatt sich Körner von den Tellern zu picken. Die Wirtschaft erholte sich, es kam wieder Geld ins Land, und das war wieder etwas wert. Aber die Hochinflation hatte ihre Schneisen hinterlassen.

Paula erschrak. Sie dachte plötzlich an Maximilian; lange hat sie nichts mehr gehört.

War er noch mit dieser Kunigunde Pfister liiert? Wie stand es um »Orgelbau Bertram«?

Denn trotz aller Zuversicht waren viele Betriebsfenster vernagelt. Wo gestern noch Firmenschilder aus Messing geprangt hatten, klafften heute Löcher. Gestern Trillionär, heute Bankrotteur. Trocken Brot statt Streusel.

»Noch ein Stück Mohnkuchen, Paula?«, fragte Matte und

gab ihr kurzerhand eins. Ihre Liebe hatte ihre Beiläufigkeit und Leichtigkeit eingebüßt. Auch die Wunde am Kopf hatte ihm eine Narbe eingebracht. Er trug den Ernst des Lebens auf die Stirn geschrieben. Mattes Eltern in Wilster, arme Leute, deren Spargroschen von der Inflation gefressen worden waren, zehrten von dem Obst und Gemüse ihres kleinen Gartens, ansonsten nur von Matte. Sein Vater war überdies herzkrank.

Mit stetiger Sorge dachte Paula auch oft an Bad Berka. Sie hatte Mutter die Telefonnummer von »Orgelbau Störring« mitteilen wollen und es dann Tag um Tag hinausgeschoben. Mutter und Maximilian konnten sie nicht anrufen, wenn etwas Schlimmes passiert war, nur schreiben. Von Hans gab es auch kaum Nachricht.

Matte schien ihr Bangen zu spüren, er lächelte ihr zu und strich ihr liebevoll über die Hand, beiläufig nur wegen der Kollegen.

Die fachsimpelten gerade über Fußball und die neuen Opel und Benz. Wenn Paula abseits aller Werkbänke ein solches Gespräch begann, würgten sie es beharrlich ab. Blei blieb Blei. In der vergangenen Woche hatte Störring an der Tür zur Metallwerkstatt ein Warnschild »Zutritt nur für Männer« angebracht. Der Grat, auf dem Paula wandelte, war nicht breiter geworden. Denn jederzeit könnte bei »Orgelbau Bertram« ein Unheil geschehen, der Konkurs eintreten. Gott behüte, Gott bewahre!

Egal.

Es gab kein Zurück, sie würde sich nicht mehr von ihrem Ziel abbringen lassen: dem Meisterbrief. Überdies gab es im geltenden Recht einen Paragrafen, der Frauen zumindest die vorübergehende Leitung eines Handwerksbetriebs ermöglichte: Wenn ein Familienbetrieb durch den Tod des Inhabers führungslos werden würde.

Könnte ihr dieses »Witwen-Privileg« notfalls argumentativ zu Hilfe kommen?

Sie mochte es sich lieber nicht ausmalen.

15

Ende Oktober 1925.

Der Briefumschlag wog, war gar höher frankiert. Er enthielt eine ausführliche Projektskizze für eine transportable Orgel mit fakultativem Pedal. Elektromotor für den Wind, darüber hinaus rein mechanisch.

Dazu dieser Brief, der Paula in den folgenden Nächten um den Schlaf bringen sollte.

Liebe Paula,
wie Du anbei siehst, war ich zwar fleißig, nur es hilft mir nicht.
Ich schaue in den Abgrund, auch seelisch.
Anbei das, worauf meine Hoffnung ruhte: ein Instrument für jene, die eine neue Orgel brauchen, sich jedoch keine mehr leisten können. Robuste Mechanik, im Falle eines Falles mit kleinstem Werkzeug zu reparieren. Das Pflänzchen »Zurück zum Hand-

werk« droht zu verdorren, das Projekt »Hamburg St. Jacobi« zieht hier noch keine Kreise. Je weiter im Süden, desto pneumatischer die Köpfe.
Mein Auftragsbestand ist Null. Noch nicht einmal die kleinste Generalreinigung. Ich zehre derzeit von Brandenburg. Ohne diesen Auftrag wäre ich verhungert, und allein Dir habe ich ihn zu verdanken. Das Ende der Inflation hat alles nur schlimmer gemacht, das durch die Teuerung verschleierte, hinweg improvisierte Elend steht jetzt zu Tage. Hätte ich nicht den Garten und Kartoffeln von Pfarrer Herwig, dann …
Ich quäle mich durch die Nacht und stehe kraftlos auf. Ich bin am Ende.
Ich brauche Dich. Sofort.
Herzlichst
Dein Hans

Paula sank auf ihr Bett. Die Hefeklöße, die Störring mittags für alle im Betrieb hatte zubereiten lassen, drückten ihr auf den Magen. Sie faltete den Brief zusammen und besah sich die Projektskizze, für die Hans lange am Reißbrett gesessen haben musste. Ein Instrument der Praxis, ganz für schmale Budgets. Mit variablen Laden, die mit Prinzipalen und Flöten und sogar mit einer kleinen Mixtur bestückt werden konnten, ohne Schnörkel und dennoch eine Augenweide.

Handwerkskunst eben.

Auch Paula musste sparen, sie ließ das Licht ausgeschaltet. Briefpapier war ihr ausgegangen und zu teuer, neue Kerzen ebenso. Zum Fackeln war es auch zu spät.

Nach einer durchwachten Nacht machte sich Paula zeitiger als gewöhnlich auf den Weg zur Werkstätte, mit Hans' Brief und den Skizzen. Streiflicht fiel aus dem Büro, Störring war bereits da. Sie klopfte an die angelehnte Tür.

»Warum so förmlich? Hereinspaziert!«

Paula trat ein, den Brief in Händen.

»Ungute Post?«, fragte er.

Sie nickte nur.

»Hans?«

Sie reichte ihm den Brief.

Er gab ihr ein Taschentuch und las das Schreiben sofort. »Kapiere. Du möchtest also schnell zu ihm zurück.«

Paula hatte das Sacktuch entfaltet und trocknete damit jene Tränen, die zu Hause noch nicht geflossen waren. »Ich weiß nicht, ob ich ihm helfen kann, aber er ist mir … wie ein Vater. Ich möchte, ich kann ihn einfach nicht alleinlassen. Am Ende tut er sich was zuleide.«

»Hans nicht«, beschwor Störring freihändig, ohne sie damit zu beruhigen.

»Doch! Hans war stets die Ruhe selbst. Überdies steht es in einem Brief, ist nicht rasch ins Unreine geplappert. So etwas schreibt man nicht so schnell hin.«

Störring schwieg. Plötzlich nickte er. »Du hast recht, leider.« Er bot ihr die Hand, als wolle er kondolieren. »Daher lasse ich dich natürlich ziehen. Es war mir eine Ehre, dich im Betrieb gehabt zu haben. Nicht oft hat man es mit solch einer Frau zu tun.«

Paula freute sich über das Lob. Es kam zu sehr von Herzen, als dass es abgezirkelt klang.

Die Angeln der Tür zum Betriebsgebäude quietschten, dann hallten Schritte durch den Korridor, die sie kannte. Matte, am Büro vorüber in die Werkstatt. »Moin!« Ein Sohn von Pfälzer Bauern snackte op Platt. Wieder galt es, Abschied von einem Mann zu nehmen.

Nur dass es ihr dieses Mal richtig wehtat.

Paulas Miene muss Bände gesprochen haben, denn Störring gab zu verstehen: »So leid es mir für dich tut, auf Matte kann ich leider nicht verzichten. Und auch auf dich nicht sofort, es gibt schließlich zu tun. Außerdem wollen die Behörden darüber informiert sein.«

»Schon klar.« Sie holte ein Gummi aus der Brusttasche ihrer Latzhose und band ihr Haar nach hinten, damit es sich nicht in den Maschinen verfing. »Was steht an?«

»Du bleibst bei mir im Büro, Berta ist krank. Versieh mir bitte die Buchungsjournale, ich schaue mich derweil im Regal um. Viele Fachbücher kann ich leicht entbehren, die gebe ich dir mit, Frau Meisterin in spe.« Sein Schnauzbart hüpfte im Takt seiner Worte.

Paula zögerte. Unschlüssig glitt ihr Zeigefinger die Unterlippe entlang.

»Möchtest du es Matte gleich sagen?«

»Ja.«

»Tu das.« Störring trat ans Regal mit seinen Büchern. »Geht ins Holzlager, da wird euch keiner stören.«

»Bist ein lieber Mensch.«

»Für dich immer.«

Draußen war sie. Zunächst ging sie in die Garderobe, um sich umzuziehen. Dort war sie allein, denn auch Hinrich kam gern zu spät. Kurz entschlossen trat sie an den Spiegel, nahm das Gummi wieder aus dem Haar und kämmte sich mit ihrer Bürste. Ein letzter Blick: Jetzt erst war sie richtig angezogen, für Matte und den leider baldigen Abschied.

Sie suchte ihn, fand ihn aber nirgends, bis sie gewahr wurde, dass die Tür zur Metallwerkstatt offen stand, die Tür mit dem Schild »Zutritt nur für Männer«.

Sie setzte sich über das Verbot hinweg. Im Vorraum schoss Matte ihr entgegen.

»Paula, du«, stammelte er. Seine linke Hand war blutverschmiert.

»Matte! Du bist verletzt!«

»Lass, ist nicht der Rede wert«, beschwichtigte er und zeigte ihr seinen linken Zeigefinger. Tatsächlich war es nur ein kleinerer Schnitt, die Blutung war zum Stillstand gekommen.

»Man sollte nie stumpfe Messer benutzen«, kommentierte er flapsig. Dabei hatte er Glück gehabt. Weh dem Finger, wenn so ein Messer tiefer drang. Zum Glück wusste er, wo der Verbandskasten war.

Weniger behagte Paula, dass Matte einen Flachmann öffnete, wie ihn auch Maximilian besessen hatte. Und die Wunde mit »Korn« desinfizierte.

Paula rann es kalt den Rücken hinab, als sie ihm den Finger verband. Zudem nicht die beste Intrada für das, was sie auf dem Herzen trug. »Du, Matte, ich muss dir was sagen.«

»Unerfreuliches?«, fragte er, plötzlich blass im Gesicht. »Von deinen Eltern?«

»Nicht von meinen Eltern.« Paula nahm Hans' Schreiben aus ihrer Latzhose und las es Matte vor. Links das Regal mit dem Verbandskasten und rechts ein dreckiges Waschbecken, auf dem Betonboden Tropfen des Schnapses, mit dem Matte die Wunde desinfiziert hatte.

»Lass uns ins Holzlager hinübergehen«, schlug sie vor. Sah Matte tief in die Augen. »Aber bitte ohne Flachmann. Alkohol gehört nicht hierher. Sonst ist rasch ein Unfall passiert. Denk an die Leiter und den Sturz.«

Matte zuckte zusammen. Unschlüssig ließ er die Feldflasche von Hand zu Hand mäandern. Dann kippte er sie aus, es war nicht mehr viel darin, schraubte sie zu und warf sie auf dem Weg ins Holzlager in die Tonne mit alten Ölen und Chemikalien.

Im Holzlager war tags zuvor eine Fuhre Buche eingelagert worden, es roch nach Wald und nach Harz. Holzstaub und Späne tanzten im Sonnenlicht. Inmitten zwei Klötze. Matte ließ sich auf dem einen nieder, Paula auf dem anderen.

»Dann möchtest du sicher zurück zu deinem Hans, um ihm zu helfen.« Klang unbeteiligt. Trotz des intimen »zu deinem Hans«.

War Matte eifersüchtig?

Sie beließ es bei einem Ja.

Matte antwortete nicht minder knapp: »Verständlich.«

So saßen beide eine Weile stumm inmitten des Buchenholzes, bis Matte schließlich ein Messer aus der Brusttasche seiner Latzhose zog.

Paula blickte auf. Es glich dem Messer, das Onkel Wilhelm ihr geschenkt und Vater ihr weggenommen hatte. Der Griff war aus demselben Holz. »Ein schönes Messer.« Sie strich über den Griff. »Schnitzt du damit?«

»Ja, Tabakspfeifen für meinen Vater.«

Ihr fröstelte. Nur der Gedanke, dem Vater was zu schnitzen, fühlte sich absurd an.

Erneutes Schweigen.

Wollte er ihr das Messer schenken?

Gottlob nicht. Matte steckte es wieder ein und fragte: »Wann reist du ab?«

Paula rang mit den Tränen, ein Gefühl wie im falschen Film. »Das weiß ich nicht, müssen wir noch besprechen. Störring braucht mich noch eine Weile.«

Worauf sich die Tür auftat. Störring trat in den Rahmen und fragte: »Seid ihr bereit?«

Sie sahen einander an und nickten.

»Dann ans Werk.« Er beorderte Matte in den Maschinensaal und bat ihn, die Lager aller Maschinen zu ölen.

Paula winkte er an die Buchungsjournale. Im Büro fragte er: »Möchtest du auch Hans informieren?«

Paulas »Ja« blieb ihr im Halse stecken. Sie fürchtete sich vor diesem Gespräch.

Störring nickte ihr aufmunternd zu, verließ das Büro und schloss die Tür hinter sich.

Sie rief das Fernamt an. Musste nicht lange auf die Leitung nach Taubach warten. Glücklicherweise.

Hans' Stimme ließ Schlimmes ahnen. Seinem Bass fehlte die Fülle, es säuselte durch die Kupferleitung. »Schön, dass du dich meldest … Ich wagte es nicht zu hoffen.«

Jetzt nicht lange fackeln. »Ich komm zurück zu dir, sie lassen mich ziehen.«

»Was? Du …?«

»Hans, ich komme zurück.« Ihr zitterten die Lippen. »So früh es geht. Ich lasse dich nicht im Stich.«

Mucksmäuschenstille. Bis es durch die Leitung gluckste und Hans zu weinen anfing. Paula schauderte. Noch nie hatte sie einen Mann greinen hören.

Doch, einmal. Maximilian an Weihnachten 1919, als er ihr Vaters Hohn und Spott über seine Kriegsverwundung anvertraut hatte.

»Danke, Paula, alles Gute und bis bald.«

Erleichtert legte sie den Hörer auf. Sie lief ins Holzlager und hackte 20 Scheite Holz gegen ihre Erregung. Danach suchte sie Störring. Sie dankte ihm für sein Verständnis und machte sich an die Buchungen.

Währenddessen Störring sein Regal inspizierte und ihr wie versprochen wertvolle Fachbücher bereitlegte. »Die kannst du gleich haben, du wirst sie brauchen können.«

16

Drei Wochen später.

Paula fuhr, um sich setzen zu können, dritter Klasse zurück nach Weimar. Matte hatte ihr hierfür einen Fünfmarkschein zugesteckt. Ebenso Störring, der außerdem ihre Kleidung hatte waschen lassen, von seiner Frau, die Paula nur ein einziges Mal zu Gesicht bekommen hatte, an Störrings 50. Geburtstag. Von ihrem Vermieter hatte Paula gottlob die anteilige Miete für den Rest des Monats erstattet erhalten. Onkel Wilhelms Reisegeld hatte sie gar nicht angetastet. Sie wollte es höchstens im Notfall tun, denn das Unbehagen, wie ihr Onkel an die Dollars gekommen war, wollte nicht weichen. Alles in allem konnte sie sich glücklich schätzen. Zumal über Störrings Zeugnis, es war des Lobes voll.

Dennoch, in Taubach würde alles von vorn beginnen. Ihr Zimmer dort war sicher anderweitig vermietet, es blieb ihr also vorerst nur Hans' Gesellenzimmer, in dem sie damals die erste Zeit bei ihm zugebracht hatte. Sosehr sie ihn schätzte, auch mit ihm litt – der Gedanke, ihm am Abend nicht »Bis morgen« sagen zu können, ließ sie während der Fahrt nicht ruhig sitzen. Nun galt die Mark wieder etwas, und die Wohnungsmieten waren unerschwinglich. Hans stand zudem vor dem Bankrott. Über »Orgelbau Bertram« kreiste der Pleitegeier womöglich auch längst. Kaum zu sagen, welche Pleite die schlimmere für sie wäre.

Ihr Koffer war brechend voll. Zwar waren ein paar von ihren Kleidungsstücken so verschlissen gewesen, dass sie diese in Wilster weggeworfen hatte. Doch Störrings Bücher waren dick und schwer. Wertvolles Fachwissen für ihren weiteren Weg zur Meisterprüfung.

In Oberweimar drohte ihr Koffer daran zu zerbrechen. Paula nahm die schwersten Bücher heraus und trug sie unter dem Arm. Zum Glück regnete es nicht.

»Brrrrrrr!«

Sie fuhr herum. Ein Pferdegespann kam hinter ihr zum Halt.

Hinter dem Fahrer der Droschke saß ein Herr im schwarzen Rock. »Wohin des Wegs?«

»Nach Taubach.«

Er bedeutete ihr mitzufahren. Der Fahrer stieg ab, half ihr mit dem Gepäck und stabilisierte den Koffer mit einem Strick.

»Tausend Dank.« Erleichtert erklomm Paula den Wagen, der wie gerufen kam. Die Bücher nahm sie lieber zu sich auf den Schoß.

»Sind Sie nicht Gesellin bei Orgelbaumeister Meichelbeck?«, fragte der Herr im Sonntagsstaat.

»Ja, sozusagen.«

Er ließ die Einschränkung unkommentiert, schien die Hintergründe nicht zu kennen und stellte sich als Otto Wenzel, Pfarrer von Vieselbach, vor.

Sie horchte auf. Aus Vieselbach? Da war doch … wer oder was noch mal?

Er sei auf dem Weg nach Taubach zu Bruder Herwig, um mit ihm sowie dem Pfarrer von Mellingen Skat zu spielen.

Paula war nicht nach Konversation zumute. Pfarrer Wenzel schien es zu bemerken. Er ließ sie in Ruhe und sprach mit dem Fahrer, den er anscheinend kannte. Ein Pfarrer mit dürren Backen. Der Schmalhans hatte auch in den Pfarrhäusern Einzug gehalten.

Plötzlich wandte Wenzel sich wieder Paula zu. »Kann es sein, dass ich Sie über Frau Magdalena Vierling kenne?«

»Möglich, ja.«

»Sie und Ihr Meister könnten mir gelegener nicht kommen.« Ein Windstoß zog an Wenzels Hut, er hielt ihn fest. »Unsere Orgel ist eine der ältesten hier und leider reparaturbedürftig. Ich wüsste sie bei Ihnen in guten Händen.«

»Das ehrt uns.« Die Chance für Hans und sie! »Wir melden uns. Ist die Orgel spielbar?«

»Eins noch«, sagte der Pfarrer ausweichend, »ich würde Sie bitten, unsere Orgel lediglich zu reinigen und zu stimmen, für mehr wird das Geld nicht reichen.«

»Gewiss, Herr Pfarrer«, erwiderte Paula keck. »Sparsamkeit am falschen Platz macht aber auf Dauer noch ärmer.«

»Das stimmt wohl.«

Dürr waren auch die Pferde, die den Wagen zogen – und der war aus Massivholz. Die Opulenz des Kaiserreichs, im Heute eine Last.

»Ist Frau Vierling noch bei Ihnen in Vieselbach tätig?«, fragte Paula.

Pfarrer Wenzel nickte sparsam, Paula ließ es so stehen. Viel Dunkel lag um die Sache, geheimnisumwittert.

Sie erreichten Taubach. Der Fahrer hielt vor dem Pfarrhaus, Pastor Wenzel stieg ab, bezahlte alles und bat den Kutscher, Paula zu Hans zu bringen.

»Tausend Dank, aber bitte halten Sie drunten am Plan«, bat Paula. »Von dort aus ist es nicht mehr weit.«

»Da kann ich den Rest auch noch fahren.«

»Nein«, beharrte sie, »es geht dort bergan. Ich will nicht, dass sich Ihre Pferde plagen.«

»Die sind noch stark genug«, gab er hörbar indigniert zurück, entsprach jedoch ihrer Bitte.

Paula ließ sich das Gepäck geben, den Strick um den Koffer durfte sie behalten. Sie schickte ein Stoßgebet zum Himmel. Unwillkürlich musste sie an den Herbsttag 1919 denken, als sie einst bei Hans um Obdach gebeten hatte. Was würde sie heute erwarten?

Eilig stapfte Paula bergan, die Bücher behielt sie unter ihrem Arm. Alle von Störring. Prompt dachte sie auch an Matte. So bald wie möglich musste sie den beiden schreiben.

Doch jetzt erst einmal Hans.

Endlich erreichte sie das Anwesen. Die Abendsonne tauchte das Werkgebäude in ein mildes Licht. Auch Paulas Schatten, an die Fassade geworfen, hatte kaum Konturen. Vor der Tür hielt sie inne. Die alte Eichenholztür besaß jetzt eine Klingel. Sie war zugesperrt. Anders als 1919 hatte sie die Schlüssel für das Haus. Dennoch klopfte sie an.

Stille.

Auch nach dem zweiten Klopfen. Hätte sie Hans besser anrufen und ihm ihre genaue Ankunftszeit mitteilen sollen?

Sie klingelte.

Kurz darauf tat sich die Tür auf. Ohne dass sie zuvor Schritte gehört hatte. Kein Wunder, Hans trug keine Schuhe, in den Strümpfen Löcher. Sein Gesicht hohl, ausgezehrte, leichenblasse Wangen. Die Hose schlackerte, bloß von den Trägern an der Hüfte gehalten.

Nein, flehte sie in Gedanken, das ist nicht Hans. Gütiger Gott, lass es nicht Hans sein!

Ein Buch entglitt Paula, es fiel so unglücklich zu Boden, dass sich der Rücken ablöste. Sie klemmte den Koffer zwischen die Knie, hob es auf. Hans nahm es ihr ab, danach die anderen Bücher. Nun hatte sie die Hände frei und stellte den Koffer zu Boden.

Hans gab ihr die Hand. »Du bist es, wirklich und wahrhaftig! Wie soll ich dir das je danken?«

Sie erschrak, zu zerbrechlich war seine Hand. Sie umarmte ihn. »Ist alles gut«, sprach sie auch sich selbst neuen Mut zu. »Gemeinsam werden wir es schaffen.«

Anders als von ihr erwartet, bat Hans nicht ins Büro, sondern in die Werkstatt. Keine einzige Pfeife war zu sehen, nicht mal Rohlinge. Maschinen, die augenscheinlich seit Wochen nicht benutzt worden waren. Keine Lampe erhellte die Abenddämmerung. Nur zwei Stühle, sonst in Werkstätten selten.

Paula nahm Platz. »Bitte mach Licht.«

Er tat es, sichtlich unwillig. Jeder Blick wich ihr aus. Schämte er sich?

»Hans, es wird besser«, beschwor Paula. »Die Orgel in Vieselbach benötigt uns.«

Nun blickte er auf. »Woher weißt du das?«

»Der Pfarrer fuhr zufällig mit einer Droschke hierher nach Taubach und hat mich mitgenommen.«

»Dann lass mal hören.«

Sie berichtete.

Hans setzte sich, besonders optimistisch schien Wenzel ihn nicht zu stimmen. »Weißt du mehr über diese Orgel?«, fragte er abschließend. »Ich meine mich daran zu erinnern, dass dich irgendwas mit diesem Dorf verbindet.«

»Ja, Magdalena«, antwortete sie einsilbig.

Er ließ es unkommentiert. »Nun gut, warten wir's ab.«

Verblieb das Wohnproblem, das sie ungern ansprach. »Darf ich droben einziehen?« Sie wies in Richtung der Treppe zum Gesellenzimmer.

»Natürlich, Paula, es ist schon alles bereit«, sagte er beflissen, holte ihren Koffer und die Bücher und bat sie nach oben.

In diesem Zimmer schien alles beim Alten geblieben zu sein: Schüssel und Kanne zum Waschen warteten auf sie, dazu die alte Kommode.

Dann aber erschrak sie. Das Bett war ein anderes, ein breiteres. Jedoch mit nur einer Garnitur Bettzeug.

»Warum ein neues Bett?«

»Im alten war der Wurm drin.«

Die auffällig flinke Beschwichtigung beruhigte ihren Argwohn nicht. Sie setzte sich aufs Bett und rückte ostentativ das am Rand gelegene Kissen in die Mitte.

Hans' Miene verhärtete sich. »Richte dich erst mal in Ruhe ein.«

Fort war er.

Sie steckte die Haare fest. Nichts fügte sich zu einem stimmigen Bild. Am Ende wollte er nur … Nein, er war in Not, und sie musste ihm helfen.

Hans hatte die Kommode ausgeräumt, reichlich Stauraum für die wenige Bekleidung, die sie noch besaß. Störrings Bücher erhielten ihren Platz auf dem Bord, über dem sich zu ihrer Freude auch jetzt noch die Hohlflöte befand, in welche Hans als junger Geselle sie hatte reinblasen lassen. Der Rest in ihrem Koffer war nicht der Rede wert. Ihr geschiedener Gatte hätte sie ob des Grauschleiers der Bluse wohl vor die Tür gesetzt. Paula wusch sich an der Schüssel den Ruß vom Gesicht ab, dann setzte sie sich wieder aufs Bett. Ihre Füße schmerzten, heiß gelaufen auch die Gedanken. Sie glitt aus den Schuhen und legte sich hin.

Bis Hans von unten rief und es nach Zichorie und Malz roch. Paula stand auf. Streckte ihre Glieder und stieg zu ihm nach unten.

Im Pausenraum wartete er mit der Kanne. »Nur Muckefuck, aber von Herzen.«

Sie musste lächeln. Auch für ein kleines Abendbrot hatte er gesorgt. »Vierter Klasse«, seufzte er, »Brot und Margarine.« Dazu kam ein rotbackiger Apfel, den er ihr liebevoll viertelte und schälte.

So hungrig Paula war, mehr als eine halbe Scheibe Brot und ein Viertel Apfel brachte sie nicht hinunter. Sie bot ihm die Hand zum Dank. »Ich muss erst einmal hier ankommen.«

Nun lächelte Hans. Gab ihr zwei Scheiben Brot, ein Eckchen Käse und einen Apfel für ein Frühstück mit. »Schlaf gut.«

»Gute Nacht.«

Paula schlief bestens, das Bett, das sie so beargwöhnt hatte, bot Platz zum Rangieren und besaß eine harte Matratze, die Rücken und Nacken stabilisierte.

Sie wachte erst auf, als ihr die Morgensonne ins Gesicht spitzte. Jetzt, Ende Oktober, ging es auf 8 Uhr zu – der Arbeitstag von Handwerkern hatte längst begonnen. Erst recht, wenn bald wieder was zu tun war.

Umso rascher frühstückte sie. Stieg in die Latzhose und zog den Kittel an. Als sie sich das Haar zu einem Knoten band, ertönte unten die Türglocke. Nun schnell in ihre Arbeitsschuhe, ein flüchtiger Blick in den Spiegel.

Immer zwei Treppenstufen auf einmal nehmend, eilte sie nach unten.

Hans hatte bereits geöffnet. Es war der Pfarrer, der sie tags zuvor in der Droschke hatte mitfahren lassen.

Paula begrüßte Pfarrer Wenzel und betrat mit ihm und Hans die Werkstatt.

»Ihre Mitarbeiterin hat es Ihnen vielleicht schon erzählt, sie saß mit mir in der Droschke.« Weitschweifig berichtete er, dass er eigentlich zum Skat mit Kollegen nach Taubach gefahren sei, doch nun habe er doch beim Bruder Herwig übernachtet. Zu dringend sei sein Anliegen. »Ich dachte, ich spreche lieber mit dem Meister persönlich. Unsere Orgel lässt sich nicht mehr spielen, keinen Ton mehr.«

»Wo genau klemmt es?«, fragte Paula. Es war und blieb die alte Leier: Die Kirchengemeinden zögerten es hinaus, bis es zu spät war.

Wenzel hob die Schultern. »Hat mir der Organist zugetragen. Ist anscheinend die Lade.«

»Wann könnten wir uns das Instrument anschauen?«, fragte Hans.

»Es eilt nicht.« Hüsteln. »Wir haben uns ein Klavier in die Kirche kommen lassen.«

Das arme Klavier, dachte Paula.

»Wissen Sie, Herr Meichelbeck, ich habe jetzt erst einmal zu tun, wir müssen die Äpfel zu Ende ernten, weil ... Gott, bin ich dankbar, dass wir unseren Garten noch haben. Sonst hätten wir nichts mehr zu beißen.«

»Mein volles Verständnis.« Hans blätterte in einem Kalender. »Übernächste Woche?«

»Gerne am Dienstag übernächste Woche.« Wenzel bot Hans die Hand.

»Und bitte nicht daran herumdoktern, das macht es meistens noch schlimmer.«

»Versprochen.«

Hans geleitete Pfarrer Wenzel bis an die Hofpforte wie einen abreisenden Verwandten.

Beseelt von seinem plötzlichen Optimismus, unterbreitete Paula ihm, als er zurückkam, ein weiteres wichtiges Anliegen: »Du, Hans, darf ich zu Hause in Bad Berka anrufen?«

»Geht leider nicht«, erklärte Hans auf dem Weg ins Büro und setzte sich an den Schreibtisch. »Die Post hat mir das Telefon abgestellt. Du müsstest ihnen schreiben.«

Fragte sich nur, ob ihr da jemand antwortete. »Ich telefoniere später von der Post aus. Was steht an?«

»Ich schickte dir schon meine Entwürfe für eine Truhenorgel. Lass uns jetzt gemeinsam darangehen. Vielleicht können wir die Pfarrer Wenzel anbieten, sollte das Instrument dort nicht mehr zu ertüchtigen sein.«

»Weißt du was über Volker und Oskar?«

»Die sind bei der Tischlerei Hagen in Mellingen, würden aber zurückkommen, wenn wir sie brauchen.«

Der Vormittag verging mit Zeichnen, Planen und Diskutieren fast wie im Flug.

»Wäre es nicht sinnvoll, diese Orgel auch mit elektronischer Traktur anzubieten?«, gab Paula kurz vor der Mittagspause zu bedenken.

»Nein.« Der Griff an seine Kleidung nach der Zigarette, die er sich nicht mehr leisten konnte. »Dass es mich trotz allem immer noch gibt, liegt daran, dass ich anders bin. Dass ich mich auf klassischen Orgelbau beschränke.«

»Mag sein. Aber schmerzhafte Zeiten erfordern schmerzliche Kompromisse.«

»Umgekehrt.« Hans wies mit dem Kopf zur Uhr über der Tür, es war Zeit für die Mittagspause. »Schuster, bleib bei deinen Leisten.«

Der Nachmittag galt der Wartung aller Maschinen, denen der Stillstand allmählich zusetzte. Erst gegen 18 Uhr machten sie Feierabend.

Für den Anruf vom Postamt aus war es zu spät. So schrieb Paula doch einen Brief. Vorerst nur an ihre Mutter, denn sie hatte zwar zwei Bogen Papier, aber nur ein Kuvert und eine Briefmarke. Die Schreiben an Matte und Störring mussten warten.

Sie teilte ihrer Mutter in aller Kürze mit, wieder bei Hans zu sein und vorerst im Gesellenzimmer zu wohnen. Nolens volens bot sie einen Besuch in Bad Berka an und wünschte ihnen bis dahin alles Gute.

Anderntags brachte sie den Brief zur Post und kaufte bei der Gelegenheit weitere Briefmarken und Kuverts.

*

Am Tage vor dem Ortstermin bei Pfarrer Wenzel und seiner Orgel in Vieselbach erhielt Paula den Antwortbrief. Er war von ihrem Bruder verfasst. Der Poststempel trug das Datum 25.11.1925.

Liebe Paula,
Mutter würde Dir gern antworten, aber sie hat derzeit leider eine Sehnenscheidenentzündung und kann nicht schreiben. Wir freuen uns, dass Du wieder im Lande bist, auch Vater!! Das graue Briefpapier verrät es bereits, wir haben ziemlich zu kämpfen.
Neue Hoffnung schenkt mir eine Truhenorgel, nach Wahl mit drei oder vier klingenden Stimmen und, je nach Wunsch, mit pneumatischer, elektronischer oder klassisch mechanischer Traktur für kleinere Kirchen. Je eine davon haben wir bereits verkauft. Gerade bin ich dabei, eine etwas größere Orgel mit Pedal zu konfektionieren.
Onkel Wilhelm lässt Dich herzlichst grüßen – er hat uns über das Gröbste hinweggeholfen.
In geschwisterlicher Liebe
Dein Maximilian
PS: Würden uns über einen Besuch freuen.

Paula las diesen dürftigen Brief so oft, dass sie selbst nicht mehr wusste, was sie wohl am ärgsten zum Grübeln brachte. Es war vermeintlich das »auch Vater!!«. Das Faktum an sich und die beiden Ausrufezeichen dahinter.

Dass es bei Licht besehen etwas ganz anderes war, wurde ihr erst sehr viel später klar, es war das »klassisch mechanisch«.

17

Tags darauf.

»Tut mir sehr leid für Sie.« Hans setzte seine Schutzbrille ab, ohne die er in keine Orgel mehr stieg. »Eine Reparatur wäre nur der letzte verzweifelte Flicken auf einem aus allen Poren pfeifenden Fahrradschlauch.«

Pfarrer Wenzel schien mit diesem Urteil gerechnet zu haben. »Na gut, dann muss ich mich mit den Ältesten der Gemeinde beraten. Vorläufig haben wir ohnehin noch das Klavier in der Kirche.«

Womit das Ganze todsicher auf den Sankt-Nimmerleinstag verschoben würde.

»Lassen Sie das Klavier ja nicht zu lange in der Kirche«, gab Paula zu bedenken. »Die starken Temperaturschwankungen sind Gift dafür.«

»Richtig.« Hans zog die beiden Gehefte mit seinen Prototyp-Truhenorgeln, den »Spar-Orgeln«, wie er sie nannte, aus seiner Aktentasche. »Schauen Sie, wir haben ein Herz für kleinere Kirchengemeinden wie Sie. Niemand muss bei mir Unsummen ausgeben.«

»Verstehe.« Wenzel korrigierte den Sitz seiner Krawatte, die seine einzige sein musste, weil sie völlig abgewetzt war. »Sie hören von mir.«

»Es wäre mir eine Freude. Melden Sie sich bitte schriftlich. Meine Telefonleitungen sind schon da, aber noch nicht geschaltet.«

Wenzel nickte nur noch. Immerhin hatte er sich Notizen gemacht.

Um sich das Geld für eine Droschke zu sparen, hatten

Hans und Paula einen längeren Fußmarsch auf sich zu nehmen. Zeit genug, um sich über Pfarrer Wenzel und ihre Aussichten auf seinen Auftrag zu unterhalten.

»Eines noch, Hans, bitte verstehe mich nicht falsch.« Paula trank einen Schluck Wasser aus ihrer Feldflasche. »Dass du nicht mehr telefonisch erreichbar bist, ist ein Problem. Ewig wirst du das mit den noch nicht geschalteten Leitungen nicht aufrechterhalten können. Lass uns die Schulden bei der Post bezahlen, damit sie die Leitung wieder freigeben.«

»Von welchem Geld?«

»Fünf Mark könnte ich dir auslegen, die schenkte mir Meister Störring zum Abschied.« Und, nach kurzem innerem Ringen: »Einige Dollars besitze ich auch noch.« Das erklärende »Von Onkel Wilhelm« verkniff sie sich. Ganz wohl war es ihr schließlich nie damit gewesen.

*

Eine Woche später funktionierte das Telefon wieder. Hans rief sofort bei Pfarrer Wenzel an, der ihn jedoch in der Sache abermals vertröstete.

Paula hatte Maximilians Brief noch immer nicht beantwortet, da sie sich nicht entscheiden konnte. Besser schreiben, anrufen oder besuchen?

Sie zog es lang hinaus, widmete sich nun Störrings Büchern. Erst kurz vor Weihnachten raffte sie sich dazu auf und rief zu Hause an. Leider hatte sie Vater am Telefon, offenbar weil der mit einem Anruf seines Bruders gerechnet hatte – oder betreffs des Bruders. Genauer äußerte er sich nicht dazu, seine Stimme ließ jedoch Sorge durchklingen. Er bat Paula, immerhin ohne verbale Grobheit, ein andermal anzurufen, und murmelte noch was ins Unreine. Klang wie »Alter Freund und Kupferstecher« und nach »Jaja, die Konkurrenz«.

Womit Paula so klug war wie zuvor.

Am kommenden Morgen beantwortete sie Maximilians Brief.

Lieber Maximilian,
hab Dank für Deinen Willkommensgruß. Wie Du Dir gewiss denken kannst, hungern wir auch, sind jedoch guten Mutes, es kann nur aufwärts gehen.
Gern denke ich an die Zeit bei Meister Störring zurück, denn ich habe ihm vieles zu verdanken, vor allem Fachliteratur für die Meisterprüfung.
Nicht alles kann ich vergeben, verzeihen, doch Tochter bleibt Kind. Ich bange mit Euch. Mit dem Betrieb, weil ich ihm trotz allem meine Liebe zur Orgel verdanke.
Bitte lasst mich wissen, was Euch widerfährt, ich möchte es nicht schmerzlich spät und über drei Teufels Ecken erfahren. Gott sei mit Euch!
Bald ist Weihnachten. Gebt mir noch Zeit mit einem Besuch, mir ist gerade nicht danach.
In schwesterlicher Liebe
Deine Paula

Paulas Brief blieb über Weihnachten unbeantwortet. Erneut musste sie sich selbst um Klarheit bemühen.

So saß sie wie auf Kohlen an Hans' Schreibtisch. Er war am 30. Dezember zu Fuß zu Pfarrer Wenzel aufgebrochen. Viel, zu viel hing von diesem Auftrag ab, nicht nur für ihn, auch für sie selbst.

Denn nichts war in der Werkstatt zu tun.

Minute um Minute verrann, sie zauderte sich von Verrichtung zu Verrichtung. Erst waren es Wollmäuse, danach war es die Wanduhr im Büro, die aufgezogen werden musste.

Wo fand sich etwas für sie, das ihr Halt und Zuspruch spendete, ehe sie zum Hörer griff?

Sie irrlichterte durchs Büro, durch die Werkstatt ohne Arbeit, bis vor die Hobelbank.

Dort kam ihr die Idee: »Die Hohlflöte!«

Paula lief treppauf in ihr Zimmer, nahm die Pfeife an sich, in die sie als Mädchen hatte blasen dürfen, und kehrte in das Büro zurück. Als Glücksbringer lehnte sie die Hohlflöte an den Schreibtisch. Jetzt furchtlos Mut gefasst! Und mit Bad Berka telefoniert!

Als Paula den Hörer von der Gabel nahm und zu wählen anfing, hörte sie zuerst Geschrei, dann Schritte. Einen Atemzug später öffnete Hans die Tür und stürmte herein.

»Dieser falsche Fuffziger!« Er warf die Tasche in die Ecke. »Durch den Wolf könnte ich ihn drehen, diesen Pfaffen!«

Paula legte den Hörer zurück auf die Gabel und sprang auf. »Was ist denn?«

»Wenzel hat jemand anderen beauftragt. Und rate mal, wen: ›Orgelbau Bertram‹!« Hans' Stirnadern bebten, er war außer sich vor Zorn.

»Woher weißt du das?«

»Gib's zu, du hast ihnen den Auftrag zugeschanzt!«

»Nein, Hans, das habe ich nicht und würde es auch nie tun!«

»Du lügst, gib's endlich zu! Du steckst mit denen immer noch unter einer Decke!«

Geschockt und verletzt zugleich wich sie zurück. Nie hatte sie ihn derart in Rage erlebt. Im Augenwinkel bemerkte sie, dass ihr Glücksbringer, die Hohlflöte, zu Boden gefallen war. Doch ehe Paula die Pfeife aufheben oder Hans darauf aufmerksam machen konnte, stieg er in seinem Schnauben und Toben mit dem Fuß so unglücklich darauf, dass er den Halt verlor. Er stürzte und prallte dabei mit dem Schienbein gegen den Schreibtisch.

Sein Schrei fuhr Paula in alle Glieder. Rasch war er wieder auf den Beinen, er konnte sich zum Glück nicht ernsthaft verletzt haben. Desto lauter fuhr er sie an: »Soll ich mir die Knochen brechen?«

»Hans, bitte, lass es mich erklären …«

»Genug, jetzt reicht es mir!« Blind vor Zorn hielt sich Hans das schmerzende Schienbein. Mit der anderen Hand hob er die Pfeife auf und fuchtelte damit durch die Lüfte. »Erst schanzt sie den Auftrag der Konkurrenz zu und dann wird sie auch noch frech!« Er stürmte mit der Pfeife auf sie zu und holte aus.

Sie duckte sich weg, worauf er von ihr abließ, aber dafür jetzt mit aller Kraft versuchte, die Pfeife zu zertrümmern.

»Hans, bitte!«, flehte Paula. »Es ist doch … unsere Pfeife!«

»Meine, deine, unsere … Quatsch!« Er stemmte ein letztes Mal mit dem Knie gegen das Holz, aber die Pfeife hielt ihm stand. Feuerrot war er nun im Gesicht und stürmte mit der Pfeife in der Hand davon, hinüber in die Werkstatt.

Paula sah das Schlimmste kommen und sollte damit recht behalten: Hans schritt mit der Pfeife an die Kreissäge.

Geistesgegenwärtig tat Paula das einzig Richtige: Sie rannte zur Hauptsicherung und kappte den Strom. Die startende Säge lief aus.

Um Haaresbreite rechtzeitig.

Paula blieb zunächst im Korridor stehen, in der Werkstatt war es mucksmäuschenstill.

Als die Stille beängstigend wurde, betrat sie den Werkraum. Hans stand an der Kreissäge, der Einschalthebel war noch in Stellung »An«. Er schaute stier auf Säge und Pfeife, weshalb er sie nicht bemerkte.

»Hans!«

Erst jetzt drehte er sich um. Sein Blick fuhr ihr durch Mark und Bein, er war nicht zu entschlüsseln.

»Hans ...« Sie stockte. Wollte »ist alles gut« sagen. Doch war es das wirklich?

Er zitterte, es schüttelte ihn, dann fing er an zu weinen. Paula ließ ihn, fühlte sich hilflos, lief stattdessen ins Büro und trug zwei Stühle in die Werkstatt.

Als sie dort ankam, weinte Hans nicht mehr. Er nahm Paula einen Stuhl ab und setzte sich. Sie tat es ihm gleich und steckte sich die Haare fest.

Hans sah zu Boden, seine schwarzen Ausgehschuhe trugen Kratzer vom Schreibtisch. Er regte stumm die Lippen, schlug die Hände vor das Gesicht. »Was soll uns ... denn noch alles widerfahren?« Er ballte die Hände zu Fäusten, doch jetzt aus schierer Verzweiflung.

»Hans, lieber Hans, es ist ... alles heil. Gott sei Dank! Nichts Schlimmes ist passiert.«

Noch immer die Fäuste. Hans presste sie fest aneinander. »Wieder nichts, wieder alle Hoffnung dahin, völlig vergebens alles.« Zumindest kam er nicht mehr mit dem angeblichen Verrat. Er langte nach einer Zigarette in Hose, Weste oder Rock, die sich nicht fand. Selbst die billigsten waren für ihn unerschwinglich. Ihm zu Füßen lag die Pfeife, die er eben hatte zersägen wollen. Noch schien er nicht gemerkt zu haben, was für eine Pfeife es war. Noch wog die Enttäuschung zu schwer.

Paula hob die Pfeife auf, denn nun wusste sie, wie sie Hans die Augen öffnen konnte.

Hans schaute zu ihr.

»Es ist nicht irgendeine, sondern unsere Pfeife, und dies seit über 20 Jahren!«

Schweigen.

»In die du mich als Kind hast reinblasen lassen. Und die du mir in klein vor Störring gegeben hast. Unsere Pfeife als Zeichen unserer unverbrüchlichen Verbindung.«

Er presste die Lippen zusammen und streckte die Hand nach der Pfeife aus.

»Fichte, nachgedunkelt«, murmelte er. Als trauerte auch sie. Als litte auch sie an den Zuständen, en gros und en détail. »Und nun?«, fragte er schließlich.

»Geht unsere gemeinsame Geschichte weiter.« Paula trat an die Kreissäge und schaltete sie aus. »Sie ist noch lange nicht zu Ende. Neue Geschichte schreibt nur, wer nicht im Alten verhaftet bleibt. Wer die Größe hat, das Alte zu verzeihen.«

»Du meinst das mit und von deinem Vater?«

»Ja, genau. Wohlgemerkt, auch ich übe mich noch darin, und nur Übung macht den Meister.«

*

Bei ihren Überlegungen, wie Hans zu Aufträgen zu verhelfen wäre, kam Paula auf Magdalena. Sie wüsste als Organistin am besten, welche Orgeln in der Gegend besonders der Fürsorge bedurften oder sogar in so schlechtem Zustand waren, dass ihre Unspielbarkeit zu befürchten stand.

Vor dem Jahreswechsel sollte sie damit jedoch keinem mehr kommen. Sie wartete das neue Jahr 1926 ab. Am 4. Januar galt ihr Anruf Pfarrer Wenzel, der sich am Telefon verhört zu haben glaubte. Er hatte es wohl nicht für möglich gehalten, dass Hans oder sie nach seinem »Bedaure« in

Sachen Orgelreparatur bei ihm anriefen. Wer weiß, womöglich hätte er, ginge es nur nach ihm, anders entschieden.

»Wie schön, von Ihnen zu hören.« Im Hintergrund die grelle Stimme einer Frau.

»Sie haben mir bei unserer gemeinsamen Fahrt nach Taubach mitgeteilt, dass Frau Vierling bei Ihnen weiterhin die Orgel spielt.«

Hüsteln. »Äh, ja.«

Der Sopran im Hintergrund schwoll an. »Wo sind die Schlüssel? Hast du sie wieder verschusselt?«

Der Arme, kein Wunder, dass er so zerstreut war.

»Frau Vierling hat mich früher an der Orgel unterrichtet«, half Paula dem Herrn Pfarrer auf die Sprünge.

»Verzeihen Sie, einen Augenblick«, bat Wenzel, eine Tür fiel hörbar ins Schloss. »Jetzt bin ich ganz Ohr.«

»Spielt Frau Vierling außer bei Ihnen in Vieselbach noch an anderen Orten im Gottesdienst?«

»Nun ja, im Prinzip schon, bis nach Apolda und Ettersburg hinauf.«

Paula nickte erleichtert. Das war nach Norden, nicht Richtung Bad Berka. »Inwiefern ›im Prinzip‹?«

»Sie trägt sich mit dem Gedanken, in Bälde nach Berlin zu gehen, in die höhere Politik.«

»Aber sie wohnt weiter im Ort?«

»Ja, noch.«

18

Schon tags darauf fuhr Paula in aller Frühe mit dem Zug nach Vieselbach. Hin- und Rückweg würde sie an einem Tag zu Fuß nicht schaffen, weshalb sie sich dazu entschieden hatte, für einen Weg Geld auszugeben. Hans hatte sie begleiten wollen, sie hatte es ihm aber »aus atmosphärischen Gründen« ausgeredet.

Zum Glück war es nicht mehr eisig, der zu Neujahr gefallene Schnee war fast getaut.

Das Haus, das Pfarrer Wenzel Paula beschrieben hatte, war rasch gefunden, eine windschiefe Kate, die einem verarmten Bauern gehört haben dürfte. Seltsam, sonst wohnten Lehrer meist direkt im Schulhaus.

Paula klopfte an. Geraume Zeit verstrich. Endlich tat sich ein vergittertes Fenster rechts der Haustür auf. Magdalena lugte heraus.

»Du also, na schön, einen Moment«, brummte sie im Kasernenhofton.

Ähnlich kühl die Begrüßung, unausgesprochen, fast wie bei Vater. »Was führt dich hierher?«

Es war allein an Paula, für Wärme zu sorgen. »Guten Morgen, Magdalena«, grüßte sie und bot ihr die Hand.

»Wie du ja siehst, führe ich nicht mehr den Hausstand einer wohlbestallten Lehrerin«, erklärte Magdalena an der Schwelle zur verrußten Küche, in die sie Paula führte. Immerhin fand sich ein alter Kleiderbügel für Paulas feucht gewordenen Wollmantel.

Nur nicht zu zeitig nach dem Warum fragen. »Aber Orgel spielst du noch?«

»Ja, so weit ich am Sonntagmorgen zu Fuß gelangen kann.« Magdalena schlug die Küchentür hinter sich zu. »Ich möchte schließlich nicht verhungern.«

Sarkasmus war der Sache abträglich. Trotzdem fragte Paula: »Das Spielen macht dir doch auch Freude?«

»Falls man es ›Spielen‹ nennen kann.« Magdalena zog an ihren ausgeleierten Wollsocken. »Manch Instrument tut es nicht mehr lange.«

Schon mehr als halb gewonnen. »Gibt es dort, wo du spielst, viele ältere Orgeln?«

»Fragst du wegen Hans?«

»Gesetzt den Fall ja, wäre das ein Grund, mir die Frage nicht zu beantworten?«

Sie belauerten sich eine Weile, unter dem undichten Fenster zog es kalt herein.

»Nun gut.« Magdalena hob die Brauen, ehe sie fortfuhr. »Um dir die Frage zu beantworten: Die Orgeln aus zwei Ortschaften sind schrottreif. Bei der einen geht kein einziger Ton mehr im Bass, bei der anderen nur noch Octävlein 1' und Quinte 2⅔'. Was das bedeutet, weißt du.«

Paula nickte. Ohrenschmerzen pur. Zwei grelle Register, die nicht miteinander verschmelzen. »Danke.« Sie fragte Magdalena nach dem Namen der beiden Ortschaften und notierte sie auf einen Zettel. »Wie du dir vorstellen kannst, ist es nicht nur dir, sondern auch Hans und mir ein Anliegen, dass diese Orgeln fortan wieder erklingen können.«

»Wenn dir das genügt«, bemerkte Magdalena kurz angebunden. »Mir wäre es zu wenig.« Ihr Standardsatz, den Paula zur Genüge kannte.

Paula hatte sich unterdessen von Magdalenas Küche einen Eindruck verschafft. Zwei Teller, Tassen und Töpfe standen auf einem Bord. Hier schien seit Wochen nicht mehr gekocht worden zu sein, was auch an Magdalenas hagerem

Gesicht abzulesen war. Und geschürt war auch nicht, ihr Atemhauch war zu sehen. »Unterrichtest du nicht mehr an der Volksschule?«

»Das fragst du noch?« Magdalena sprang vom Stuhl, sodass der umfiel, und stemmte ihre Arme in die Flanken. »Du liest keine Zeitungen, oder? Hast keine Ahnung, was Sache ist! Die Rechten regieren seit zwei Jahren in Weimar, Thüringen ist keine Republik mehr. Anders als du kämpfe ich jetzt, ich bin Mitglied der KPD, nicht mehr der weichgespülten SPD. Deshalb haben sie mich aus dem Schuldienst entlassen, per Verwaltungsakt, damit wir uns recht verstehen. Ich spiele nur noch Orgel, um mir eine Fahrkarte nach Berlin kaufen zu können. Tod dem Kapital, Tod dem Imperialismus!«

Paula fragte sich, ob sie noch was erreichen konnte. »Ich respektiere deine Pläne, kann sie jedoch nicht teilen. Wenn du was gegen die Thüringer Regierung hast, und das hast du zu Recht, dann musst du hier vor Ort was gegen sie tun.«

Magdalena musterte Paula von Kopf bis Fuß. Dann ätzte sie: »Ich sehe schon, du ziehst das bürgerliche Schaulaufen vor, unter der Hoheit der Männer rauf zum Belvedere.«

Paula hob den umgefallenen Stuhl auf und bat ihre frühere Lehrerin, sich wieder neben sie zu setzen.

Die weigerte sich mit dem an die Stirn getippten Zeigefinger.

Paula steckte Zettel und Stift ein und hielt dem Blick der einstigen Mentorin stand, die ihr breitbeinig die Stirn bot. »Solltest du auf mein naiv-laszives Liebestreiben hinauswollen, kann ich dich beruhigen. Anders als du bin ich mit mir im Reinen, auch mit meiner jugendlichen Liebe, für welche ich mich weder vor dir noch sonst wem schämen muss.« Unter der tiefen, vom Ruß schwarzen Decke der Küche schritt sie an Magdalena vorbei an das vergitterte Fenster.

»Wie gesagt, ich respektiere deine Haltung, aber ich teile sie nicht. Mögest du in Berlin deine Erfüllung finden. Meine Berufung ist es, anzupacken, Orgeln zu bauen oder sie zu reparieren. Das ist schon allerhand.«

»Schade.« Magdalenas Stimme gefror zu Eis. »Ich hätte dich für ehrgeiziger gehalten.«

Ein Streit wie am Tempelherrenhaus im Park an der Ilm vor Paulas Reise zur Montage in Altona. Nur dass sie sich heute von Magdalena abgrenzen musste. »Soso, ›ehrgeiziger‹.« Die Luft war nun zum Schneiden dick. »Nenn das Kind doch beim Namen, du meinst ›linientreuer‹.« Sie versuchte, das vergitterte Fenster zu öffnen. »Gehorsam den roten Fahnen.«

Als sie am Knauf drehte, lief Magdalena herbei, riss Paulas Hand vom Griff weg und versetzte ihr einen so heftigen Tritt, dass Paula mit dem Steiß gegen die Spüle und mit dem Ellenbogen gegen den Wasserhahn stieß.

Paula war zu baff, um Magdalenas Hieb körperlich zu erwidern. Sie ließ es bei der verbalen Zuspitzung: »Kadavergehorsam!« Dann nahm sie ihre Tasche, verließ die Küche. Im Flur raffte sie ihren Mantel an sich und zog ihn draußen an. Erst an der Pforte zur Gasse schaute Paula zurück. Magdalena war ihr nicht gefolgt. Ein abgemagertes Huhn pickte Paula gegen die Beine. In ihrem Zorn versetzte sie dem Huhn den Tritt, den sie vorhin nicht fähig gewesen war, Magdalena zu geben. Das Tier wand sich vor Schmerzen, sank zu Boden und blieb wie tot liegen.

Paula bückte sich beklommen. Im Augenwinkel sah sie auf der Gasse zwei Frauen heraneilen. Womit sie in der Falle saß, es war eine Sackgasse. Ihr blieb daher nichts anderes übrig, als an den Frauen vorbeizuschleichen, die so mit sich selbst beschäftigt waren, dass sie weder den Tritt gesehen hatten noch das Huhn bemerkten.

Zurück nach Taubach war es weit. Noch wunder als ihre Füße wurde auf dem langen Weg ihr Gewissen. Hatte das Tier überlebt? Wie hatte sie so die Beherrschung verlieren können?

Selbst die gute Kunde, mit der Hans sie Stunden später, es war bereits Nacht geworden, begrüßte, vermochte sie nicht freudiger zu stimmen. Er hatte wider Erwarten einen Bankkredit bewilligt erhalten, gegen eine Hypothek auf Haus und Inventar, also das letzte Hemd. Nun musste es aufwärts gehen. Zumal Hans dem Angestellten der Raiffeisenkasse arglistig verschwiegen hatte, dass er von Wenzel doch nicht beauftragt worden war.

19

Am Essen knauserte Paula. Von dem ersten Salär, das sie dem Kredit für Hans verdankte, hatte sie sich ein Fachbuch gekauft und die Mietkaution für ein Dachzimmer entrichtet. Es lag im benachbarten Mellingen, wo Magdalena sie nicht ausfindig machen sollte. Endlich hatte Paula wieder ihr eigenes Dach über dem Kopf.

Was nichts daran änderte, dass sie sehr häufig an das Huhn denken musste. Wie hatte sie derart die Kontrolle über sich verlieren können?

Die Orgelmusik gab ihr Halt. So oft wie möglich spielte sie an der Taubacher Orgel. Ihr kam zugute, dass Pfarrer Herwigs Sohn, der ihr häufig den Balg betätigt hatte, jetzt auch das Orgelspiel erlernte und an Samstagen von einem Weimarer Lehrer unterrichtet wurde. Paula trat dann den Balg und durfte nach den Unterrichtsstunden selbst spielen. Der Lehrer blieb manchmal noch ein Weilchen. Hörte zu und gab Tipps zu den Fingersätzen.

Nicht alle Schüler mochten Fingersätze. Paula schon, was dazu führte, dass sie auch ohne richtigen Unterricht besser wurde. Sodass sie sich an Bachs größere Stücke und Choralvorspiele wagte. Selbst Max Regers schwierige Musik übte sie weiter, Herrn Fielding zu Ehren.

An einem der ersten milden Tage im März 1926 saß Paula allein im Büro und exzerpierte Fachbücher. Hans winkte ein Reparatur- und Umbauauftrag nahe Jena. Er war, um Geld zu sparen, zu Fuß dorthin aufgebrochen. Gegen Abend sollte er zurück sein. Zeit genug für Paula, um noch zwei Briefe an Matte und Störring zu verfassen und ihnen darin ihre neue Anschrift mitzuteilen.

Plötzlich läutete das Telefon, zur Mittagessenszeit, was nicht für einen potenziellen Auftraggeber sprach, sondern eher für Magdalena. Die kannte leider die Telefonnummer.

Weit gefehlt. Auf Paulas vorsichtiges »Ja, bitte« vernahm sie ein genauso defensives »Paula, bist du's?«. Die Stimme ihres Bruders. »Bist du allein?«

Verhieß nichts Gutes. »Ja.«

»Onkel Wilhelm ist erkrankt, Fieberschübe setzen ihm zu, die Ärzte rätseln noch. Aber das ist es nicht allein.«

»Was denn noch?«

»Ein Beamter der Steuerpolizei hat ihn verhört.«

»Was?«

Viel mehr wusste Maximilian nicht zu berichten. Außer dass es mit »Gewinnen« zu tun habe und mit einem »Gesetz, das der Reichstag beschlossen« habe.

»Ist er im Krankenhaus?«

»Ja, seit vorgestern.«

»In Weimar?«

»Ja.«

Maximilian zählte ihr weitere Ärzte auf, die der Onkel bereits konsultiert hatte. Paula hörte bloß halbherzig zu. Versuchte, das Ganze einzuordnen. War Wilhelm über seine »Inflations-Druckerei« gestolpert?

»Paula, bist du noch dran?«

»Ja, natürlich.«

»Du, ich muss auflegen, Vater ist reingekommen.«

Auch das gab ihr zu denken. Sie verabschiedete sich mit »Bis bald« und hängte ein.

Aus war's mit ihrer Fortbildung. An konzentrierte Lektüre war nicht mehr zu denken. Jetzt konnte ihr nur ein ausgedehnter Spaziergang helfen.

Was die Frage aufwarf, ob sie ihren Onkel besuchen sollte, anstatt, wie sie es hoch und heilig versprochen hatte, in der Werkstatt das Telefon zu hüten.

Die Pflicht siegte. Sie spazierte nur bis Oberweimar. Schlag zwei war Paula zurück im Büro. Die richtige Entscheidung, denn wenig später klingelte das Telefon erneut. Dieses Mal war es Onkel Wilhelm.

»Du, Gott sei Dank!«, entfuhr es ihr. Womit sie erkennen ließ, dass sie bereits informiert war.

»Zweierlei habe ich für dich«, erklärte ihr Onkel ohne Intrada, »eine gute Nachricht und eine schlechte.« Ohne Drama ging bei Bertrams anscheinend nichts mehr. »Welche zuerst?«

»Die gute.«

»Ein Beamter der Finanz hat Steuerhinterziehung gewittert, ich habe den Verdacht aber vollumfänglich ausgeräumt. Ich muss auf die Gewinne aus der Hochinflations-Notdruckerei nur eine Steuer entrichten. Vater Staat hat also eingesehen, dass ich ihm geholfen und nicht geschadet habe.«

Paula atmete auf. »Und die schlechte?«

»Nun, ich werde wohl nicht mehr lange leben. Man vermutet bei mir einen Keim, der die Herzinnenwand in Mitleidenschaft gezogen hat. Man wird es versuchen, doch dagegen ist noch kein Kraut gewachsen. Es gibt nichts, was den Keim abtötet.«

Daher das Fieber. »Warum hat man dich dann aus dem Krankenhaus entlassen?«

»Wie gesagt, ist ein schleichender Prozess. Ich hatte Luftnot, war erschöpft, müde, und plötzlich kam das Fieber dazu. Der Arzt vermutet, dass Bakterien von einer anderen Infektion, einer Mandelangina zum Beispiel, auf das Herz übergegriffen haben könnten.«

Paula erschrak, nicht nur wegen dieser Hiobsnachricht, sondern auch wegen eines Geräuschs aus der Werkstatt. »Ich wünsche dir das Beste!« Sie spitzte die Ohren.

»Danke, meine Liebe. Gott sei mit dir.«

»Mit dir auch.« Paula legte auf und eilte in die Werkstatt. Im Voraus war sie die größeren Maschinen im Geiste durchgegangen. Keine davon war jedoch derzeit in Betrieb. Umso mehr atmete Paula auf, als sie die Ursache entdeckte. Ein an den Werktisch angelehntes Brett war abgerutscht und polternd zu Boden gefallen.

Paula wanderte noch eine Weile durch Werkstatt, Lager und Garten, um das Blut abkühlen zu lassen. Sie dachte an Onkel Wilhelm, der bisher stets von guter Gesundheit war.

Erneut läutete das Telefon. Sie rechnete mit Maximilian, irrte sich aber wieder. Am anderen Ende der Leitung war ein Herr, der sich als Kantor Herbst aus Langensalza vorstellte.

»Die werte Frau Gemahlin?«, fragte er abschließend. Es war das alte Lied.

»Nein, Paula Bertram. Ich arbeite bei Meister Meichelbeck im Betrieb.«

»Wie, Orgelbau Bertram? Ich dachte …«

Die nächste alte Leier. »Nein, Sie sind ganz richtig. Werkstatt Meichelbeck. Taubach.«

»Ach so, ja. Ist der Herr Meister zu sprechen?«

Paula sah davon ab, sich bei Kantor Herbst als Meichelbecks Gesellin vorzustellen, es hätte die Konfusion lediglich perfekt gemacht. »Er ist außer Haus. Darf ich ihm etwas ausrichten? Kann er Sie morgen zurückrufen?«

»Ich habe ein Zeitungsinserat von Meister Meichelbeck gesehen, wonach er kleine Orgeln baut. Ich hätte gerne eine solche Orgel zum Üben für mich zu Hause.«

Was für ein Segen! »Meister Meichelbeck könnte noch heute Abend zurückrufen, Herr Herbst. Oder erst morgen. Ganz wie Sie es einrichten können.«

»Dann bitte morgen Vormittag.«

Kurz darauf kam Hans zurück. Er war bei seinem Ortstermin nahe Jena erfolgreich gewesen, und dieses Mal hatte er es schriftlich.

Später, beim gemeinsamen Griesbrei mit Apfelmus, erzählte Paula von Kantor Herbst und danach von Wilhelms schwerer Erkrankung. Auch über das Verhör berichtete sie und nannte Hans den Grund dafür.

»Gottes Ratschlüsse sind unergründlich«, sinnierte er, »aber letztlich reimen sie sich.«

Tags darauf rief Hans bei Kantor Herbst an, der ihn um einen Hausbesuch bat.

Paula vernahm es mit Freude. Es könnte für Hans und für sie die Wende zum Besseren sein.

Doch was wurde nun aus »Orgelbau Bertram«?

20

Bad Berka, den 27. März 1926

Liebe Paula,
Vater ist nachdenklich geworden. Gestern bei Tisch sprach er über Dich, ohne Wörter wie »Gör«, »diese meine Tochter« oder dergleichen zu verwenden.
Es hat sicher mit Onkel Wilhelms Erkrankung zu tun. Sie setzt Vater zu. Nur dank Wilhelms Geld sind wir noch am Leben. Woher nach seinem Tod nehmen, ohne irgendwo zu stehlen?
Der Betrieb lastet auf mir schwerer denn je. Wir sind zu klein, um aus der Bredouille zu kommen, und zu groß zum Sterben. Trostlos sind auch die Aussichten, denn einen lukrativen Auftrag gibt es nicht.
Ja, Vater ist nachdenklich geworden. Womöglich ist er ganz im Innersten sogar stolz auf Dich. In diesem

Sinne, ich hoffe auf Deinen baldigen Besuch. Lass uns gemeinsam beraten, wie es weitergeht.
Geschwisterliche Grüße
Maximilian

»Da täuschst du dich«, murmelte Paula und steckte den Brief des Bruders in den Umschlag zurück. Vater würde sich nicht mehr ändern. Und warum sollte immer sie sich auf die Reise nach Bad Berka machen?

So blieb der Brief unbeantwortet. Paula begleitete Hans zu Kantor Herbst, wo für ein konkretes Angebot die Maße von Raum und Orgel festzustellen waren. Auch der Auftrag nahe Jena duldete kein Zögern. Der dortigen Orgel drohte die Unspielbarkeit.

Eine Woche verstrich, bis Paula Hans über Maximilians Brief in der Mittagspause ins Vertrauen zog.

»Ich widerspreche dir ungern.« Er packte seine Brotzeit aus und biss in seine Stulle. »Aber Maximilian wird sich, nach all dem, was war, seine Worte gründlichst überlegt haben. So etwas schreibt er nicht einfach hin. Dein Vater wird endlich erkannt haben, dass es ›Orgelbau Bertram‹ an Führung mangelt und dass der Betrieb so keine Perspektive hat. Ob Wilhelm seine Erkrankung überwindet oder nicht.«

»Darf ich gleich anrufen?«, fragte Paula. Je später am Tag es wäre, umso wahrscheinlicher schien es, dass ihr Vater ans Telefon ging.

»Ja, weißt du doch.« Womit er sie allein ließ.

Wieder der leicht beleidigte Ton. Statt ihr Zuspruch zu spenden.

Paula starrte aufs Telefon, als hegte sie die Hoffnung, Berka melde sich von selbst. Tat es natürlich nicht. Sie wählte also die Nummer des Fernamts.

»Bloß Bad Berka?«, knurrte die Angestellte. »Dorthin können Sie mittlerweile ohne uns telefonieren.«

Paula bat um Verzeihung und wählte die Nummer des Elternhauses.

Ihre Mutter meldete sich. Verdutztes Innehalten. »Paula, bist du's?«

»Ja. Man kann jetzt direkt anrufen.«

»Aus Wilster?«

Fing ja gut an. »Nein, Mutti, dort bin ich nicht mehr, das weißt du doch.«

»Ach Gott, stimmt, du bist ja wieder bei Hans!«

Ein dumpfer Schlag, als wäre ein Stuhl auf die Dielen gefallen.

»Guter Gott, ich bin so zappelig.«

Paula wartete ab, bis ihre Mutter den Stuhl hingestellt hatte und sicher zu sitzen schien. Danach erklärte sie: »Maximilian hat mir geschrieben. Er möchte mit mir und Vater sprechen, auch darüber, wie es im Betrieb ohne Onkel Wilhelm weitergehen könnte.«

»Das möchte er wohl. Hach, Kindchen, wie liegt mir das alles auf der Seele!«

Paula ließ das »Kindchen« unkommentiert. »Gibt es für Maximilians Gesprächsbedürfnis einen Anlass?«

»Nicht wirklich. Außer dass Max die ganzen Unstimmigkeiten beenden, ausräumen will. Um ›die Kräfte zu bündeln‹, wie er es ausdrückt. Weil die Zwietracht in unserer Familie lediglich der Konkurrenz zugutekommt.«

»Das steht zu befürchten. Gut, ich komme, gleich morgen oder spätestens übermorgen.« Es wäre Freitag oder Samstag.

»Geht nicht, Kind. Komm bitte am Sonntag zum Kaffee. Vorher ist Vater in Sachen Aufträgen nahe Halle.«

Paulas Blut pochte, sie hörte den Herzschlag im Ohr. »Warum dieses Ritual? Sonntag zum Kaffee? Warum nicht im Betrieb? Dort gehört es hin!« Auch dass Vater allein auf die Reise um Aufträge ging, ohne ihren Bruder, gab ihr zu denken.

Ein langgestreckter Seufzer war die Antwort. Dann folgten das Knacken eines auf den Tisch abgelegten Hörers und Mutters Ruf: »Maximilian!«

Ihr Bruder blockte Paulas Anliegen ebenfalls ab, die Belegschaft einzubeziehen. Da war er ganz der Vater.

Es folgten zwei Tage voller Bangen. Paula quälte die Vorahnung, dass Mutter und Bruder ihr am Telefon etwas Unangenehmes verschwiegen hatten, etwas, das Maximilian betraf.

*

Am Sonntagmorgen, dem dritten Tag nach dem Telefonat, brach Paula zeitig auf, nahm aber nicht den teuren Zug, sondern ging entlang der Ilm zu Fuß.

In Bad Berka angekommen, läutete gerade die Vaterunser-Glocke. Bald begegneten ihr erste Passanten, die im Gottesdienst gewesen waren. Auffällig viele erwiderten ihren Gruß. Ob ihre Eltern und Maximilian den Gottesdienst wohl auch besucht hatten?

Kurz entschlossen ging sie zur Kirche und traute ihren Augen nicht: Maximilian stand an der Seite einer Frau in der Kirche. Am Altar, den Kopf gesenkt, als sprächen sie ein Gebet, als flehten sie um Gottes Beistand. Von Vater und Mutter war keine Spur. Als der Mesner in ihre Nähe kam, blickte Maximilian hoch und nickte der Dame kurz zu.

Ob das diese Frau Pfister war? Nun galt es, Maximilian im richtigen Moment auf sie anzusprechen. Und endlich Klarheit zu schaffen. Aber besser nicht in der Öffentlichkeit. Paula lief aus der Kirche und eilte nach Hause. Seltsam, dass Frau Pfister, falls sie es tatsächlich war, extra nach Bad Berka gefahren war.

In der Küche hatte Mutter gerade Feuer gemacht. Paula roch jedoch auch das Sauerkraut, das im Topf in der Speisekammer stand und vermutlich schon dreimal aufgewärmt worden war.

Mutter zog ihre Überschürze aus. Ein Tuch an Hals und Schultern kaschierte die Falten. »Vater ist noch nicht aus Halle zurück, er müsste aber heute kommen. Es gibt Kartoffeln und Quark zum Sauerkraut. Deckst du bitte den Tisch?«

Paula rang sich zu einem »Ja« durch. Das Essen sprach nicht dafür, dass eine potenzielle Schwiegertochter mit hoher Mitgift bei Tisch erwartet wurde.

So war es auch, Maximilian kam allein. Er begrüßte Paula mit einer stummen Umarmung, seine trüben Augen verrieten viel Kummer. Und Nächte ohne Schlaf. Er zog den Sonntagsrock aus und half Paula, den Tisch zu decken. Mutter trug auf. Die Kartoffeln waren blass. Bloß gut, dass Sauerkraut bei jedem Aufwärmen besser wurde. Früher hätte es keinen Quark dazu gegeben, sondern Bratwurst oder Kassler.

Mutter sprach das Tischgebet. »Schön, dass wir wieder mal beisammen sind.«

Es folgte ein langes Einander-Zureichen, als wollte keiner vorpreschen und bündig zur Sache kommen.

»Lasst es euch schmecken.« Mutter streckte sich, reckte die Arme nach oben. Sie trug heute ein feineres Hauskleid, nicht eins von den alten, abgetragenen. »Ich werde euch in dieser schweren Stunde zur Seite stehen. Und möchte euch meine Hilfe und Unterstützung zusichern. Zu oft habe ich den Mund gehalten. Ihr wisst ja, warum. Nach dem Brand hat mir Vater Werkstattverbot erteilt und dieses Verbot bis heute nicht ausdrücklich aufgehoben.«

»Gräme dich nicht, Mutti. Mach dir keine Vorwürfe, denn das hilft jetzt nicht weiter.« Paula wandte sich an ihren Bruder und fragte in ruhigem Ton: »Maximilian, bei deinem Brief habe ich ganz zu Anfang schon aufgemerkt. Du hast mir geschrieben, dass Vater nachdenklich geworden sei. Lediglich in seinem Urteil über mich oder auch in anderer Hinsicht?«

»Schwer zu sagen.«

Mutter knetete die Hände, ihre Unruhe war unübersehbar. »Ja, nachdenklicher schon, aber irgendwie auch nicht. An seinen festgefügten Grundsätzen hält er unbeirrt fest. Ich würde sagen, er ist milder geworden, altersmild, das trifft es wohl eher. Flüchtig ist unser Leben, jeder Tag könnte der letzte sein.«

»Traf ihn die Erkrankung seines Bruders?«

»Sicher.« Maximilian, ganz leise. »Nur dass er es, wie so oft, nicht auszusprechen vermag.«

Eine Weile saßen sie schweigend und aßen Kraut mit Quark. Tatsächlich schmeckten die Kartoffeln nach nichts.

»Mutti, hättest du bitte ein Stück Brot für mich, um den Quark stippen zu können?«, fragte Paula.

Auch Maximilian hatte alle seine Kartoffeln an den Tellerrand geschoben.

Mutter hatte tapfer ihre erste Kartoffel gegessen. »Ich trau mich nicht, das Brot zu schneiden. Es ist so hart, und alle Messer sind stumpf. Das Schleifen ist kaum noch zu bezahlen.«

»Ich schneide welches.« Paula sah erst zu Maximilian, dann zu Mutter. »Möchtet ihr auch?«

Sie quälte sich mit dem Messer, rang dem rissigen Laib drei dicke Scheiben ab, sodass für jeden gesorgt war.

»An welchem Tag ist Vater nach Halle abgereist?«, fragte sie beiläufig.

»Am Freitag.«

»Also nach unserem Telefongespräch, wo ich mein Kommen angekündigt habe.«

Mutter und Bruder nickten.

»Habt ihr ihm nichts von meinem Besuch heute gesagt?«

Schweigen.

Paula fragte noch mal. Die Antworten glichen einander in ihrer Vagheit. Half nichts. Sie musste auf Vaters Rückkehr warten.

Maximilian räumte seinen Teller ab und ging dann stracks auf sein Zimmer. Auch ihre Mutter wollte einen Mittagsschlaf machen.

Als Paula unten im Haus ungestört war, griff sie zum Telefon und rief bei Hans an.

»Du möchtest also warten, bis er heimkommt?«

»Geht nicht anders. Vermutlich werde ich erst morgen zurückfahren können.«

»Ja, tu das. Und tue es mit Gott.« Was auch immer er damit sagen wollte.

Kaum hatte sie aufgelegt, läutete das Telefon. Es war Vater. Wie zu erwarten, war er über ihre Stimme am anderen Ende der Leitung überrascht. »Schwierigste Verhandlungen. Reise aber noch heute. Hopp oder topp.«

»Ich wünsche dir alles Gute.«

Bruders Mittagsschlaf zog sich. Paula saß wie auf Kohlen – sie musste unbedingt und möglichst vor Vaters Rückkehr hinter das Rätsel des Tages kommen: Maximilian und Kunigunde vor dem Altar in der Kirche.

21

Am Abend kochte Mutter einen Hirsebrei, wie um frühere glückliche Tage zu beschwören. Eins der wenigen Gerichte, die Paula und Maximilian beide schätzten.

Die Küchenwanduhr schlug halb sieben.

Nach dem letzten Bissen stellte Paula ihrem Bruder die Frage, die ihr schon die ganze Zeit auf der Seele lag. »Wie geht es Kunigunde Pfister? Du hast noch nichts von ihr verlauten lassen. Erzähl doch mal!«

Maximilian versteinerte. Wie ein Spatz hatte er von seiner Lieblingsspeise gegessen. Dabei hatte Mutter Zimt in den Zucker getan. Er legte den Löffel vollends beiseite. »Ach Gott, wie soll ich das alles erklären? Und womit fang ich an?«

Worauf Paula ihm die goldene Brücke baute. »Ich sah dich heute Vormittag mit einer Frau in der Kirche.«

»Was, du?« Er strich über das Kinn. »Vom Bahnhof nach Hause kommst du aber nicht an der Kirche vorbei.«

»Ich bin zu Fuß nach Berka gegangen, die Ilm entlang und durch die Innenstadt.«

Maximilian schüttelte den Kopf. »Erklärt nicht, warum du in der Kirche warst.«

»Kinder, das dient der Sache nicht.« Mutter gab ihnen beiden einen weiteren Löffel Brei auf den Teller. »Esst, der lässt sich kaum aufwärmen.«

»Maximilian, bitte, allein du kannst die Fragen beantworten, die wir uns beide stellen.«

Ihr Bruder schlug die Augen nieder. »Nun, Kunigunde kam unerwartet in den Gottesdienst, eigens von Weimar hierher.« Zaudern. »Ja, jetzt bin ich froh, dass ich in die

Kirche gegangen bin. Ich wollte eigentlich nicht vor lauter Schimpf und Schande.«

»Ja, und? Weiter?«, bohrte Paula nach.

Mutter schien zu wissen, was er mit »Schimpf und Schande« meinte, denn sie klammerte nervös den Dutt fest.

»Kunigunde beteuerte mir, dass ... ihr Vater ... Sie möchte mir entgegen dem Votum ihres Vaters noch eine Chance geben. Ich habe ...«, er hielt die Hände vors Gesicht, »ich habe bei meinem Besuch in ihrem Elternhaus ...«

Paula nickte wissend.

»... zu tief ins Glas geschaut«, vervollständigte Maximilian seinen Satz.

Paula malte sich Kunigundes Vater aus, den angesehenen Polsterhoflieferanten des Weimarer Großherzogs.

»Max, du brauchst den Alkohol nicht«, beschwor Mutter ihn.

Max hatte ihn lange keiner mehr genannt. Seit seiner Konfirmation war die Kurzform des Namens tabu.

»Nein, natürlich nicht.« Er erhob sich. Bekreuzigte sich wie ein Katholik und streckte sich. »Gebe Gott zum Wollen auch das Vollbringen.« Nach der Bitte um Gottes Gnade war Maximilian wieder hungrig. Er erbat sich noch einen Löffel Zimtzucker, den Mutter ihm gewährte, dabei kostete der Zimt ein Vermögen.

Paula ließ es geschehen. Sie wartete ab, bis Maximilian den Zucker vom Löffel geleckt hatte. Dann fragte sie: »Besitzt du noch immer einen Flachmann?«

Eine Frage, die den Bruder einige Zentimeter kleiner werden ließ. »Nee ... eigentlich nicht mehr.«

»Und uneigentlich?«

»Nein!«

»Du weißt, warum ich dich danach frage. Du hattest damals einen, als ich deine Wunde verarztete. Und ich bin mir sicher, dass du auch im Sächsischen nahe Leipzig einen dabeihattest. Alkohol und Herumturnen auf Gerüsten – das ist lebensgefährlich!«

»Weiß ich.« Maximilian mied Paulas Blick. »Ich werde nicht mehr trinken. Amen.«

»Amen.« Mutter.

»Beraten und beschlossen.« Paula.

Blieb die Frage, ob Vater Maximilians Alkoholproblem all die Jahre über verdrängt hatte. Oder ob er den Flachmann in Grenzen tolerierte.

»Bitte mache es nicht mit dir allein aus, wenn du dich ratlos oder überfordert fühlst«, mahnte Paula ihren Bruder. »Friss es nicht in dich hinein, suche das Gespräch.«

»Vater weiß alles.«

»Hast du es ihm selbst gesagt? Auch das Vorkommnis bei den Pfisters?«

Maximilian wand sich wie ein Fisch im Kescher. Dass er den Rausch beim Polsterhoflieferanten für sich behalten haben dürfte, lag auf der Hand. Er wäre Vater ins offene Messer gerannt. Wie jedoch sollte ein Familienbetrieb wie »Orgelbau Bertram« ohne Offenheit, wechselseitiges Verständnis und Vertrauen funktionieren?

»Kinder, lasst uns was spielen, Ablenkung tut gut. Selbst ein Orgelbauer kann nicht ständig dicke Bretter bohren«, schlug Mutter vor.

Paula ging darüber hinweg und fragte ihren Bruder: »Wie steht es denn um das Geschäft? Hast du Aufträge?«

Wider Erwarten hellte sich Maximilians Miene ein wenig auf. Er strich sein Hemd glatt. »Vielleicht ist es zu früh, zu sagen, dass es sich nun zum Besseren wendet«, hob er ungelenk an. »Aber zumindest die Kleinorgel – meine Kleinorgel, die ich selbst entwickelt habe – konnte ich vor Kurzem ein drittes Mal verkaufen.« Er sah betreten zu Boden. Kaum hörbar fügte er hinzu: »Hoffen wir jetzt auf Halle.«

»Maximilian, gräme dich nicht wegen des Auftrags von Pfarrer Wenzel. Hans und ich gönnen ihn dir.« Das war zwar, soweit es Hans mit einschloss, nicht ganz die Wahrheit, ging aber nicht anders.

Maximilian errötete. »Danke.«

»Wäre doch Hans noch bei uns im Betrieb.« Mutter machte Licht und verbarg mit ihrem leer gegessenen Teller einen Fleck auf der Tischdecke. »Dann hätten wir einen tüchtigen Werkstattmeister.«

Ein Betrieb im Konjunktiv, dachte Paula. Blieb zu hoffen, dass Vater bald nach Hause kam, denn der zog den Indikativ vor.

Mutter spähte auf Paulas und Maximilians Teller. »Esst bitte euren Brei auf, damit es schönes Wetter wird.«

Tatsächlich ließ Vater nicht mehr lange auf sich warten. Kurz vor 20 Uhr hielt eine Motordroschke vorm Haus. Ein Luxus, der vermuten ließ, dass er nicht mit leeren Händen aus Halle zurückgekommen war. Und wirklich hatte er den ersehnten Auftrag in der Tasche. Eine größere Orgel mit drei Manualen sollte ertüchtigt werden. Sogar eine zeitnahe Anzahlung hatte er aushandeln können.

Der Zufall hatte es gewollt, dass Paula Vaters Schlüssel, Stiefel und Stimme genau in dem Moment vernahm, als sie in der Küche das Licht ausmachte. Da sie wusste, dass er in die Küche lediglich zum Essen kam, konnte sie hinter der Küchentür lauschen, während er mit Maximilian sprach. Der Türspalt ermöglichte ihr überdies einen gelegentlichen Blick.

»Nun denn.« Vater zog den Mantel aus, hängte ihn auf und sank auf den Stuhl zum Ausziehen der Schuhe. »Die Alten richten es eben.«

Eine Spitze gegen Maximilian, der dem Vater dennoch beflissen die Stiefel über die Füße zog und ihm die Pantoffeln brachte.

»Und was hast du mir zu berichten, Maximilian?«

»Der Gasmotor läuft wieder. Über kurz oder lang werden wir ihn aber ersetzen müssen.«

»Keine Frage. Konntest du ihn reparieren?«

»Ja, zusammen mit Felix und Norbert.«

Namen, die Paula nichts sagten. Längst hätte sie sich mal an einem Werktag im Betrieb umtun sollen.

»Sonst noch was Neues?«

»Kunigunde kam heute hierher in den Gottesdienst, was mich sehr gefreut hat. Leider musste sie danach wieder nach Hause. Nicht schlimm, da ich ja wusste, dass du dich verspätest. Ich lade sie bald zu uns ein, wenn auch du zugegen bist.«

»Schön.«

Paula stutzte. Bis jetzt deichselte Maximilian das gar nicht schlecht. Ihm war es gelungen, Vater glauben zu lassen, dass alles in bester Ordnung wäre. Seinen Fauxpas im Hause Pfister hatte er ihm wohl nicht gebeichtet. Gut so. Möge Gott ihnen helfen.

Vom Windfang her schabte die schleifende Toilettentür. Vater war aufs Klo gegangen. Kurz darauf gurgelte die WC-Spülung.

Mutter, die mit Paula in der Küche stand, hatte bislang stillgehalten, nun bestürmte sie Paula. »Geh endlich und sag ihm guten Abend!«

»Doch nicht direkt vor dem Klo!«

Abermals die schleifende Tür. Fünf Sekunden später: »Hat Mutti neue Schuhe?«

»Sind Paulas Schuhe«, erklärte Maximilian. »Sie wollte uns besuchen, uns eine Freude machen.«

»Soso.« Vater ungerührt. »Allein deshalb wird sie nicht gekommen sein.«

Paula gab sich einen Ruck, verließ das Versteck namens Küche und ging auf Vater zu. Mutter folgte ihr. Vater jedoch wandte sich weiterhin Maximilian zu, erklärte ihm Details der erzielten vertraglichen Übereinkunft und ließ Paula und Mutter eine Weile stehen.

»Nun zu dir, Paula.« Vater gab ihr die Hand zur Begrüßung. »Auch wenn ich an dir schon oft irre geworden bin, mag ich dir für das durch deine Sturheit Erreichte die Anerkennung nicht versagen.«

»Genau, Theodor«, pflichtete Mutter bei. »Bitte lass uns zusammenstehen und das Beste beschließen. Frauen sind Unternehmer, seit je. Denke an Martin Luthers tüchtige Käthe.«

Maximilian schwieg. Sah auf seine Uhr. »Ich mach mal Kontrollgang in der Werkstatt.«

Vater nickte sparsam. »Tu das, und schalte danach das Licht aus.«

Mutter zuckte zusammen.

Als Maximilian gegangen war, rief Vater Paula und Mutter ins Wohnzimmer. Dort ging er zur Vitrine mit den teuren Zigarren und zündete sich eine an. Drei Zündhölzer brauchte er, die ersten zwei brachen ihm ab. Zurück am Tisch und nach einem tiefen Zug beschied er: »Ja, Käthe war tüchtig. Aber das ist Jahrhunderte her. Gewerk, Technik und Abläufe sind in stetigem Wandel, sie ändern sich täglich. Erfordern klare Entscheidungen. Es darf, das ist die Summe meiner Erfahrungen und die Moral von ›Orgelbau Bertram‹, bloß einen Steuermann geben auf der Brücke. Alles andere, aus welch hehren Absichten und Überlegungen auch immer, hat uns rein gar nichts gebracht, sondern Reibung erzeugt. Ein Hü verträgt kein Hott. Unsere Rede sei

Ja oder Nein, dies lehrt uns schon die Bibel. Nichts dazwischen. Hans hat mich von der Brücke schieben wollen. Wilhelm … Nun gut, er ist schwer krank. Lassen wir ihn also in Frieden.« Er hielt inne, setzte sich neben Mutter, die auf dem Sofa Platz genommen hatte, wandte sich Paula zu und fuhr fort: »Dies und allein dies ist der Grund dafür, nicht auf dich zurückzukommen. Nicht ein Mangel an Tüchtigkeit oder sonst derlei.«

Paula war bewusst stehen geblieben, angewidert von Vaters Selbstgerechtigkeit. Immerhin war er nicht mehr aggressiv.

»Mir klebt die Zunge am Gaumen, ich hol uns was zu trinken«, versuchte sie, Zeit zu gewinnen. Von der Küche aus könnte sie Maximilian abpassen, wenn er aus der Werkstatt zurückkam.

»Viel gibt's nicht«, seufzte Mutter. »Und denk bitte an deinen Bruder.« Womit sie den Alkohol meinte.

In der Küche trödelte Paula. Spülte den Steingutkrug, ehe sie ihn mit Leitungswasser füllte. Sie nahm ein Serviertablett aus der Vitrine und stellte Gläser darauf.

Endlich ging die Haustür.

»Maximilian, komm bitte in die Küche.«

Maximilian folgte der Bitte zögernd. »Was ist denn?«

»Trink erst mal etwas.« Paula schenkte ihm ein Glas Wasser ein.

Er trank, sie schenkte ihm nach.

»Zweierlei«, begann Paula und prüfte ihren Bruder mit einem durchdringenden Blick.

Er wandte sich zumindest nicht ab.

»Entweder du bist wirklich nicht per Du mit dir als Firmeninhaber, weil du dich unsicher und überfordert fühlst. Dann musst du es Vater sagen und dir überlegen, wie ihr euch Arbeit und Verantwortung teilt. Oder du bist und fühlst dich als der Chef hier. Dann aber geht es nicht an, dass Vater bei potenziellen Aufträgen allein die Verhandlungen führt und für dich die Kastanien aus dem Feuer holt. Du müsstest in dem Fall selbst auf Reisen gehen und Vater, wenn er dir reinredet und misstraut, in die Schranken weisen.«

Während Paula redete, verdrehte Maximilian mehrfach die Augen. Jetzt presste er die Lippen aufeinander. »Paula, du hast mehr von Vater, als dir lieb sein kann«, knurrte er. »Für dich gibt es nur Schwarz und Weiß, dir fehlen die Grautöne dazwischen.« Er kippte das zweite Glas Wasser hinunter und entwand ihr das Tablett. »Ich hoffe, du gestattest mir zumindest, eine Nacht über all das zu schlafen. Komm, lass uns zurück ins Wohnzimmer gehen.« Ohne ihre Antwort abzuwarten, eilte er aus der Küche.

Paula folgte ihm notgedrungen.

Als beide das Wohnzimmer betraten, schien Vater etwas vor ihnen verbergen zu wollen. Paula musste nicht lange nachdenken – die Vitrine mit den teuren Weinbränden stand offen. Gottlob blieb Maximilian auf Distanz, er verabschiedete sich auf sein Zimmer. Paula tat es ihm gleich. Eine bleierne Müdigkeit lag ihr in den Knochen.

In ihrem alten Kinderzimmer, in dem sie letztmals vor dem Krieg geschlafen hatte, kam sie auf der zu weichen Matratze wie ein Fragezeichen zum Liegen.

Ehe sie einschlief, marschierte Magdalena vor ihrem inneren Auge vorüber. Inmitten von roten Fahnen und die Faust zum Himmel gereckt.

*

Anderntags schienen beide, Vater und Maximilian, es darauf angelegt zu haben, vor Paula zu frühstücken. So saß Schlag halb sieben, als sie die Küche betrat, nur noch Mutter mit der Schale Kaffee am Tisch.

Nicht viel anders nach dem Frühstück, als Paula sich im Betrieb umschauen wollte. Die Gesellen schickten sie umher wie von Pontius zu Pilatus. Maximilian warte auf einen wichtigen Anruf, sagten sie, und habe sich ausbedungen, nicht gestört zu werden. Vater ebenfalls.

Paula erinnerte sich an Hans' Ermahnung: »Du bist deines eigenen Glückes Schmied, Maximilian hin oder her.«

Er hatte recht. Familie war ein Verhängnis, aus dem man sich befreien musste.

Leider.

22

Es folgten quälende Tage des Bangens um Onkel Wilhelm. Er trug sein Los mit Fassung, selbst als die Ärzte wortkarg wurden.

Endlich stand es fest. Er werde nicht von der Entzündung der Herzinnenhaut genesen, der »Gustav-Mahler-Krankheit«, so ein der modernen Musik zugetaner Kardiologe am Weimarer Krankenhaus.

Nun galt es Abschied zu nehmen, und jeder tat es auf seine Art. Mutter schickte Blumengebinde, eilte aber auch selbst ans Spitalsbett. Als Wilhelm schließlich so kraftlos war, dass er nicht mehr aus dem Bett kam, besuchte Mutter ihn meist gemeinsam mit Maximilian oder, falls es zeitlich einzurichten war, auch mit Paula. Vater ließ sich nur einmal bei seinem Bruder blicken. Darüber, was sie gesprochen hatten, gab er nichts preis.

Im Juni 1926 war täglich mit dem Schlimmsten zu rechnen. Paula hatte frei, denn Hans war alleine ins Vogtland gefahren, wo er für den Neubau einer Orgel mitbieten, aber vorab mit Pfarrer und Kirchenältesten darüber ins Gespräch kommen wollte, ob nicht doch mehr als zwei der bisherigen Stimmen für das neue Werk infrage kämen.

Paula sah von dem hilflosen Blumenstrauß ab und nahm die Hohlflöte 8' mit, die sie vor Hans' zorniger Kreissäge gerettet hatte.

Die Stations-Oberschwester beargwöhnte das seltsame Mitbringsel, ließ Paula aber passieren. Die letzten Schritte. Paula klopfte das Herz.

Durch das enge Zimmer, das Onkel Wilhelm nun ganz für sich allein hatte, zog der Geruch nach Tod, Schmierseife, Staub und Desinfektionsmittel. Hinter dem schmalen Bett ein Fenster, es war vergittert und nicht zu öffnen. Dazu ein Stuhl, auf den sich Paula setzte. Wilhelms Hand öffnete sich, als bündele er alle Kräfte für einen letzten Händedruck. Paula griff danach und legte sie sanft umschlossen zurück auf die Decke.

»Hab Dank, Paula.« Das Sprechen fiel ihm schwer, doch er war bei klarstem Verstand, als er Paula seinen »letzten Willen« offenbarte. Er habe seinen Bruder enterbt und alles von Wert zu gleichen Teilen Maximilian und ihr notarisch vermacht. Manchmal brach ihm die Stimme und Speichel rann ihm aus dem Mund.

Paula wischte ihn mit einem Sacktuch auf, darauf bedacht, seine Hand nicht loszulassen.

»Dieser Tage ist nicht mehr viel übrig von der Herrlichkeit. Mein Haus ist mit Hypotheken belastet. Die müsst ihr also ablösen. Aber es bleibt euch mehr als nur ein Notgroschen.«

Paula schwieg peinlich berührt, auch weil sie sich die Frage, wer Wilhelm beerben würde, angesichts seiner früheren Vitalität bis heute nicht gestellt hatte.

»Paula, noch etwas: Ich habe dich der Sorge eines Freundes anvertraut, auf dessen Zuverlässigkeit und Verschwiegenheit ich jeden Eid schwöre. Seine Stimme hat Gewicht in der Handwerkerschaft, er ist Mitglied des Zentrums. Dank seiner Kompetenz trotzt er der Thüringer Regierung. Er wird sich für dich einsetzen. Hoffen und beten wir darum, dass mein Plan aufgeht.«

»Ach, Onkel Wilhelm, ich habe dir viel zu verdanken«, brachte Paula betroffen hervor. »Übrigens habe ich mit Berka abgeschlossen. Ich werde deswegen Maximilian zuliebe beim Notar den Pflichtteilsverzicht, was ›Orgelbau Bertram‹ betrifft, erklären. Ich möchte nicht, dass er und die Firma um meinetwillen bluten müssen.«

Wilhelm merkte auf, regte Hände und Kopf. Als hätte das Wort »Pflichtteilsverzicht« ihn ein letztes Mal gegen den nahen Tod aufbegehren lassen: »Nein!« Der Speichel rann, Paula wischte ihn ab. »Überleg dir das mit dem Verzicht. Gottes Willen ist unvorhersehbar.«

»Lass das meine Sorge sein.«

»Schon gut …« Der Rest war nicht mehr zu verstehen, die Lippen versagten ihm.

Paula holte einen Waschlappen, tränkte ihn mit warmem

Wasser und wusch Wilhelm das Gesicht. Dabei schlief er ein, Puls und Atem waren schwach, aber konstant. Sie blieb noch kurz bei ihm, bevor sie ging.

Vor lauter Aufregung hatte Paula die Flöte 8' vergessen, die ihre Liebe zur Orgel entfacht hatte. Zu gern hätte sie diese für ihn noch zum Klingen gebracht.

Nun würde sie die Pfeife bei der Beerdigung für ihn ertönen lassen.

Denn wenige Tage nach ihrem Besuch im Spital starb Onkel Wilhelm.

*

Mit geschwellter Brust dank zweier weiterer Aufträge für Maximilian und mit der ihm eigenen Eile begrub Theodor Bertram seinen Bruder.

Festliche Kränze und mächtige Blumengebinde säumten die Grabstelle. Sie zeugten von einem Weimarer, der mit sich im Reinen gewesen war und sich über die Stadt hinaus verdient gemacht hatte.

Dazu die Hohlflöte. Paula hatte sie, mit ausdrücklicher Erlaubnis des Pfarrers und deshalb von Vater geduldet, am offenen Grab gespielt und dann zwischen zwei Kränze geklemmt.

Zugegen war auch ein Herr, der kein Gesangbuch hatte und dem Pfarrer aufmerksam lauschte, aber mit dem Ritus fremd schien. Er sprach sogar das Vaterunser nicht mit. Mehrmals wandte er sich nach Paula um, sah jedoch pietätvoll davon ab, sich ihr vor Ort zu nähern. War das der Herr, von dem Onkel Wilhelm bei ihrem letzten Besuch gesprochen hatte? Der für ihre Zulassung zur Meisterprüfung wichtig werden könnte? Hatte Wilhelm nicht erzählt, er sei beim Zentrum? Dies würde zu seiner Scheu aus falscher Konfession passen.

Der trockene Sommer 1926 ließ die Kränze zeitig verdorren. Die Friedhofsverwaltung schrieb Theodor Bertram wegen der Brandgefahr an. Paula räumte die Gebinde ab und vor allem ihre Flöte. Sie würde von nun an nicht nur an Hans, sondern auch an Wilhelm erinnern.

23

In Volk und Land schien ein »Wohlauf!« gefahren zu sein, denn auf breiter Front ging es aufwärts. Hans hatte für das Umbauvorhaben bei Jena ein attraktives Gebot abgegeben, das einige zuvor aussortierte Basspfeifen miteinbezog, und so den Zuschlag erhalten. Er hatte Volker und Oskar in den Betrieb zurückgeholt, einen arbeitslosen Metallfachwerker für die Metallwerkstatt eingestellt und für September einen Lehrling gewonnen. Nur für die zwei gebrechlichen Orgeln aus zwei Nachbarorten, von denen Paula über Magdalena erfahren hatte, hatten sich die Hoffnungen zerschlagen. Die Pfarrer hatten abgeblockt. Kein Geld. Stümperei statt fachgerechter Reparatur. Holz gab es wieder.

Als Erstes wurde im Januar 1927 die kleine Übe-Orgel für Kantor Herbst fertig. Sie war ihnen sogar im Voraus bis auf die finalen Arbeiten bezahlt worden. Dennoch sparte

Hans, wo nur möglich. Der Kredit wollte getilgt sein. Paula hatte ihr Auskommen. Onkel Wilhelms Erbschaft floss ihr und Maximilian zu gleichen Teilen zu. Trotz der auf dem Haus lastenden Pfandrechte, die den Verkaufserlös deutlich geschmälert hatten, hatte er ihnen mehr als nur ein Almosen vermacht.

Pfarrer Wenzel, den das Gewissen plagte, da er sich von dem Gebot von »Orgelbau Bertram« hatte ködern lassen, leistete bei Hans Abbitte, indem er in ganz Thüringen Pfarrerskollegen mit einer reparaturbedürftigen Orgel von mehr als 100 Jahren, und das waren sehr viele, für Hans zu erwärmen versuchte. Ein stetiges Zubrot.

Das Problem mit dem Metall blieb für Paula jedoch auch durch den neuen Kollegen. Immer noch fühlte sie sich von Kammer und Gewerbepolizei beargwöhnt; weiterhin hatten die Konservativen in Thüringen das Sagen.

Sie ließ sich aber nicht einschüchtern. Sie meldete sich für einen Kurs »Vom Holzfachgesellen zum Meister« an und traute am ersten Kurstag ihren Augen nicht. Eine weitere Frau, Franziska Moll mit Namen, hatte sich hereingewagt. Sie trug kein Kleid und schon gar kein Mieder und schien etwa so alt wie Paula zu sein.

In der ersten Pause, in der sich die männlichen Teilnehmer im Korridor über Fußballvereine stritten, blieben beide im Saal. Franziskas Ehemann, ein Tisch-Fabrikant mit einem Faible für helles Holz, hatte sie früh ermutigt, ihre handwerklichen Talente zu entfalten. Heute sei sie als Gesellin des Tischlerhandwerks für das Design der Möbel ihres Gatten mitverantwortlich.

»Diesein?«

»›Design‹ bedeutet Aussehen, ist aber weit mehr, eher meint es ›Unverkennbarkeit‹.« Franziska zückte ihre Handtasche, die einer Aktentasche glich, grub sich bis zuunterst durch und zog zwei Fotos heraus: »Schauen Sie mal.«

Paula betrachtete die Bilder: Tische aus Massivholz. Keine Eiche, sondern Birke oder Fichte, nur rechte Winkel, gerade Linien, keine Arabesken, kein Zierrat. »Bauhaus pur!«, entfuhr es ihr. Das sie nur aus der Zeitung und von Fotos kannte. Die Holzwerkstatt vor Augen, die Paula in den Weimarer Jahren des Bauhauses, das nun in Dessau beheimatet war, kein einziges Mal betreten hatte.

»Allerdings.« Franziska steckte die Fotos in das Futteral ihres Mantels. »Fridolin war für ein Jahr am Dessauer Bauhaus, als Gasthörer, um sich inspirieren zu lassen – und um sich quasi zu entgiften.«

Die Luft im Saal war stickig, trotzdem war Paula ob dieser Erzählung hellwach. »Entgiften?«

Franziska, deren schief abgetretene Halbschuhe noch keinen florierenden Gewerbebetrieb vermuten ließen, band die aufgegangenen Schnürsenkel und erklärte: »Fridolin arbeitete als frischer Geselle zunächst bei einem Erfurter Möbelfabrikanten, bis sich die beiden ein Jahr vor Fridolins Meisterprüfung zerstritten.«

Mit den Worten »Erfurter Möbelfabrikant« hatte sich für Paula die Frage nach dem Grund des Zerwürfnisses erübrigt. Stattdessen erkundigte sie sich nach Dessau. »Ich habe Fotos gesehen von diesen Meisterhäusern. Die Tische Ihres Mannes würden dort gut hineinpassen.«

»Gewiss. Nur ist das Dessauer Bauhaus leider nicht mehr das Weimarer Bauhaus.«

»Inwiefern?«

»Ich sprach bereits von Design. Das ist ein Begriff aus der Industrie. Im Fokus steht nicht mehr so sehr das Handwerk, das sich im Einzelstück offenbart, sondern die Marke im Sinne der Erkennbar- und Reproduzierbarkeit. Das Bauhaus ist kommerzieller geworden, notgedrungen, wenn man an die ständigen Geldsorgen in Weimar denkt. Das sieht man auch an den Möbeln. Sie sind meist aus Metall und ohne alle Schnörkel.«

»Handelt es sich bei dem Erfurter Industriellen um Herbert Motte?«

Franziska entglitt das Halstuch, das sie ausziehen wollte. Sie hob es auf. »Sie kennen ihn?«

»Ich war mit ihm verheiratet.«

»Herzlichen Glückwunsch.«

Sie warfen beide die Köpfe nach hinten und lachten. Dann boten sie sich die Hand und gingen zum Du über.

Der Kurs ging mit einem Vortrag über »Fachgerechten Transport großer Möbelstücke« weiter. Die Männer strömten breitbeinig zurück in den Saal. Auf ihren Plätzen zwinkerten sich Paula und Franziska zu und schmiedeten nach dem Ende des Kurstages Pläne für einen gemeinsamen Besuch in Dessau.

*

Für den sich die Karwoche anbot. Weil kein Kurs stattfand und Hans für einige Tage den Laden zusperren wollte, unternahmen Paula und Franziska die längst geplante Reise nach Dessau.

Am Mittwoch fuhren sie im Morgengrauen los, dritter Klasse. Paula hatte ein Fremdenzimmer in der Nähe des Bahnhofes bestellt; sie würden es sich teilen. Das Wetter meinte es gut mit ihnen, in den Städtchen und Dörfern längs ihres Weges trugen die Menschen die Farben des Frühlings. Die zwei Frauen konnten bis Halle fahren, ehe sie umsteigen mussten. Von dort aus war es nicht mehr weit. Am späten Vormittag erreichte der Eilzug Dessau.

Die Fremdenpension war rasch gefunden, das Zimmer schon bezugsfertig. Einfach und sauber. Mehr als ein Bett brauchte es eh nicht.

Paula staunte über die Bauten des Bauhauses, ein geometrisches, geradliniges Wunderwerk ohne Klimbim aus mehreren rechteckigen Flügeln mit Trakten für die Werkstätten, die Kunstgewerbe- und Handwerkerschule, für Aula und Mensa, die Verwaltung und die Wohnateliers der Studenten. Franziska, die ihren Mann mehrfach in Dessau besucht hatte, kannte einen der Studenten persönlich und wusste, wo er zu finden war. Ausgelassenes Volk, Winke, Rufe, Frühlingserwachen wie bereits am Weimarer Bauhaus. Der Gipfel aber waren die Balkone an der Ost- und Südfront des Atelierbaus!

Grandios auch das Innere dieses Gebäudes, des sogenannten »Prellerbaus«, in den Franziska sie nun führte. Dieser Name war eine klare Reminiszenz an Weimar, doch ansonsten haftete nichts Weimarisches an diesem Bau, kein kleinkarierter Kleingeist, keinerlei Zopf und Dekor.

Zielstrebig war Franziska in das erste Stockwerk gestiegen und blieb nun im Korridor vor einer Zimmertür stehen. »Der Gute heißt Ernst, ganz im Ernst.«

Paula schmunzelte.

Franziska klopfte höflich an die Tür, der gute Ernst bat sie herein. Franziska stellte ihm Paula vor und bat sie um das vertrauliche Du.

»Gern.« Paula übersah fast die ihr von Ernst gebotene Hand, so sehr beeindruckte sie der Raum. Dieses Zimmer war eher ein Saal, mit einer Bettnische sowie modernen Einbaumöbeln.

Zuletzt der Balkon. Paula fühlte sich wie ein Vogel im Wind, als sie ihn betrat. Es schien, als schwebten die Nachbarbalkone in der Luft. Auf demjenigen am hintersten Zimmer des ersten Stocks drängten sich ein Dutzend Menschen!

»Ernst, halten die Balkone das aus?« Unwillkürlich drückte Paula die Augen zu.

»Klar.«

Der Tag verging wie im Flug. Ernst führte seine beiden Gäste durch alle Bauten, es folgte ein Spaziergang zu den »Meisterhäusern«, in denen die Bauhaus-Meister wohnten und arbeiteten. Sehenswert waren auch die Gartenanlagen der Anhaltiner Großherzöge. Ein Imbiss in einer Ausflugsgaststätte nahe der Elbe rundete den Tag ab.

Ihr karges Pensionszimmer war das Gegenteil vom Bauhaus. Neben den Betten ein abgebeizter Schrank, dessen Türen lahmten, und ein Ankleidemöbel mit einem Spiegel, in dem sich nichts mehr spiegelte.

Zum Frühstück gab es nur das Nötigste. So waren sie schnell wieder draußen, pilgerten mit ihrem leichten Gepäck noch einmal am Bauhaus vorbei und reisten nachmittags zurück nach Weimar.

*

Hans empfing sie geheimnisumwittert. »Ich habe auch was zum Besten zu geben, aber erzähl du zuerst.«

Die Werkstatt war nicht zugesperrt. Geselle Volker hatte noch im Pausenraum an seiner Abendstulle gesessen und verabschiedete sich nun einsilbig.

»Grüß dich, Volker, ich wünsche dir frohe Ostern.« Es war ja Gründonnerstag.

Lippenverbeißen. »Dir auch, danke.«

Paula berichtete von den Bauten, jenem »Mikrokosmos der reinen Idee«, wie sie diese beschrieb. Von der Atmosphäre der »Offenheit aus Prinzip« und von den sagenhaften Balkonen. Trotz aller Faszination hatte sie auch etwas enttäuscht. Allerdings war sie erst auf der Fahrt im monotonen Auf und Ab der Telegrafenleitung an den Gleisen dahintergekommen. »Heute steht das alte Handwerk am Bauhaus nicht mehr so hoch im Kurs. Das Einzelstück weicht dem industriellen Typus, die Alltagstauglichkeit dominiert die künstlerische Anmutung. Franziska sagte es mir von Anfang an, ich habe es bloß nicht wahrhaben wollen.« Sie rührte unentschlossen in der Tasse Kaffee, den Hans ihr gekocht hatte. »Dessau ist eine moderne Industriestadt. Wäre das Bauhaus in Weimar geblieben, wäre es vielleicht anders gekommen.«

»Das glaube ich nicht.« Hans lief aus dem Pausenraum in sein Büro hinüber und kam mit einem Briefumschlag zu ihr zurück. »Passt aber zu dieser Ausschreibung, an der du dazulernen und die Schläue einer Meisterin unter Beweis stellen kannst.« Womit er das Papier aus dem Umschlag nahm und ihr über den Tisch reichte.

Paula stockte der Atem. Es ging um eine neue Orgel für die Stadtkirche in einem Ort im Erzgebirge. Mit zwei Manualen, mechanischer Spieltraktur … Sie blickte auf. »Das gibt es noch?«

»Lies weiter«, forderte Hans sie auf.

… und vollelektronischer Registertraktur. »Ist das dein Ernst?«

»Logisch.« Er grinste. »Da ist aber noch etwas. Was fehlt dir an der angedachten Disposition?«

Paula fuhr mit dem Finger die Register runter. »Mindestens eine Zunge im Bass.«

»Tadellos!« Hans hob den Daumen. »Die ist ihnen zu teuer.« Er nahm ein Blatt Papier und einen Stift zur Hand und fuhr fort: »Auch an anderen Stellen wurde gespart. Die angedachte Mixtur ist ziemlich schwach auf der Brust, daher dieses laute Register hier. Das ist nicht meins, könnte ihnen aber helfen, je nachdem, wie groß die Kirche ist. Das sollten wir im Auge behalten.« Hans kaute an seinem Stift. »Jetzt ist Ostern, der ein oder andere Konkurrent könnte gerade nicht im Betrieb sein. Ich rufe deshalb am Samstag an und schlage einen Ortstermin vor.«

Den bekamen sie sofort, und gemeinsam fuhren sie hin. Der Pfarrer führte sie in die Kirche, wo der junge Kantor gerade einem Orgelschüler Unterricht gab. Bereits bei dem Choral »Lobe den Herren, den mächtigen König der Ehren«, den der Schüler quälend langsam darbot, merkte man die vielen kleineren Gebrechen der Orgel. Das Pedal ertönte nur dank der Koppel, welche die Stimmen des Manuals auf das Pedal übertrug. Die Bassregister »Subbass« und »Principalbass« waren also nicht gezogen. Tatsächlich wies die Orgel keine Zunge im Bass auf, im Hauptwerk jedoch eine »Trompete«.

Der Kantor ließ die Strophe wiederholen. Er beendete den Unterricht und wandte sich dem Pfarrer zu, der den Kantor vorstellte und anschließend sich selbst als »Pfarrer Hebig«.

»Dieses Teil pfeift aus den letzten Löchern«, witzelte der Organist mit dem originellen Namen Reinhold Zeisig und stellte nun den Schüler vor. Ihn wolle er gerne behalten, nachdem sich zwei wegen der maroden Orgel bereits von ihm verabschiedet hätten, sagte er.

Hans hatte nur kurz zugehört. Sein Augenmerk galt der Größe des Raumes. Die alte Orgel hatte im Verhältnis dazu zu wenig Klangvolumen. Ein Manko, dem der Orgelneubau unbedingt abhelfen musste. Denkbar wäre auch, das ganze Instrument aus der bei Barockkirchen üblichen zweiten Empore in die große erste zu versetzen.

Das würde jedoch, wie Pfarrer Hebig richtig erkannte, ein neues Gehäuse erfordern, was im Kostenplan nicht vorgesehen war.

»Ist mir klar«, pflichtete Hans bei. »Weil das Instrument aber vergleichsweise jung ist, könnten womöglich viel mehr alte Stimmen als von Ihnen angenommen übernommen werden. Darf ich mal in die Orgel?«

Die Orgelbegehung erbrachte, dass die Subbasspfeifen gut erhalten waren. Es musste also an der Traktur oder an den Laden liegen, dass der Schüler dieses Register nicht hatte ziehen können.

Hans fackelte nicht lange. Ließ sich sämtliche vorhandenen Stimmen vorführen und kalkulierte in Gedanken ein Angebot, das darin bestand, die projektierte Mixtur auszubauen. Als Dreingabe offerierte er – auch wenn's ökonomisch wehtat – eine Zunge im Bass.

Entsprechend formulierte er und löste bei Pfarrer und Kantor ungläubiges Staunen aus.

24

Nach gut einer Woche stand das Angebot für die neue Orgel. »Wenn wir den Zuschlag erhalten, machst du das Ganze von der Pike auf, Paula. Zum Meister macht einen nicht bloß das Handwerkliche, sondern vor allem auch das Kaufmännische und Operative«, entschied Hans.

»Im Kurs habe ich allerhand gelernt, vor allem davor bei Störring. Vieles weiß ich von ihm und kann jetzt daran anknüpfen.«

»Das merkt man an allem, was du tust.«

Bevor über die Vergabe entschieden war, machten sie sich an die Arbeit. Diesmal band Hans seine beiden Gesellen Volker und Oskar mit ein, was dem Betriebsklima zugutekam und ihr Verhältnis zu Paula entkrampfte.

Bei aller Theorie, der Orgelbau blieb ein Handwerk. Mochten auch die Großen der Branche mit über 100 Mann und hochspezialisiert fast wie am Fließband bauen. Hier bei Hans war jeder von Anfang an und überall mit dabei.

*

Hans wollte Franziska kennenlernen und lud sie kurz vor Pfingsten nach Taubach ein. Paula kaufte Butter und backte einen Streuselkuchen. Der Duft nach reinem Kaffee zog durch die Werkstatt; er war nicht gestreckt. Klar, dass Paula und Franziska Hans die Geschichte von Franziskas Ehemann erzählten, der sich im Möbelwerk mit Paulas Ex-Mann überworfen hatte.

Pfingsten selbst war sodann für Hans und Paula wie Ostern und Weihnachten zusammen. Am Pfingstfreitag kam der Postbote mit dem dicken Brief: dem Zuschlag für die neue Orgel im Erzgebirge.

Für die folgenden Monate war für Arbeit gesorgt, denn zuvor ging es noch zu der herzurichtenden Orgel nach Jena.

Bad Berka war für Paula den Sommer über weit weg. Bis zu jenem bösen Freitag im Oktober 1927, als wie aus heiterem Himmel folgender Brief sie erreichte:

Liebe Paula,
die Hoffnung und Gebete waren leider vergeblich, Maximilian und Fräulein Pfister gehen getrennte Wege.
Noch mehr fuchst mich, dass Dein Bruder dem Vernehmen nach nichts dafürkann. Ihr Herr Vater scheint hartnäckig auf eine bessere, vor allem reichere Partie für seine Tochter zu setzen und das Vater angelegentlich auch erklärt zu haben. Das Trostpflaster: eine Einladung zu einem Empfang der Handwerkskammer. Mit Aal in Gelee, Pumpernickel und wohlfeilem Händedruck.
Bleibt zu hoffen, dass Vater seine Enttäuschung nicht an Maximilian auslebt. Für ihn ist die Schmach bitter genug.
In nie versiegender Liebe
Deine Mutter

»Paula, lass los!«, riet Hans, als sie ihn tags darauf über das Schreiben unterrichtet hatte. »Bad Berka muss sich endlich allein aus dem Sumpf ziehen. Und dass Väter für ihre Töchter Geldsäcke suchen, ist ohnehin klar.«

»Wenn das so zutrifft. Denn was meine Mutter schreibt, könnte nur die halbe Wahrheit sein. Oder sie schaut nicht dahinter.«

Nun blickte Hans von seinem Schreibtisch auf. »Befürchtest du, es handelt sich lediglich um ein Arrangement? Also um eine Sprachregelung der Väter, die sich damit um die bittere Wahrheit drücken, dass Maximilian noch immer trinkt? Und sich womöglich wieder danebenbenommen hat?«

»Genau.« Was sollte sie nur tun? Sich taub stellen? Oder musste sie Maximilian helfen? Sollte sie sich nicht wenigstens Klarheit darüber verschaffen, was genau passiert war?

Aber wie? Der Brief war nicht von Maximilian gekommen. Er hatte Mutter dafür vorgeschützt. Oder Mutter hatte es vorauseilend auf sich genommen. Beides warf kein gutes Licht auf ihren Bruder. Ein Brief, an wen auch immer, könnte unbeantwortet bleiben. Ein Anruf führte sicherlich weiter. Oder nicht?

»Ein Dilemma!« Hans spielte mit einem Bleistift. »Weiß auch nicht, was ich dir raten soll.«

Der Abend verging in ständiger Grübelei, in der Nacht schlief Paula schlecht.

Endlich war Sonntag. Paula versuchte es mit einem Spaziergang. Welcher von ihrer Wohnung in Mellingen bis nach Berka hätte führen können. Vorsichtshalber lief sie in die entgegengesetzte Richtung, Apolda zu, und zwar so schnell, dass das Karussell ihrer Gedanken zur Ruhe kam. In langem Bogen erreichte sie Schloss Tiefurt, von wo aus sie langsam die Ilm hinauf zurück nach Mellingen wanderte.

Aus ihrem endlosen Spaziergang resultierte folgender Brief, den sie noch an diesem Abend schrieb:

Lieber Maximilian,
Mutter hat, Du wirst es vermutlich wissen, mir Schmerzliches von Dir mitgeteilt. Ich fühle so mit Dir, wüsste aber gern mehr darüber und würde es, mit Verlaub, auch lieber von Dir selbst erfahren.
In diesem Sinne, sei mir Gott befohlen. Melde Dich, wenn ich Dir helfen kann, ich käme dafür auch nach Hause und wahre selbstverständlich strenge Vertraulichkeit.
Herzlichst
Paula

Der Brief blieb leider unbeantwortet.

Stattdessen kam ein Beamter in Sachen »Unfallverhütung« in den Betrieb, mit dem jedoch zu reden war. Hans hatte ihn auf der Straße kommen sehen und Paula vorsichtshalber in das Büro geschickt. Da indes alle Schutzvorrichtungen intakt waren und an der Tür zur Metallwerkstatt nun wie bereits bei Störring der Hinweis »Kein Zutritt für Frauen« hing, erteilte er dem Betrieb den Segen und wünschte Paula alles Gute. Erst später erfuhren beide, dass sie viel Glück gehabt hatten. Der Beamte war Sozialdemokrat und einer der wenigen, die die rechte Thüringer Landesregierung nicht aus dem Amt hatten drängen können, weil er fachlich zu versiert war.

Eine Erleichterung, die Paula Auftrieb gab. In der Werkstatt war sie aufgrund ihrer Tatkraft, ihrem Geschick und ihrer Fachkunde zur Vizechefin erklärt worden, inzwischen sogar von Oskar, Volker, dem Lehrling und dem neuen Metallfachmann respektiert. Hans trug sich mit dem Gedanken, einen weiteren Gesellen einzustellen. Vor zwei Jahren noch hatte über dem Betrieb der Pleitegeier gekreist!

*

Die Adventszeit 1927 wartete mit einer Überraschung im Briefkasten auf. Das Schreiben, das Paula hoffend und bangend zugleich dort herausgefischt hatte, war leider weder von Mutter noch von Maximilian. Doch Magdalena hatte ihr aus Berlin geschrieben – und Paula um Verzeihung für ihre »Unbeherrschtheit« gebeten. Paula antwortete ihr herzlicher, als sie es verdient gehabt hätte. Vor Weihnachten, dem Fest der Liebe. Verblieb die schwierige Frage: nach Hause fahren oder nicht?

Sie zögerte die Entscheidung hinaus und bekam unverhofft einen triftigen Grund für ihre Absage geschenkt.

Nebenan in Mellingen musste der Organist über die Feiertage das Bett hüten. Paula übernahm die Vertretung. Mittlerweile wussten die Pfarrer im ganzen Dekanat, was sie an der Orgel konnte. Sie schrieb also einen Brief nach Hause, teilte ihre Obliegenheiten mit, bat die Familie um Verständnis für ihr Fernbleiben und wünschte ein friedliches Weihnachtsfest.

Leider war es abermals Mutter und nicht Maximilian, die ihr knapp und ohne die erhoffte Auskunft zur gelösten Beziehung ihres Bruders antwortete und ihr nur ein frohes Fest wünschte.

Als Paula am ersten Weihnachtsfeiertag aus der Kirche in Mellingen zu ihrer Wohnung zurückkehrte, sah sie Hans draußen vor der Tür auf sie warten. Konnte nichts Gutes bedeuten.

»Bad Berka hat angerufen. Maximilian ist schwer verletzt und liegt im Weimarer Krankenhaus.«

»Was?«

»Er ist auf der Kellertreppe gestürzt, und zwar direkt auf den Arm mit der Kriegsverletzung. Es droht eine tödlich infektiöse Wunde. Das Spital in Berka traut sich nicht daran und hat ihn nach Weimar kutschieren lassen.«

Paula erschrak. Die Wunde war damals schon schlecht verheilt, als sie ihm an Weihnachten 1919 einen frischen Jodverband angelegt hatte. Und nun wieder aufgebrochen? Womöglich lebensbedrohlich entzündet?

25

Zwei Tage später, 27. Dezember.

»Streptokokken?«

Geschockt ließ Theodor Bertram den Hörer fallen. Zum Glück hatte er sich rechtzeitig hingesetzt, sodass das Teil ihm sanft in den Schoß fiel.

Er nahm den Hörer auf und sammelte sich. »Und wie geht es jetzt weiter?«

»So leid es mir tut, wir müssen den Arm amputieren, sonst endet es tödlich«, sagte der diensthabende Chirurg unumwunden.

Theodor stierte den Hörer an. »Orgelbau Bertram« war ohne handlungsfähigen Chef.

Vier Stunden später hielt die Motordroschke mit Theodor und Friederike vor dem Weimarer Spital. Der Fahrer reichte ihnen die Hand und half Friederike aus dem Wagen, wofür Theodor sich ein Trinkgeld abrang.

»Erste Klasse für meinen Sohn«, hatte er dem Arzt noch am Telefon erklärt. Dieses Drama würde das Haus eh teuer zu stehen kommen. Falls der Betrieb diese Katastrophe überhaupt überleben sollte.

In den Fluren roch es nach Hygiene und trotzdem nach Tod. Theodor hakte seine Gemahlin unter, sie gingen durch endlose Korridore.

Eine Oberschwester in Haube und weißen Handschuhen empfing sie auf Station. »Ihr Sohn wird bereits operiert.« Ihre steinerne Miene verriet, dass es um Leben und Tod ging.

So harrten sie aus wie vor dem Schafott, umschwirrt von Ärzten mit wehenden Weißkitteln.

Nach einer Stunde durften sie auf Maximilians Zimmer. Sein Bett fehlte, er war darin zur Operation gefahren worden. Zumindest war gut geheizt. Im Raum stand nur ein weiteres Bett, belegt mit einer älteren Dame, die einen großen Verband am Kopf trug und unruhig zu schlafen schien.

Friederike begann zu beten:

Breit aus die Flügel beide,
O Jesu, meine Freude,
Und nimm dein Küchlein ein.
Will Satan mich verschlingen,
So lass die Englein singen:
Dies Kind soll unverletzet sein.

Friederikes »Amen« war nicht mehr zu hören, weshalb Theodor es mannhaft bekräftigte.

Als hälfen jetzt Ritual und Wiederholung, sprach sie das Gebet erneut. Sie öffnete die gefalteten Hände und sah zu Theodor hinüber. »Ich habe es dir immer gesagt, Theodor: Gottes Wille ist unergründlich.«

Unwillkürlich fiel Theodors Blick auf das über der Zimmertür angebrachte Holzkreuz. »Genug, Friederike! Es führt zu nichts, uns jetzt Vorwürfe zu machen.«

»Hoffen wir, dass Max überlebt, das ist das Wichtigste! Alles andere regelt sich.«

»Von allein regelt sich nichts.«

»Umso wichtiger ist es, dass wir, und da muss ich mich auch in die Pflicht nehmen, auf Paula zugehen. Sie wäre über die Feiertage vielleicht doch gekommen, wenn wir ihr die ganzen Fragen beantwortet hätten, die sie …«

»Nichts hätte das geändert! Paula sitzt lieber im halben

Dekanat an der Orgel. Anscheinend ist ihr das wichtiger als ihre Familie.«

»Kannst du ihr das verdenken? Du lässt sie und auch mich im Unklaren, was genau im Hause Pfister geschehen ist. Du weißt von Paulas Brief. Maximilian will ihre Fragen nicht beantworten, und ich kann es nicht.«

»Ich stehe beim Kollegen im Wort. Nichts aber deutet darauf hin, dass Max beim Sturz stark alkoholisiert war.«

»Warum ist es dann passiert? Warum hat er auf der Kellertreppe kein Licht gemacht? Wohin ich auch schau, überall spüre ich Maximilians Verzweiflung! Jetzt ist es zu spät, und dich rührt es immer noch nicht.«

»Ruhe jetzt!« Theodor spitzte zu dem zweiten Bett im Raum, in das Bewegung kam. »Das fehlte uns noch, dass die Dame aufwacht.«

Sie tat es gottlob nicht.

»Weißt du, wo hier die Toiletten zu finden sind?«, fragte Theodor.

»Nein.«

»Dann mache ich mich auf die Suche.«

Als Friederike allein war, betete sie das »Breit aus die Flügel beide« ein weiteres Mal. Währenddessen tat sich die Tür weit auf und ein Bett wurde hereingefahren.

»Ihr Sohn ist unser Held, er hat gewonnen«, begrüßte sie der Arzt Dr. Siebenstern, der die beiden Krankenschwestern vorne und hinten am Bett Maximilians begleitete. »Er wird die Infektion und den Eingriff überleben.« Er gab Friederike die Hand, wünschte das Beste.

Sie besann sich. Wenn sie etwas Licht in das Dunkel des Unfallhergangs bringen wollte, durfte sie nicht zögern. Bald wäre Theodor von der Toilette zurück.

Maximilian schlief, ein beängstigender Frieden glättete seine Gesichtszüge.

»Herr Doktor Siebenstern?«

»Ja, bitte?«

Sie schämte sich so, überwand aber ihre Scham: »Bitte, nur eine Frage: Wir wissen es beide nicht. Wie ist … dieser Unfall passiert?«

»Nun, das war ein Unfall, wie er an Weihnachten häufig vorkommt. Ihr Sohn stand … erheblich unter Alkoholeinfluss.«

Also doch, durchzuckte es Friederike, obwohl sie es längst geahnt hatte.

»Sie hören von mir. Nochmals meine besten Wünsche und Ihrem Sohn rasche Erholung. Leider ruft mich bereits der nächste Patient.« Weg war er.

Auch die Krankenschwestern boten Friederike die Hand. Bei ihnen klang es, als kondolierten sie ihr. Tapfer blickte sie an dem Verband, also dem Stummel, vorbei, der Maximilians rechter Arm gewesen war.

Theodor kehrte zurück. Die beiden im Gehen begriffenen Schwestern wünschten auch Theodor alles Gute. Dann waren sie mit Maximilian allein.

Theodor konnte den Blick nicht vom Verband abwenden.

Friederike schaute noch immer daran vorbei, konnte die Tränen jedoch nicht mehr zurückhalten. Maximilian würde leben, doch was würde aus »Orgelbau Bertram« werden? Das mit dem Alkohol als Grund für den Sturz würde sie Theodor erst daheim erzählen, dann aber in aller Klarheit. Das war sie Maximilian schuldig.

Theodor weinte ebenfalls und beruhigte sich erst, als nach einiger Zeit ein anderer Arzt nach der schlafenden Dame im zweiten Bett sah. Er zupfte den Mediziner am Revers. »Ich hatte erste Klasse für meinen Sohn bestellt. Das verträgt sich nicht mit einem zweiten Bett im Zimmer.«

»Ich verstehe Sie, aber haben Sie bitte Geduld. Die Patientin wird gleich verlegt.«

Quälende Minuten vergingen. Die beiden Krankenschwestern kehrten irgendwann mit dem behandelnden Arzt Dr. Siebenstern zurück.

Worauf sich der Arzt an Theodor wandte. »Herr Bertram, Ihr Sohn wird nach dem Aufwachen ziemlich benommen sein. Ferner fiebergeschwächt und vom Schmerz geplagt, wobei ich nicht allein an die rein körperlichen Schmerzen denke. Gewähren Sie ihm bitte noch einen Tag Ruhe. Er wird hier die Hilfe erhalten, derer er bedarf.«

Theodor hob die Brauen. Denn seine Gattin schien, ohne es explizit zu sagen, dem Arzt zuzustimmen. »Na gut.« Er stand auf und erinnerte an die Verlegung der anderen Patientin. Er wollte nicht, dass sein Sohn begafft wurde wie im Zoologischen Garten.

Der Blick des Arztes, der ihn daraufhin traf, war sehr kühl. Er besagte: »Wirf nicht mit Steinen, wenn du im Glashaus sitzt.«

Theodor hakte Friederike unter. Beschied den Arzt mit einem »Auf Wiedersehen« und verließ das Zimmer.

26

Eine Viertelstunde später, kurz vor Einbruch der Dunkelheit, erwachte Maximilian aus der Narkose.

Als Erstes sah er einen Schlauch, der von einer Flasche wie am Galgen auf ihn zuführte. Anscheinend wurde ihm damit Arznei verabreicht. Er ließ den Blick durchs Zimmer schweifen, bis ihm zwei freundliche Augen begegneten. Daraufhin spürte er eine Hand, die ihm sacht über die Stirn strich. Das Zimmer war nur spärlich beleuchtet, aber er sah, dass das andere Bett fehlte und damit auch die Patientin. Mit ihr hatte er vor seiner Operation höflich reden wollen, war aber zu keinem einzigen Wort imstande gewesen.

»Alles gut, Herr Bertram«, sprach ihm eine Krankenschwester beruhigend zu, die neben seinem Bett stand.

Irgendetwas war anders, fühlte sich anders an … Es war ein anderes Liegen. Er schaute auf seinen Oberkörper, der bis zur Brust aus der Decke herausragte. Dann zu seinem rechten Arm …

Da war nichts! Nur ein dicker Verband, der unterhalb seiner Schulter endete!

»Liegen Sie bequem?«, fragte die Krankenschwester, sie lächelte scheu.

Ihr Gesicht kam Maximilian bekannt vor. Es ähnelte dem von Kunigunde Pfister. Er griff mit seiner Linken nach der Hand, die sie ihm darbot. »Danke.« Er spitzte zum Galgen hinauf. »Was wird mir hier zugeführt?«

»Ein Mittel gegen das Fieber und gegen die Schmerzen. Und demnächst muss ich nach der Wunde schauen, sie gründlich desinfizieren und neu verbinden.«

Maximilian nickte. Wenn er nicht hinsah, tat es vielleicht nicht gar so weh.

*

Am folgenden Abend in Bad Berka.

Im Ofen des Herrenzimmers knisterten die Holzscheite, doch Theodor Bertram trug Wollstrümpfe. Ihn fror. Schon lange litt er an Herzinsuffizienz. Seit Maximilians Unfall schlug es auch außer Takt. Einen Schlaganfall hatte er schon gehabt, ein weiterer wäre potenziell tödlich.

Sobald es ihm die Kräfte erlaubten, würde er vormittags in der Werkstatt die Arbeit leiten und nach dem Mittagsschlaf die Bücher führen. Doch bereits Lesen und Schreiben strengten ihn an. Nun, da es winterlich früh dunkel wurde, war für ihn um vier Schicht im Schacht. Sein Augenlicht war noch nie das eines Adlers gewesen. Seit einer Weile aber zerbröselte es mehr und mehr.

Die Tür ging. Friederike. »Hubert möchte dich sprechen, bald ist schließlich Feierabend.«

»Warum?«

»Um einen Vorschlag zu machen.«

Friederike ging zum Ofen und legte zwei Stück Kohle nach. Auch ihr waren die Schicksalsschläge anzumerken. Sie litt an der Hüfte und an der rechten Hand, sodass sie mit ihrer Linken nach den Briketts griff.

»Danke schön«, entfuhr es Theodor trotz Friederikes Tadel tags zuvor. Er habe, so die Gattin, Maximilians Trunksucht nicht wahrhaben wollen oder sie sträflich heruntergespielt. Warum hatte sie ihm das auch noch aufs Butterbrot schmieren müssen? »Na gut, bitte ruf Hubert herein.«

Seine Frau kehrte Kohlenstaub auf und verließ den Raum. Die Kaminuhr schlug fünf. Noch war kein Feierabend, und der fast 80 Jahre alte Hubert achtete darauf, dass erst zugesperrt wurde, wenn alles in Ordnung war.

Zimtsterne und Butterzeug waren verzehrt, die Zigaretten schmeckten Theodor nicht mehr. Er blätterte in einem Buch aus dem Nachlass seines Bruders, das Wilhelm, so abgegriffen, wie der Band war, intensiv studiert haben musste. Der Titel lautete: »Buddenbrooks. Verfall einer Familie« von Thomas Mann.

Über Thomas Buddenbrooks tödlichem Zahn kam Theodor ins Philosophieren. Unversehens schüttelte es ihn. Er legte den Roman beiseite. Jetzt bloß nicht wieder weinen, als Mann. Bei Gott, wie schämte er sich!

Es klopfte. Nicht Friederikes Klopfen. Hubert, jetzt schon? »Herein!«

Tatsächlich, sein Geselle seit Menschengedenken. Er öffnete die Tür und trat ein.

Theodor stand auf.

Hubert war als Herr gekommen, in Hemd und Rock. »Theo«, begann er ohne jegliche Vorrede, »lass uns über die Zukunft sprechen.«

»Langsam, bitte. Maximilian ist noch nicht aus dem Spital entlassen.«

Hubert ging darüber hinweg. »Die Lunte glüht, sonst sind wir weg vom Fenster.«

»Ja. Sobald es meine Kräfte zulassen, werde ich mit unseren Leuten überlegen, wer von ihnen an Maximilians Stelle treten und den Betrieb vorläufig weiterführen könnte.«

»Auf deine Kräfte werden wir aber nicht warten können«, gab Hubert zu bedenken. »Außerdem traue ich es keinem von den Burschen zu.«

Theodor setzte sich. »Bitte nimm Platz. Wie gesagt: Bevor ich entscheide, will ich Maximilian zurück im Betrieb wissen.«

Hubert ließ sich auf dem Sessel gegenüber nieder und erklärte: »Vielleicht kann Paula zur Meisterprüfung im Orgelbau zugelassen werden, wenn dies letztlich den Fortbestand des Betriebes sichern würde.«

27

Der lang erwartete Anruf erreichte Paula am Morgen des 29. Dezember, einem Mittwoch.

Hans eilte eigens aus dem Büro bis in das Holzlager, wo sie Holz für die Öfen hackte. »Telefon für dich, dein Vater wünscht dich zu sprechen.«

Der Weg ins Büro war beträchtlich und doch zu kurz für Paulas viele Überlegungen. Zumindest Klarheit über Maximilians Zustand war zu erhoffen.

Vater kam sofort zur Sache. »Dein Bruder ist außer Lebensgefahr. Er hat den schweren Eingriff gut überstanden und lässt dich herzlich grüßen.«

»Wie geht es Maximilian seelisch?«

Eine Frage, mit der Vater, so nahe sie lag, anscheinend nicht gerechnet hatte. »Wer vermag schon tief in das Innere eines Menschen zu blicken?«

»Hättest du es bereits früher getan, wäre es nicht so

schlimm gekommen. Maximilian kehrte nicht nur körperlich verwundet aus dem Krieg zurück.«

Vater schwieg. Ein Schaben von Stuhlbeinen verriet, dass er sich setzen musste. Sich vielleicht getroffen fühlte. Nach einer Weile sagte er: »Nun, Paula, du ziehst es also vor, auf der Vergangenheit herumzureiten. Ich hingegen zöge es vor, gemeinsam die Zukunft zu gestalten.«

»Wie kam es zu der Trennung von Frau Pfister und wie zu Maximilians Sturz?« Paula ließ nicht locker.

Vater atmete hörbar in sich hinein. Er antwortete nicht.

Paula wollte ihren Bruder so bald wie möglich aufsuchen, am besten bevor die Eltern ins Krankenhaus kamen.

»Wann habt ihr vor, nach Weimar zu fahren?«, fragte sie beiläufig.

»Heute noch, aber erst gegen Abend. Ich kann den Betrieb nicht einfach zusperren.«

Fügte sich. Also würde Paula einfach zu Beginn der Besuchszeit in die Klinik gehen. »Dann bis später«, beendete sie das Gespräch umgehend, war jedoch erleichtert, dass Vater ihren Gruß erwiderte. Wieder einmal war sie sehr forsch vorgegangen – und jetzt, seit Neustem, reute sie es im Nachhinein.

Hans war während des Gesprächs im Büro geblieben. Sosehr er an Maximilians Geschick Anteil nahm, er würde nicht darauf beharren, sie ins Krankenhaus zu begleiten und dort auf ihren Vater zu treffen.

Sie berichtete ihm kurz, und er versprach, ihr nach der Mittagspause freizugeben, sodass sie am frühen Nachmittag aufbrechen könnte. Bevor er das Büro verließ, überraschte er sie mit der Frage: »Siehst du dich als Helferin in der Not in Bad Berka?«

»Wie meinst du das?«

»Du könntest den Betrieb sicher aus dem Stegreif am Laufen halten.«

Paula spielte mit ihrem Haarknoten. »Was hätte Maximilian davon? Über kurz oder lang benötigt der Betrieb einen neuen Chef von außen.«

Womit er sie einstweilen in Ruhe ließ, auch wenn er recht hatte. Sie würde Maximilian helfen können. Aber wollte sie es auch? Ein Dilemma.

Schluss mit Holz, dachte Paula, ran ans Metall. Pfeifen für die Orgel im Erzgebirge konfektionieren und löten. Arbeiten, für die sie noch dazulernen konnte. Vor allem Volker zog sie oft damit auf, Oskar war etwas kollegialer zu ihr geworden. Der neue Metallfachwerker im Betrieb, Jobst mit Namen, war Paula gegenüber offen und gab ihr wertvolle Tipps.

Hans widmete sich mit dem Lehrling unterdessen den Lippenpfeifen.

Den Vormittag über gelang es Paula zwar, Maximilian und Bad Berka auszublenden, in der Mittagspause kam sie aber über ihrem Käsebrot ins Grübeln.

Wenig später hielt die von Hans bestellte Droschke vor dem Betrieb, die sie zum Weimarer Krankenhaus fahren sollte.

Hans hielt sie an der Tür zurück und fragte: »Hast du daran gedacht, Störring ins Vertrauen zu ziehen?«

»Klar, er hat mir bei meinem Abschied Hilfe angeboten, falls es hart auf hart kommt.«

»Sei vorsichtig. Tu es ja nicht über Bad Berka hinweg.«

Paula rollte die Augen. »Denkst du das von mir?«

Hans zwinkerte ihr zu. »Natürlich nicht. Ich denke eher darüber nach, uns ein Dienstfahrrad zuzulegen. Damit könntest du zwischen Berka und hier hin und her pendeln.«

Paula schwieg. Der Gedanke, Maximilian gleich mit nur einem Arm, dem linken überdies, anschauen zu müssen, überlagerte alles. Zudem herrschte draußen strenger Frost.

Sie hatte daher heute Morgen ihr Strickkleid, den Wollpullover und dicke Unterwäsche angezogen, um auf dem Fußweg zur Arbeit nicht zu frieren, und sich bei Hans umgekleidet. Das kam ihr jetzt zugute, sonst hätte sie noch einmal in ihr Zimmer gemusst. Außerdem hatte ihr Hans Nägel in die Stiefel geschlagen. Der Pulverschnee der letzten Tage, den Paula als Kind gehasst hatte, weil sich daraus kein Schneemann bauen ließ, war zu tückischem Eis gefroren.

»Ich denke an dich«, gab Hans ihr mit auf den Weg. »Richte Maximilian und auch deinen Eltern meine besten Wünsche aus. Wenn die Zeit reif ist, werde ich ihn ebenfalls besuchen.«

Dieser Nachsatz ging Paula die ganze Fahrt über nicht aus dem Kopf. Sah Hans etwa die Zeit bald »reif« für seine dargebotene Hand? Für die Versöhnung mit ihrem Vater?

Der Chauffeur schien zu ahnen, was Paula im Krankenhaus bevorstand, er ließ sie in Ruhe. Die glatten Straßen forderten vollste Konzentration; zeitweise konnte er bloß Schritttempo fahren. Gegen 15 Uhr erreichten sie das Weimarer Spital. Paula gab dem Fahrer ein großzügiges Trinkgeld und die Rückfahrt für 17 Uhr in Auftrag. Dann endete im Hause die reguläre Besuchszeit, ob mit den Eltern oder ohne.

Wen könnte sie über Hans und Störring hinaus ins Vertrauen ziehen? Hatte Matte inzwischen seinen Meister gemacht? Arbeitete er noch in Wilster? Sehr lange hatte er nichts von sich hören lassen. Gedankenverloren zog Paula ihren Schal etwas zu fest um den Hals, weshalb sie ihn wieder lockerte.

Wie in Watte gepackt die Natur, Frösteln in den Grasspitzen. Paula hauchte in die eisigen Hände. Unwillkürlich schloss sie die Augen. In Kürze würde sie ihn sich ansehen müssen, den einarmigen Bruder. Hoffentlich trug

Maximilian darüber einen Verband, damit sie den Stumpf nicht sah!

Paula betrat das Spital, fragte den Portier nach dem richtigen Zimmer. Im Korridor zog es kalt. Sie fror. Zögerte es hinaus, suchte und fand unweit des Treppenhauses einen beheizten Warteraum, den sie zum Glück für sich hatte. Erschöpft sank sie auf einen Stuhl.

Auf dem Flur Schritte, an der Tür vorbei, daraufhin eine Stimme, die sie aufmerken ließ. Platt. Auch der Zigarettenrauch, der vom Korridor her in den Warteraum zog, erinnerte sie an Störring und an sein: »Melde dich bitte bei mir, wenn du Hilfe brauchst.«

Paula wappnete sich. Weiter.

Lange Korridore, karg gespenstische Schatten, geworfen von matten Lichtröhren. Schließlich erreichte sie das vom Portier genannte Zimmer. Würde Maximilian ihr nun seine linke Hand zur Begrüßung reichen?

Paula wurde schwarz vor Augen. Sie atmete tief durch und klopfte sanft an. Sie klopfte noch einmal, mutiger.

»Herein.«

Paula konnte nicht anders, sie drückte ihre Augen zu, bevor sie den Raum betrat, und stieß mit ihrem rechten Fuß heftig gegen Maximilians Bett, das nahe an der Tür stand. Erschrocken öffnete sie die Augen. Es war das einzige Bett, obwohl zwei weitere leicht Platz gehabt hätten. Ein Zimmer erster Klasse. Teures Geld, das viel früher in Maximilians Gesundheit hätte investiert werden müssen.

Paula nickte ihrem Bruder zu. Er gab ihr tapfer die Linke zum Gruß. Zu gerne hätte sie ihn umarmt. Doch wie käme er dafür in die Höhe?

»Alles Liebe, Maximilian.« Paula hielt seine Hand fest umschlossen. »Auch von Hans alles, alles Gute, er lässt dich herzlich grüßen.«

»Danke schön. Herzliche Grüße an ihn zurück.« Maximilian glitt aus Paulas Hand, sah an die Decke. »Wie geht es ihm, ist er wohlauf?«

»Es geht ihm gut«, erklärte Paula dankbar.

Maximilian nickte. »Danke, dass du vor den Eltern gekommen bist.«

Links von Maximilians Bett stand ein Nachtschrank, darauf eine nicht angebrochene Flasche Mineralwasser und eine Tasse aus Emaille. Ferner eine Brezel mit Zuckerguss. Kurzerhand schenkte Paula ihrem Bruder Wasser ein, eine Übung, die er mit einem Arm ohne feste Unterlage kaum vollführen konnte. Doch gelang es ihm, sich allein mit der Linken am Galgen in den Sitz zu hebeln. Dankbar griff er zu.

»Möchtest du auch von der Brezel?«

»Gern.«

Paula ließ ihren Bruder in Ruhe trinken und essen, erst dann fragte sie: »Gibt es etwas, worüber du ohne Vater mit mir allein sprechen würdest?«

»Ja, so viel, dass uns die Zeit knapp werden könnte, ist schon fast halb vier.«

»Tut mir leid. Es ist so glatt draußen, dass die Droschke bloß Schritttempo fahren konnte.«

»Packen wir den Stier bei den Hörnern.« Maximilian aß das letzte Stück Brezel und trank dazu. »Ich könnte dich als Verbündete brauchen.«

»Inwiefern?«

»Ich fürchte, dass Vater, solange es irgend geht, den Betrieb als Familienbetrieb weiterführen möchte.«

War zu befürchten, es lief auf die schwierigste Entscheidung ihres Lebens zu. »Das geht nicht. Zumindest nicht auf Dauer«, argumentierte Paula.

»Klar. Doch ein solventer, seriöser Interessent muss sich erst einmal finden. Den werden wir uns nicht schnitzen können. Würdest du es also für eine gewisse Übergangszeit tun?«

Paula hielt sich bedeckt. Hatte sie es nicht kommen sehen? Jetzt, da die Hütte brannte, war sie plötzlich willkommen, als Notnagel. »Tut mir leid, das kann ich so plötzlich nicht entscheiden.«

»Verstehe ich.«

Vorläufig sollte sie dem Bruder nicht mit der Frage kommen, warum und unter welchen Umständen es zwischen ihm und Frau Pfister zu Ende gegangen war. Obgleich es ineinander verknäult war, alles das.

Maximilian legte sich wieder hin. Mühsam suchte er nach der bequemsten Liegeposition, mit bloß einem Arm ein schwieriges Unterfangen. Paulas hilfsbereit angebotene Hand ignorierte er.

Desto unerwarteter begann er zu erzählen. »Ich werde und möchte vor allem nicht länger um den heißen Brei herumreden. Du hast es verdient, die volle Wahrheit von mir zu erfahren.«

Sie stutzte. Mutter und Vater nicht? Egal, jetzt sollte sie den Mund halten.

»Auch wenn ich mich dafür schäme«, begann er und senkte den Blick, »fühle ich mich wie von einer Zentnerlast befreit. Der Last, der Betriebsinhaber zu sein, die Verantwortung für Betrieb, Belegschaft und Haus zu tragen.« Die Augen wurden ihm feucht, er trocknete sie ab mit seinem Kissen. »Als ich erfuhr, dass ich nur dank der Abnahme des Armes überlebt habe, breitete sich etwas in mir aus wie ein warmes Federbett, ich fühlte mich darin sicher und geborgen. Ich bin jetzt ein Krüppel und muss mich nicht mehr quälen.«

Paula schluckte. Wer mag sich die Last ausmalen, die er seit Jahren getragen hat?

Er begann zu weinen. »Ich bin gescheitert, auch in der

Liebe. Es war nämlich nicht Kunigundes Vater, der mir die Tür gewiesen hat. Es war sie selbst, weil ich wieder einmal im Rausch war. Und Herr Pfister hat Vater gedroht, die Wahrheit zu verbreiten, falls er die Version über mich als zu schlechte Partie nicht akzeptiere, was noch mehr Schimpf und Schande für uns gewesen wäre.«

Paula wartete, bis Maximilian die Tränen versiegten. Daraufhin gab sie ihm die Hand, hielt sie fest umschlungen und fragte: »Dann bist du also an Weihnachten vor lauter Kummer und Alkohol gestürzt?«

Maximilian nickte.

»Nicht nur der Krieg und Vater haben sich an dir schuldig gemacht. Auch ich meinte leider, fortwährend an dir herumdoktern zu müssen. Schlimmer noch: In all meinem Ehrgeiz, die erste Meisterin im Orgelbau zu werden, blendete ich deine Nöte einfach aus. Das tut mir von Herzen leid. Ich hätte das Gespräch mit Vater suchen müssen, um ihm dir zuliebe zu verzeihen.«

»Nun ja, wie hättest du mir auch helfen sollen?«, fragte Maximilian leise. »Ich habe mir nicht helfen lassen wollen. Außerdem: Rückschau macht den Nacken steif. Vater sieht sich nach einem Meister für den Betrieb um, er könnte auch aus unserer Mitte kommen. Wir haben zwei Gesellen, die das Zeug hätten, den Meister zu machen und die Werkstatt weiterzuführen. Nur ist es leider so, dass …«

»Was?«

»Schwer zu sagen.«

»Weil Vater einen Meister aus dem Betrieb genauso beargwöhnen würde wie dich?«

»Nein, er vermag es gesundheitlich nicht mehr. Er war am Tag nach meiner Operation mit Mutti da. Er ist kurzatmig und so schmal geworden im Gesicht. Allein die Fahrt hierher scheint ihm alles abverlangt zu haben.«

Paula nickte, ihres verstorbenen Onkels eingedenk, bei dem es so schnell gegangen war. »Stimmt, mir ist das auch aufgefallen«, flunkerte sie und schämte sich abgrundtief. Seit ihrem Besuch vor fast zwei Jahren, als sich Maximilian und Kunigunde in der Kirche zum Gebet getroffen hatten, hatte sie Vater nicht mehr gesehen.

Maximilian wandte den Blick zum Fenster hin. »Es wird, es muss weitergehen.«

»Hätten denn diese zwei Gesellen das Zeug, den Betrieb zu führen? Strebt einer den Meister an?«

»Im Prinzip ja.« Maximilian betrachtete die Eisblumen an der Fensterscheibe. »Aber wer hebt in dieser Notsituation schon beherzt den Finger?«

»Es gibt Meister, die sich verändern möchten und die Herausforderung suchen.«

Maximilian nickte, ohne überzeugt zu wirken.

»Ich könnte Meister Störring in Wilster anrufen, bei dem ich gearbeitet habe. Er kennt viele Kollegen und hat immer nach dir und Vater gefragt. Doch nur wenn du es willst. Störring hat Kontakte weit über Norddeutschland hinaus. Das kann ich dir heute anbieten, alles andere müsste ich mir überlegen.«

Maximilian schwieg. Nach langem Rangieren mit dem Rumpf fasste er mit der Linken hinter sich zum Kissen und schob es sich unter den Kopf. »Auf mich kommt es eh nicht mehr an.«

»Doch. Du bist der Betriebsinhaber und bleibst dies rechtlich bis auf Weiteres.« Paula versuchte Zuversicht zu verbreiten. »Möchtest du dich nicht wieder aufsetzen? Ich helfe dir.«

Maximilian streckte die Füße von sich. »Nein, lass mich bitte in Ruhe liegen«, beschied er mit einer Schärfe im Ton, die Paula im Herzen traf. »Sitzen hat nicht nur mit dem Hintern, sondern auch mit Symmetrie zu tun. Mit lediglich einem Arm finde ich keinerlei Halt in diesem Bett. Meine Rückenmuskeln ziehen sich bloß schief.«

»Tut mir leid. Aber nun lass uns gemeinsam das Schlimmste verhindern.«

»Das Schlimmste ist bereits eingetreten. Wir Bertrams sind tot, krank oder versehrt. Sei doch ehrlich, du willst nicht in den Betrieb zurück. Warum auch.«

»Mein Ziel ist es, zu helfen. Ich könnte mit Störring in Wilster Kontakt aufnehmen. Er hat ein dickes Adressbuch und pflegt seine Kontakte.«

»Meinetwegen. Aber erst, wenn ich wieder daheim bin, und vor allem nicht an Vater vorbei. Mir ist es wichtig, dass er als Betriebsgründer eingebunden ist.«

Paula schwieg. Heute würde sie nicht weiterkommen, und in Vaters Gegenwart erst recht nicht.

Daraufhin klopfte es an die Tür. Es waren nicht die Eltern, sondern eine Stationsschwester. Sie brachte drei dicke Scheiben Brot, Hartkäse, sogar etwas Wurst, alles mundgerecht geschnitten.

»Haben Sie Schmerzen?«, fragte sie.

»Nein«, raunte Maximilian. Die schwerste aller Wunden, die Amputation, schien komplikationslos zu heilen.

»Ihre Eltern sind da. Ich habe sie gebeten zu warten, bis Sie gegessen haben. Sie dürfen daher über 17 Uhr hinaus bei Ihnen bleiben.«

»Danke«, murmelte Maximilian der Höflichkeit halber. Ihm war anzusehen, dass er erschöpft war von Paulas langem Besuch.

Ehe Maximilian, an sich ein schneller Esser, sein Abendbrot verzehrt hatte, klopfte es an die Tür. Zu verhalten für Vater, doch wer sollte es sonst sein?

Maximilian schluckte eilig den letzten Bissen Apfel hinunter. »Herein!«

Die Tür öffnete sich. Mutter als Erstes und Vater hinter ihr am Stock.

Paula bot Mutter ihren Stuhl an und stellte einen zweiten für Vater daneben.

Er dankte ihr, setzte sich neben seine Frau, sein Stock zitterte dabei. »Nun, Paula, sehen wir uns also hier wieder.« Er klemmte den Stock zwischen die Knie und bot ihr die Hand.

Es klopfte erneut, und die Krankenschwester, die Maximilian das Essen serviert hatte, kam beflissen mit einem dritten Stuhl rein, hieß Paulas Eltern willkommen und ging wieder.

»Wie aufmerksam«, beschied Vater, ohne der Krankenschwester auch nur einen Blick zu gönnen. Seit er den Raum betreten hatte, galt dieser nur Paula. »Gewiss hat Maximilian dir erzählt, dass der Ausschuss dich zur Meisterin schlagen würde, sofern es in unserer Not dem Betrieb zugutekäme.«

Paulas Lippen zitterten. »Bitte?«

Maximilian schüttelte den Kopf. »Soll Paula den Betrieb übernehmen? Du hast sie noch vor wenigen Jahren eine Hure genannt. Im Übrigen, ich weiß davon nichts.«

»Wie, was?« Vater sah zu Mutter, die die Hände rang.

»Theodor, wie soll Max das wissen?«, fragte sie, »du hast doch nur mit …«

»Ja, du magst recht haben, aber das tut jetzt nichts zur Sache.«

»Sehr wohl tut es das!« Paula war aufgestanden. »Du wirst sicher verstehen, Vater, dass dein Ansinnen für mich an Erpressung grenzt.«

Vater schluckte, ihm entglitt der Stock. Paula hob ihn auf und gab ihn zurück.

»Paula, bitte, ich weiß um mein Versagen, doch es geht ums Überleben.«

»Ich mache mir längst Gedanken darüber. Aber nicht mit der Pistole an der Schläfe.«

Vater schwieg.

Paula ergänzte: »Der Betrieb wird vermutlich einen Betriebsfremden brauchen. Jemanden, der von außen kommt und neu anfangen kann.«

Vater ließ es so stehen. Er rückte mit seinem Stuhl zu Maximilian ans Bett und lobte seine Tapferkeit. Mutter sah hinüber zu Paula. Ihre Miene verriet, dass sie um Vaters Gesundheit bangte. Sein Gesicht war rot angelaufen.

Paula bereute ihre Grobheit. Als sie das Krankenhaus zusammen verließen, begleitete sie ihre Eltern bis in das Abteil des Zuges, in dem sie zurück nach Berka fuhren. Dann erst stieg sie in die Droschke. Zum Glück hatte der Chauffeur auf sie gewartet.

Maximilian hatte sie einen weiteren Besuch versprochen, gleich tags darauf. Abermals würde sie sich per Droschke fahren lassen. Ihr Bruder war es ihr bitterlich wert.

28

Am folgenden Tag vereinbarte Paula mit Maximilian, Störring zeitig zu kontaktieren. Über das Ergebnis bat er sie um Stillschweigen bis zu seiner Entlassung aus der Klinik. Er lud Paula und auch Hans für danach zu ihnen nach Bad Berka ein. Zunächst jedoch möge Vater sich und seinen Kreislauf beruhigen.

Wie recht er damit hatte, bewies sich am Abend. Vaters Arzt kam zu ihm nach Haus und riet zu einer Kur. Mutters Kreislauf schwächele auch, klagte sie Paula ihr Leid am Telefon.

Am Vormittag des 31. Dezember rief Paula das Fernamt an und gab ein Gespräch nach Wilster in Auftrag. So konnte sie Fiete und seiner Truppe erst ein gutes neues Jahr wünschen und fiel nicht mit der wackligen Tür ins Haus.

Nach wenigen Minuten klingelte Hans' Telefon und sie wurde durchgestellt.

»Moin, Paula, min Deern, endlich höre ich von dir.« Stör-rings Stimme klang nicht beleidigt, sondern belegt. Wusste er, was Maximilian widerfahren war?

Paula berichtete ihm. Wie alle Norddeutschen wortkarg, war Störring ein guter Zuhörer. Als sie von Maximilians Stumpf erzählte, kamen ihr die Tränen.

»Paula, wie tut mir das alles leid, ich fühle mit«, spendete er ihr Trost. »Unter Orgelbauern kennt man sich ja. Ein Kollege aus dem Thüringer Wald hat mir was angedeutet, wusste es aber nicht einzuschätzen. Sei dir gewiss, dass ich über alles Händeringende schweige. Umso mehr möchte ich helfen – und kann es hoffentlich auch.«

Paula trocknete ihre Tränen mit dem Kittelärmel. »Und wie?«

»Ein junger Kollege, inzwischen Meister, war bei uns, nachdem du zurück zu Hans gingst. Er ist inzwischen weitergezogen zu Kemper in Lübeck. Aber eigentlich will er in den Süden zu seinen Angehörigen. Die Eltern wohnen nahe Jena, sind krank und brauchen bald Hilfe. Er könnte sich vorstellen, dort in der Gegend ein bestehendes Unternehmen weiterzuführen. Klar, dass ich an euch gedacht habe. Er könnte euch wirklich helfen. Er hätte sogar zwei Aufträge, die Kemper ihm als Dank für seine Tüchtigkeit mit auf den Weg geben will.«

Das käme ja wie gerufen, dachte Paula.

»Paula?«

Sie sammelte sich. »Danke für deine lieben Worte. Danke für dein Mitdenken. Leider ist bei uns alles noch zu frisch und zu wund und mein Bruder liegt noch im Krankenhaus. Ich melde mich bei dir. Bitte trete vorerst nicht an den Kollegen heran.«

»Natürlich. Er heißt übrigens Markus Schönleben und ist ein schneidiger Bursche.«

Unwillkürlich musste sie schmunzeln. »Du hörst bald von mir, Fiete. Nochmals tausend Dank!«

»Keine Ursache. Und sei mir Gott befohlen.«

»Du auch.«

Zitternd legte Paula auf. Wie lastete das alles auf ihrer Seele. Sie informierte Hans über Fietes Vorschlag. Dem Bruder würde sie einen Brief schreiben, um ihm die Gelegenheit zu geben, sich in Ruhe damit zu befassen. Ohnehin schienen die Ärzte ihn noch nicht entlassen zu wollen, damit die Wunde gut abheilte.

Den Anruf nach Berka, es war schließlich Jahreswechsel, tat sie am Nachmittag des Silvestertages. Vater nahm ab, freute sich erkennbar über die guten Wünsche und teilte ihr sodann etwas mit, was ihr Herz erleichterte: »Ich bin ein alter Mann – und muss einsehen, dass es aus der Familie heraus nicht geht. Du könntest uns gewiss eine Weile helfen, aber ich habe verstanden, dass du deine Berufung woanders finden wirst.« Vater hielt ein, hörbar kurzatmig. Telefonieren und Sprechen zugleich strengte ihn offenbar an.

»Sitzt du bequem, Vati?«

»Ich werde mir künftig meinen Ohrensessel ans Telefon stellen müssen. Einstweilen tut es noch der Stuhl, bitte habe Geduld mit mir.«

Wie berührend und traurig zugleich, weil dafür zu viel hatte passieren müssen.

»Auch mit Hans sollte ich Frieden schließen«, bemerkte Vater, nachdem ihm Mutter offenbar einen Stuhl ans Telefon gebracht hatte. »Mag ich auch seine Vorstellungen von der Überlegenheit des rein Mechanischen nicht teilen, so kann ich ihm für das, was er erreicht hat, meinen Respekt nicht versagen.«

Paula atmete auf und streckte die Glieder. »Tausend Dank«, gab sie Vater zurück. »Freuen wir uns auf den Tag, an dem Maximilian entlassen wird.«

»Da hast du recht. Mich rühren seine Kräfte. Sein Arzt teilte mir vorhin am Telefon mit, dass er mit der linken Hand schreiben übt und gute Fortschritte macht.«

Da war er wieder, der fordernde Vater.

»Dränge ihn nicht, er weiß am besten, was ihm guttut.«

»Ja, natürlich.«

Paula verabschiedete sich liebevoll, auch um ihn nicht zu überanstrengen. Er lohnte es ihr mit einem »Paula, bis bald.«

Sie musste Vater noch etwas Zeit lassen, dann jedoch käme alles auf einen guten Weg. Einstweilen behielt Paula das Gespräch für sich und freute sich hoffend ganz für sich allein.

29

Am 18. Januar 1928 durfte Maximilian endlich heim. Es war ein kalter, aber sonniger Tag. Als Erstes rief er Paula an und bekräftigte die Einladung.

»Kommt bitte am Sonntag, Hans und du. Mir ist wie Geburtstag, Weihnachten und Ostern zusammen. Lasst uns feiern!«

Das Wetter blieb eisig. Die vielen Droschken der letzten Zeit hatten reichlich Geld verschlungen. Am Sonntagvormittag lief Hans zu Paulas Wohnung nach Mellingen, von wo aus beide mit dem Zug nach Weimar fuhren und dort in Richtung Bad Berka umstiegen.

Am frühen Nachmittag kamen sie an. Schnittblumen gab es in dieser Kälte nicht, doch Paula hoffte, Mutter mit einer Hyazinthenzwiebel, die sie erstanden hatte, eine Freude zu machen. Für Vater hatte sie das Buch dabei, das sie einst aus seinem Fundus stibitzt hatte. Und Maximilian brachte sie zwei Zeichenbleistifte mit.

Unausgesprochen bangte Paula vor Vater mehr als vor dem Armstumpf des Bruders. Abgesehen davon, dass es Vater früher nicht mal im Traum eingefallen wäre, sie am Bahnhof abzuholen.

»Paula, sei willkommen.« Vater wollte Paula die rechte Hand geben, dabei ließ er den Stock fallen. Paula hob ihn auf.

»Komm, die Droschke wartet.«

»Danke, Vati.« Paula ergriff Vaters Hand, bis sich der Stock beruhigt hatte. Sie hatte Hans gebeten, mit dem Aussteigen zu warten.

Nun aber kam er aus dem Wagen und lief auf Theodor zu, den er vermutlich seit seinem Ausscheiden im Streit nicht mehr gesehen hatte.

»Sehr erfreut, Herr Kollege, seien auch Sie uns zu Gast«, begrüßte er ihn. Maximilian hatte ihn wohl informiert. Zwar per Sie, aber doch per Handschlag, das ließ hoffen. Einst Kompagnons, dann zu Feinden geworden. Doch das war vor dem großen Krieg. Deutschland war ein anderes Land geworden, die Welt erst recht.

In der Droschke galt es zusammenzurücken. Zu dritt hockten sie im Fond, Paula in der Mitte. Vater fror, obschon eingehüllt in Wollmantel und Plaid.

Am Hause Bertram angelangt, diskutierten Vater und Hans, wer die Droschke bezahlte.

»Meine Herren«, drängte sie der Fahrer. »Macht eine Mark glatt. Sie haben gewiss beide eine Fünfzigpfennigmünze in Ihrer Börse. Nichts für ungut, doch mein nächster Fahrgast scharrt schon mit den Hufen.«

So teilten sie sich das Entgelt. Paula steuerte den Groschen Trinkgeld bei, damit sich die beiden nicht noch darüber entzweiten. Dass sie beide bezahlen wollten, ließ hoffen.

Im Haus war der Tisch bereits gedeckt, wider Erwarten nicht in der Küche, sondern im Esszimmer, in dem geheizt worden war. Kaffeeduft zog durch das Haus; dazu hatte Mutter einen kleinen Hefezopf gebacken. Maximilian trug tapfer Hemd und Krawatte. Paula vermochte kaum hinzusehen, als er sie begrüßte, denn seine Bewegungen zeigten, dass er sich an das Fehlen seines rechten Armes erst noch gewöhnen musste. Umso mehr freute er sich über Paulas Bleistifte. Er könne schon vieles »mit links«.

»Nun lasst es euch erst einmal munden«, seufzte Mutter und zog den Tropfschutz auf. Ihre Hände zitterten. Paula half, sie hielt die Untertassen. Dann stellte sie die Hyazinthenzwiebel, für die sie eigens ein passendes Glas gekauft hatte, auf den Tisch – zur sichtlichen Freude der Mutter. Vater erhielt sein Buch zurück.

Er dankte Paula knapp und kam noch vor dem ersten Schluck Kaffee zur Sache. »Ihr Lieben, Maximilian möchte euch etwas sagen.«

Der Angesprochene trank mit der ungewohnten linken Hand von seinem Kaffee und setzte überrascht ob der Direktheit ab, wobei er ein wenig verschüttete.

Mutter sprang ihm bei. »Bitte, lasst uns zunächst essen und trinken.«

Vater zuckte leicht zusammen, weniger aus Ärger denn aus Schwäche.

Der Hefezopf mundete allen, er war mit Ei und etwas Zucker bestrichen und enthielt auch teure Rosinen. Eine Weile waltete hungrige Stille.

»Also.« Maximilian, dessen fehlender Arm von seinem Hemdärmel kaschiert war, schenkte sich mit seiner linken Hand nach und dachte auch an die anderen Tassen. »Ich möchte euch allen danken, für eure Anteilnahme und eure Hilfe, die mir gutgetan hat und noch immer tut. Am meisten aber freut es mich, dass ihr, Vater und Hans, die Wegbereiter des Betriebes, heute, ohne zu zanken, einig zueinander gefunden habt.«

Vater schaute überrascht, auch Hans schien mit derlei nicht gerechnet zu haben. Paula ebenso wenig.

Maximilian fuhr fort: »Das Leben hat mich leider Dinge gelehrt, die schmerzhaft waren. Die wichtigste Botschaft ist jedoch für mich: Wir haben alle dazugelernt und daher auch überlebt. Beide Betriebe bestehen noch, in Bad Berka und in Taubach, weil es eben nicht nur einen Weg zur richtigen Orgel gibt, kein technisches Richtig und Falsch. Allenfalls den Zwang zum Kompromiss, zum Miteinander-Können und Einander-Akzeptieren trotz aller Meinungsverschiedenheiten. In diesem Sinne: Auf euer Wohl, auf unsere Zukunft, so schwer sie auch sein mag, und ein Hoch auf die Orgel!« Maximilian war aufgestanden und setzte sich nun aufgewühlt wieder.

Im Zimmer war es mucksmäuschenstill. Dann jedoch regte sich was. Vater erhob sich und bat Hans zu sich. Der nahm seinen Stuhl, setzte sich neben Vater. Beide reichten sich die Hand. Sie baten einander um Verzeihung. Maximilian kämpfte mit den Tränen, Mutter auch. Und sie verteilte die letzten Stücke Zopf.

»Paula, ich habe dir Unrecht getan«, sagte Vater und reichte ihr die Hand. »Ich kann dich nur um Verzeihung bitten.«

Paula ergriff Vaters Hand zögernd, für sie ging das alles zu schnell. »Hab Dank.«

Vater fuhr fort: »Ich gestand es dir zu und tue es auch jetzt, dass du deine Zukunft anderswo siehst, nicht in Bad Berka. Doch für die nächste Zeit, bis wir alle Weichen gestellt haben werden, hätten wir, Maximilian und ich, dich gern im Betrieb. Damit der Laden weiterläuft.«

Paula legte das Stück Hefezopf, von dem sie hatte abbeißen wollen, auf den Teller zurück. »Solltest du darauf hinauswollen, dass ich mir die Zulassung zur Meisterprüfung lediglich dadurch ›verdienen‹ könne, dass ich hier im Betrieb anheuere, würde ich mich von vornherein nicht darauf einlassen. Denn das sind zwei Paar Stiefel. Am Ende erkennen sie mir meinen Meister wieder ab, wenn ich hier nicht mit einsteige.«

»Ich glaube nicht, dass das Bedingung wäre. Dass du vorübergehend mithilfst, den Betrieb aufrechtzuerhalten, allerdings schon.«

»Was meinst du dazu, Maximilian?«, wandte sich Paula an ihren Bruder.

»Hast du denn bei Meister Störring was erreicht?«, fragte er, statt ihr zu antworten. »Du hofftest doch, dass er Kontakte zu Meistergesellen oder Meistern besitzt, die Interesse an einer Übernahme unseres Betriebes hätten.«

Vater merkte auf, sein Blick ging zwischen Maximilian und ihr hin und her. »Im Ernst?«

Paula berichtete über den jungen Meister Schönleben, den es nach Thüringen ziehe. Den Hintergrund dafür, die kranken Eltern in Jena, verschwieg sie wohlweislich, um keine Erinnerungen an den Brand und Hans' Patenonkel zu wecken, der damals auch wegen dessen Erkrankung in die Gegend und ihren Betrieb gekommen war.

»Das wäre wohl das Beste.« Vaters Stimme zitterte. »Nur ... ich vermag es nicht mehr. Nehmt ihr das in die Hand, Paula und Maximilian, ihr beiden.« Vater schüttelte es, er rang mit den Tränen. »Ich habe es nicht wahrhaben wollen und hoffe auf euch Kinder. Euch gilt mein Vertrauen.«

»Bin ich auch noch Kind?«, fragte Hans verschmitzt.

»Wie, Kind?«

»Ich würde auch gern mithelfen.«

Vater schluckte. Er regte die Lippen, zuerst stumm, dann seufzte er: »Meinetwegen.«

Hans stand auf, lief zu Vater und bot ihm die Hand. »Als Kind ist man per Du.«

Vater stemmte sich mit dem Stock in den Stand und schlug ein. »Recht hast du, Hans.«

»Was für ein unverhoffter Sonn- und Freudentag!«, rief Mutter und trocknete die Tränen mit ihrer Schürze. »Hätte ich doch einen richtigen Kuchen gebacken!«

»Eine zweite Kanne Kaffee tut es auch«, meinte Vater. Strich ihr liebevoll über die Schultern und setzte sich wieder auf seinen Stuhl.

Mutter nahm die leere Kanne und ging damit in die Küche.

»Hoffen und helfen wir alle zusammen, dass der Betrieb eine Zukunft hat«, sagte Paula. »Ob mit Herrn Schönleben oder mit jemand anderem. Ich werde meinen Beitrag dazu leisten.«

»Und ihr werdet sehen«, prophezeite Hans, »wenn Paula es schafft, mit eurer Hilfe den Betrieb an tüchtige andere Hände zu bringen, hat sie ihre Eignung zur Orgelbaumeisterin unter Beweis gestellt. Der Meisterprüfungsausschuss wird sie zur Prüfung zulassen müssen.«

»Das walte Gott, der helfen kann«, brachte Maximilian hervor und weinte vor Erleichterung.

30

Als Paula tags darauf von Taubach nach Hause kam, lag ein Brief in ihrem Kasten. Matte.

Hastig zog sie eine Nadel aus ihrem Haar und schlitzte damit den Umschlag auf.

Liebe Paula,
das schlechte Gewissen führt mir die Feder. Lange habe ich nichts von mir hören lassen. Binnen weniger

Monate starben meine Eltern, erst mein Vater und rasch auch meine Mutter. Beide musste ich unterstützen. Kurz nach Deinem Abschied erkrankte mein Vater an einer Lungenentzündung, von der er sich nicht erholte. Meine Mutter, ebenfalls nicht mehr bei Kräften, wäre ohne meine Hilfe völlig überfordert gewesen. Sie starb an Überanstrengung und sicher auch an ihrem gebrochenen Herzen. Der Tod meines Vaters setzte ihr sehr zu.
Dieser Tage liegt der Tod meiner Eltern nun ein Jahr zurück. Seltsam, wie lange man trauern kann. Die Arbeit schenkt mir Trost, ich lerne emsig für die Meisterprüfung und habe Fietes Unterstützung.
Verzeih mir bitte mein Schweigen, ich vermochte es einfach nicht früher, Dir zu schreiben. Fiete deutete mir an, dass Deinem Bruder Schlimmes widerfahren ist. Ich wünsche Dir und den Deinen das Beste. Vor allem aber hoffe ich auf ein Wiedersehen.
Herzlichst
Dein Matte

Paulas Schläfen pochten. Heftiges Kopfweh ließ sie mit dem Brief auf das Bett sinken. Sollte es Gott wirklich geben, dann musste er hier Regie geführt haben.

Selbst das karge Licht der Lampe hatte sie nervös gemacht, weshalb sie nun eine Bienenwachskerze anzündete. Nie hatte sie an Migräne gelitten.

Viel an Linderung bot ihr Hausstand nicht, aber Kamille hatte sie vorrätig. Sie stand auf, füllte den Teekessel, brachte das Wasser auf ihrem Öfchen zum Kochen und goss es über die Kamillenblüten. Über den Sud gebeugt, atmete sie bewusst und tief durch die Nase ein. Schloss ihre Augen und genoss das Dampfbad. Sie dachte dabei an Matte, ihr gemeinsames Brüten über Störrings Kalkulationen, an ihren Ausflug nach Büsum. Sehnsucht stieg in ihr auf, doch er war zu weit weg. Ein hartes Jahr der Trauer lag hinter ihm und weitere Jahre des Sorgens um die Eltern. Ein Gezeichneter auch er und ihr darin so nah.

Der Kamillensud hatte abgekühlt, ihr Kopf wog nicht mehr so viel. Behielt Hans etwa recht? Zulassung zur Meisterprüfung gegen tätige Rettung? Weil sie Vater und Bruder nicht im Stich ließ, und nicht, weil sie etwas konnte?

Paula nahm ihr Briefpapier und ein Kuvert aus der Tischlade. Im Schein der flackernden Kerze schrieb sie eine erfundene Anschrift des Meisterprüfungsausschusses und darunter zweifach unterstrichen »SO NICHT!«

Sie faltete den Bogen, steckte ihn in den Umschlag und blies die Kerze aus.

Zwei Bogen Briefpapier hatte sie nun noch, um Matte alsbald zu antworten.

Das Kopfweh ließ nach, und der Duft nach Kamille wiegte sie in den Schlaf.

*

Am folgenden Morgen waren bei der Orgel fürs Erzgebirge die Octaven 4' aus Metall dran. Paula war nun auch hier versiert, abgesehen davon, dass sie wegen des Bleis die Jungs für das Grobe brauchte. Immerhin zogen die Burschen sie nicht mehr auf. Selbst Volker hatte das Sticheln aufgegeben, nachdem Hans deutliche Worte gesprochen hatte: »Hört auf mit dem Gezänk, die Zeit ist dafür zu knapp. Wir müssen vorankommen!«

Paula versuchte, die steten Bedenken der Männerwelt auszublenden. Sie konzentrierte sich auf den Aufschnitt und die inneren Bauteile der einzelnen Pfeifen, es galt zu richten und zu löten. Hier in der Werkstatt vermochte sie Bad Berka für den Moment beiseitezuschieben.

Tage darauf, als die ersten Octaven bereits die Intonierlade hinter sich hatten, wagte sich Paula endlich mit einer Tasse Kaffee und im Einvernehmen mit Hans in sein Büro. Sie gab beim Fernamt eine Leitung nach Wilster in Auftrag. Die zum Glück rasch und störungsfrei zustande kam. Kein Rauschen untermalte Störrings einleitendes »Moin«. Paula machte drei Kreuze, denn es hätte auch Fräuleinfrau Berta Achterndiek sein können.

»Moin, Fiete.«

»Wie geht es deinem Bruder?«

»Wenn es nicht so bitter wäre, könnte man sich fast darüber freuen.« Sie nestelte an den Kittelknöpfen. »Seit Maximilian den rechten Arm verloren hat, ist er nicht wiederzuerkennen, weil er viel gelassener ist als je zuvor.«

»Du hast recht, das ist bitter.«

Kurze Stille.

Dann fragte Paula: »Wie geht es Matte?«

Störring gab sich derart wortkarg, dass Paula erschrak. Lediglich ein »er ist gesundheitlich angeschlagen« ließ er durchblicken.

Es half nichts, sie musste Matte bald schreiben. »Mein Vater ist todmüde. Mittlerweile so, dass ihm schon die Kommandos zu anstrengend sind. Wir brauchen Hilfe, so rasch wie möglich. Du hast mir von einem Interessenten erzählt …«

»Kollege Schönleben möchte euch helfen. Darf ich ihm eure Telefonnummer geben?«

»Woher nimmst du die Gewissheit, dass er einen so kleinen Betrieb wie ›Orgelbau Bertram‹ weiterführen würde?«

»Das mit den Eltern bei Jena sagte ich dir bereits. Alles andere musst du ihn selbst fragen.«

Paulas Unruhe wuchs. Urplötzlich hatte sie den Kittelknopf in der Hand. »Er erwartet aber hoffentlich nicht, dass er uns für lau bekommt?«

»Keineswegs. Er möchte nur nicht völlig von vorne anfangen. Bei euch könnte er in eine bestehende und intakte Werkstatt investieren. Wie gesagt, er käme nicht mit leeren Händen, weil er von Kemper zwei Aufträge außerhalb Norddeutschlands mitbringen würde. Allein daran siehst du, dass er sein Handwerk beherrscht und sich in der Branche einen Ruf erarbeitet hat.«

»Nun gut, möge er uns kontaktieren.«

»Wen meinst du mit ›uns‹? Dich oder Bad Berka?«

Gute Frage. »Er soll zuerst mich anrufen, also in Hans' Werkstatt. Hans ist in die Sache einbezogen. Ich werde dann mit meinem Bruder Kontakt aufnehmen.«

»Ich gebe es Schönleben weiter.«

»Was ist mit Matte?«, hakte Paula nach. »Ist er etwa erkrankt? Arbeitet er nicht mehr bei dir im Betrieb?«

Störring schwieg lange. »Vorläufig schon noch. Ich hoffe, dass er bleiben kann.« Viel mehr war aus ihm nicht herauszukitzeln.

»Wie geht es deinem Vater? Was meintest du vorhin mit ›todmüde‹?«, beharrte nun auch er.

»Er ist vom Alter gezeichnet und bei labiler Gesundheit, doch er hat endlich eingesehen, dass seine Zeit unwiderruflich vorüber ist. Für Maximilian kommt dies leider zu spät, für den Betrieb hoffentlich nicht.«

»Ich wünsche es euch. Ich melde mich morgen bei Meister Schönleben, Frau Meisterin.«

»Gesellin.«

»Du wirst bald Meisterin sein.«

Sie verabschiedeten sich. Betroffen sah Paula auf den losen, von ihrem Kittel abgefingerten Knopf. Gut, dass sie ihn nicht verloren hatte.

Hans steckte den Kopf durch die Tür. »Und?«

Paula berichtete. Zu schön, um wirklich wahr zu sein, sodass sie abschließend unkte: »Dass Herr Schönleben auch wegen seiner Eltern kommt, ist kein gutes Omen.«

»Wieso?«

»Du kamst deinem Patenonkel zuliebe – und hast dich dann mit meinem Vater zerstritten.«

Hans steckte sich eine Zigarette an. »Geschichte wiederholt sich nicht, und wenn doch, endet damit nicht alles.«

»Hoffen wir's«, antwortete Paula, war mit ihren Gedanken aber bereits wieder bei Matte. Sie musste seinen Brief beantworten.

31

Von da an ging es Schlag auf Schlag.

Mitte Februar reiste Markus Schönleben nach Bad Berka. In seinem Gepäck hatte er den Meisterbrief, ein wohlwollendes Empfehlungsschreiben von Kemper aus Lübeck und die von Störring angedeuteten Aufträge. Meister Schönleben war bei der Akquise derart tüchtig gewesen, dass Kemper ihm sogar drei Aufträge in Thüringen und Osthessen, die er selbst höchstens im Akkord hätte stemmen können, für Bad Berka überlassen hatte.

Es folgte Kassensturz auf Kassensturz. »Orgelbau Bertram« mit seinen Aktiva und Passiva, seinem Betriebsinventar und den Mitarbeitern kam auf Schönlebens Prüfstand – und der war pingelig. Tagelang brütete Paula zusammen mit ihm und Maximilian über den Bilanzen und Zahlen. Hans sah in der Werkstatt nach dem Rechten. Entgegen dem Rat seiner Ärzte half auch Paulas Vater im Betrieb mit. Nicht zum Nachteil der Sache. Außerdem tat er es, um das bitter Versäumte wiedergutzumachen. Dazu trat das Geld aus Onkel Wilhelms Nachlass. Das Maximilian bereits zum Teil, aber sehr klug in die Modernisierung des Gasmotors investiert hatte.

Hans und Paula pendelten also oft zwischen Bad Berka und Taubach hin und her, auch dank zweier Fahrräder, die unter Teilung der Kosten angeschafft worden waren. Direkt die Ilm entlang und ohne Steigungen war dies ein Vergnügen, der frische Fahrtwind tat Leib und Seele gut.

Das schier Unmögliche gelang: Dank Schönlebens Aufträgen war »Orgelbau Bertram« im Juli 1928 derart weit konsolidiert, dass an den Notartermin für den Betriebsübergang an ihn als neuen Inhaber zu denken war. Dazu trugen weitere Aufträge bei, der Orgelbau florierte dieser Tage generell.

Den Rest der durchrechneten Nächte saß Paula unermüdlich über den Büchern oder besuchte weitere Abendkurse, um für die Meisterprüfung gerüstet zu sein.

Auch in Taubach gab es zu tun, Hans hatte sich zwei Aufträge zur Generalüberholung zweier Orgeln in Sachsen gesichert.

*

»Schluss jetzt!«, gemahnte Hans, als Paula eines Vormittags im September 1928 in der Werkstatt in Taubach mit einer Feile in der Hand gestürzt war – aus Überanstrengung oder weil sie wieder zu wenig gegessen und getrunken hatte. »Du machst jetzt die Meisterprüfung.«

Paula gab das Gesuch zur Prüfung auf und erkrankte danach an einer Bronchitis, die sich zu einer Lungenentzündung zu entwickeln drohte.

Zum Glück geschah dies nicht. Sie kurierte die Infektion aus und genas vollumfänglich.

Dazu trug bei, dass sie vom Prüfungsausschuss tatsächlich zur Meisterprüfung im Orgelbauhandwerk zugelassen wurde. Unter der Bedingung, dass sie noch die Gesellenprüfung im Fach Orgelbau nachholte, denn bisher war sie nur Gesellin im Tischlerhandwerk. Dies tat sie mit Erfolg im Frühjahr 1929, der erste große Schritt.

*

Im Sommer 1929, eine Woche bevor Paula die Aufgaben für Meisterstück und Arbeitsprobe erhielt, klopfte jemand sachte an die Werkstatttür. Paula, die gerade dabei war, Pinsel mit Terpentin zu reinigen, sah von der Arbeit auf. Mit pochendem Herzen öffnete sie die Tür, sie hatte eine Vorahnung.

Sie sollte sich nicht täuschen. Matte! Sie erschrak ob seiner hohlen Wangen. Paula bot Matte die Hand und umarmte ihn. »Komm herein.« Sie war allein im Betrieb, Hans war mit den Gesellen am Weimarer Bahnhof, um angeliefertes Holz abzuholen. »Sicher hast du Hunger.«

Rasch war eine Brotzeit gerichtet: Roggenbrot, etwas Käse und Schinken, dazu zwei runzlige Äpfel, die sie schälte. Nur zögernd griff er zu, als strengte ihn allein das Essen an.

Nach einer halben Scheibe Brot begann er zu sprechen. »Zunächst ganz herzlichen Dank für deinen Brief, den du mir vor über eineinhalb Jahren geschrieben hast. Ich hätte ihn längst beantworten müssen.« Matte hob den Blick ein wenig.

Wie erschöpft er aussah! »Du schriebst, dass deine Eltern gestorben sind und du auf die Meisterprüfung lernst.«

Er nickte geistesabwesend. Sein Kopf schien auf dem dürr gewordenen Hals zu lasten. »Ja, richtig.« Er räusperte sich. »Nun, die Meisterprüfung liegt hinter mir. Ich habe sie bestanden.« Etwas roter um die Backen belegte er die andere Brotscheibenhälfte mit zwei Scheiben Schinken. »Dann aber wurde ich krank. Schwer krank. Ich bekam eine Lungenentzündung wie mein Vater. Im Gegensatz zu ihm kam ich mit dem Leben davon. Und Störring hätte mich gern als Meister behalten. Doch mein Arzt schickte mich fort auf Kur, nach Arosa in die Schweiz. Als ich mich, zurück in Wilster, erneut bei meinem Arzt vorstellte, riet er mir dringendst, von der Küste fortzuziehen. Ansonsten drohe mir die Tuberkulose wegen des feuchten Klimas.«

Mit jedem Satz hatte sich Paulas Herzschlag beschleunigt, obwohl nichts von dem, was er ihr erzählt hatte, für sie überraschend kam.

Jetzt trafen sich Paulas und Mattes Blicke. Paulas Nackenhaare stellten sich auf. Gänsehaut unter ihrem Overall. Die Liebe zu Matte war nicht erloschen, über Hunderte Kilometer und mehrere Jahre hinweg. Sie war noch immer da und überwältigte sie in diesem Moment.

Geduldig wartete Paula ab, bis Matte fertig gegessen hatte. Ein jeder Bissen legte die Kieferknochen bloß, darunter ein Hals aus Sehnen. Über die Äpfel freute er sich wie ein Kind. Nachdem er die verspeist hatte, wandte er Paula den Blick zu. Offenbar mit Bedacht.

»Der Arzt, der mir so eindringlich geraten hat, in das weniger neblige Mittel- oder Süddeutschland umzuziehen, schien übrigens frisch verliebt gewesen zu sein.«

»Woran machst du das fest?«

»Am Leuchten in seinen Augen.«

Erst jetzt fiel Paula auf, wie schick Matte gekleidet war. Das Hemd war gestärkt, die Krawatte saß auf den Punkt.

»Verstehe.« Paulas Augen hatten auch sie verraten. Ihre Augen leuchteten ebenfalls, hier und jetzt, aber auch schon damals in Wilster. Sie hatte es sich nicht eingestehen wollen. Das Blut schoss ihr ins Gesicht.

Matte schmunzelte und legte den Arm um sie.

Paula lehnte ihren schweren Kopf an seine Schulter – und genoss. »Wo wirst du unterkommen?«

»Dort, wo auch du immer untergekommen bist, wenn du bei Hans angeklopft hast.«

Paula nickte. Er musste vorab mit Hans telefoniert haben, und das war gut so.

»Zeigst du mir das Zimmer?«

»Gern.«

Viel hatte er nicht dabei. Einen Koffer, nicht größer als jener, mit dem Paula damals angekommen war. Nahe nebeneinander stiegen sie die Treppe hinauf in das Zimmer. Dort stockte ihr der Atem, das Bett war frisch bezogen, mit zwei Kissen. Und dieses Mal freute sie sich.

»Ach, eine Hohlflöte! Was für ein schöner Zimmerschmuck«, bemerkte Matte anerkennend.

Sie lächelte. Noch hatte sie ihm die Geschichte darüber nicht erzählt. Gleich heute Abend würde sie es tun.

Matte stellte den Koffer ab, dann fragte er: »Was steht in der Werkstatt an?«

*

Geflutet von Liebesadrenalin, ging Paula zuversichtlich in die Meisterprüfung.

Nicht in allen Prüfungsgegenständen glänzte sie; das Handwerkliche war zuletzt zu kurz gekommen.

Paula saß deswegen wie auf Kohlen, bis der Vorsitzende der Meisterprüfungskommission sie in den Saal rufen ließ und ihr per Händedruck gratulierte. Er hieß Alfons Hügel, und er war jener katholische Freund, auf den Onkel Wilhelm auf dem Sterbebett seine Hoffnungen gesetzt hatte.

Außer Hörweite der anderen Kandidaten und Prüfer bat Herr Hügel sie, draußen auf ihn zu warten. »Ich habe Ihnen etwas zu erzählen.«

»Danke für alles. Mein Onkel hat mir vor seinem Tod von Ihnen erzählt.«

»Freut mich.«

Paula wartete abseits des Gebäudes, bis alle gegangen waren. Endlich kam Hügel heraus; sie winkte ihm zu.

Er lotste sie in einen Hinterhof. »Weil es mir ein Anliegen ist – und mit der Bitte, darüber Vertraulichkeit zu wahren.«

»Ich schweige wie ein Grab.«

»Zunächst: Ich kannte Ihren Onkel schon seit der Zeit, als er noch Beamter des Großherzogs war. Ich teilte stets seine bei Hofe nicht immer gut gelittenen Bemühungen um die Bildung der Mädchen an den Schulen und weit darüber hinaus. Selbst bin ich Meister des Feinmetallhandwerks und sehe es auch dort als meine Aufgabe an, den Zugang von Frauen zu Handwerken zu fördern, die bislang völlige Männerdomänen waren.«

Paula schwieg ergriffen. War es Hügels Verdienst, dass sie so weit gekommen war?

»Vergelt Ihnen Gott all Ihr Engagement, Herr Hügel! Meinen herzlichen Dank, ich ahne das Weitere schon.«

»Tatsächlich?« Herr Hügel sah sich erneut um, weit und breit war niemand zu sehen. »Nun zu Ihrem Onkel. Durch seine vielen Beziehungen in die höhere Verwaltung des heutigen Landes Thüringen, die er nach dem Ende des Großherzogtums nicht hat verkümmern lassen, ist es ihm gelungen, mich zum Vorsitzenden des Meisterprüfungsausschusses zu machen. Dieser Posten wird nämlich nicht von der Kammer, sondern von der Verwaltung bestimmt. Als Mitglied des Zentrums war das kein Selbstläufer. Den Konservativen war ich mit den Idealen von Liberalität sowie christlicher Wohlfahrt mehr als ein Dorn im Auge. Als Vorsitzender des Ausschusses habe ich Sie zur Prüfung zulassen können. Dass Sie diese bestanden haben, verdanken Sie aber allein Ihrer Tüchtigkeit, im Rahmen der Prüfung und weit darüber hinaus.«

32

Die Kunde von Paula, der ersten Meisterin in der Männerdomäne Orgelbau, verbreitete sich rasend schnell. Viele Hände hatte sie zu schütteln, in der Werkstatt, in der Taubacher Kirche, in Bad Berka und sogar in Weimar.

Pfarrer Herwig richtete für sie ein kleines Orgelkonzert aus, zu ihren Ehren und aus Dankbarkeit, dass sie weiterhin in Taubach im Gottesdienst spielte, sich also nicht zu schade für das Dorf war.

Zahlreiche Menschen strömten zu dem Konzert in die Kirche, viele aus Neugier, auch ein Kollege, der zusammen mit Paula die Meisterprüfung bestanden hatte. Ihre Eltern, ihr Bruder und Meister Schönleben waren ebenfalls angereist.

Endlich war es so weit. Paula schaltete die Taubacher Orgel ein. Ihr klopfte das Herz.

Mit Bedacht hatte Paula für den Anfang ein leichteres Stück ausgewählt, das »Präludium in g« aus den »Acht Kleinen Präludien und Fugen«. Eins der ersten richtigen Stücke, die Magdalena sie hatte üben lassen. Dennoch zitterten ihr die Finger bei den ersten Akkorden, der erste Triller geriet ihr ungelenk, aber in der Reprise hatte sie sich warm gespielt. Schlussakkord, Aufatmen, Umblättern.

Das folgende Stück, der Orgelchoral »Ich ruf zu dir, Herr Jesu Christ« aus Bachs Orgelbüchlein, war dagegen deutlich schwieriger. Sie nahm ihn recht gemächlich. Umschmeichelt vom Cantus firmus und von den in Sechzehntel gebrochenen Begleitakkorden spielte sie sehr konzentriert. Paula bemerkte daher nicht, dass sich eine junge Frau heimlich, still und leise über die knarzende Treppe auf die Empore geschlichen und auf einen Stuhl gesetzt hatte.

Der Orgelchoral klang aus. Ehrerbietige Stille, die keiner mit Applaus störte. Dank Pfarrer Herwig. Er hatte einen Programmzettel mit all ihren gespielten Stücken geschrieben sowie das Publikum gebeten, erst nach dem letzten Stück zu klatschen.

Auch die vier weiteren Werke glückten, Bach, Mendelssohn-Bartholdy und ein Postludium des Dresdner Romantikers Gustav Merkel. Jenes Stück, über dem sie vor ihrer Reise nach Hamburg Magdalena aus der Herderkirche vertrieben und dann den Zug versäumt hatte. Zuletzt spielte sie ein Choralvorspiel von Reger. Es klang sehr schön auf dieser Orgel, obwohl sie nicht hochromantisch war.

Dann der verdiente Applaus. Paula genoss ihn. Sie hatte alle Register gezogen.

Noch auf der Orgelbank nahm sie in ihrem Augenwinkel eine Bewegung wahr. Sie wandte den Blick und erkannte Franziska, mit der sie die Kurse für angehende Meister sowie das Dessauer Bauhaus besucht hatte. Wegen Maximilians Unfall und seinen Folgen hatte sie ihre Weggefährtin aus den Augen verloren.

Franziska applaudierte ihr, breitete dann ihre Arme aus und umarmte sie. »Herzlichen Glückwunsch!«

Paula strich Franziska mit der Wange über das Gesicht. War sie jemals so zärtlich gewesen?

Beide drückten einander erneut, anschließend sah Paula nach der Orgel. Sie räumte rund um den Spieltisch auf, packte die Noten ein und stieg die Treppe hinunter.

Franziska wartete geduldig auf der Empore ab, bis Paula die ihr dargebotenen Hände geschüttelt hatte. Als sie endlich mit Pfarrer Herwig allein im Kirchenschiff stand, kam ihre Freundin hinzu.

Franziska bat den Pfarrer, ihr das Betreten der Empore nachzusehen, und fügte zur Erklärung hinzu: »Wir beide sind eng befreundet und Pionierinnen der Frauenbewegung im Handwerk.«

Der Pfarrer nickte. »Recht so.«

Den Abend brachten Paula und Franziska in einem Weimarer Kaffeehaus zu, wo Paulas Freundin mit etwas Unerwartetem kam: »Ich soll dich von Magdalena grüßen.«

Paula blickte so ungestüm empor, dass ihr der Kaffee auf die Untertasse überlief. »Bitte?«

»Ihr beiden kennt euch doch.«

»Ja, schon, von früher.«

Franziska ging darüber hinweg. »Magdalena gehört zu denen, die mich ermutigt haben, Türen aufzustoßen, die uns Frauen verschlossen bleiben.«

Verdattert sah Paula auf den See in ihrer Untertasse. Führte diese an den Mund und trank den Kaffee ab. Es passte zwar, Magdalena und solche Türen aufstoßen, dennoch ergab es für Paula keinen Sinn. Denn Franziska war glücklich verheiratet. »Wir kannten uns über das Weimarer Bauhaus, bis sie nach Berlin ging«, erklärte Paula und sparte somit ihre Entzweiung aus. »Wie geht es ihr denn?«

»Magda litt an Einsamkeit. Jetzt hat sie Halt gefunden in einem Mann an ihrer Seite, Richard mit Namen. Er teilt ihre Ideale und hat sie gelassener werden lassen.«

*

Herbst 1929.

Matte verlieh der Meisterprüfungsurkunde einen vergoldeten Rahmen. Paula fand für die Urkunde einen Ehrenplatz in der Holzwerkstatt, an der Intonierlade.

Ebenso die Hohlflöte aus ihrer Kindheit. Die geduldig auf sie gewartet, sie durch alle Höhen und Täler begleitet und Hans' Zerstörungswut überlebt hatte. Hans hatte sie ebenfalls vergolden lassen. Zu ihr gesellt hatte sich eine zweite Flöte – Paulas Gesellenstück.

Paula lud alle zu einer bescheidenen Feierstunde in Hans' Werkstatt ein, die schon bald Matte und ihr gehören würde. Hans war müd geworden und litt öfters an Rückenschmerzen. Er wollte den Betrieb so bald wie möglich übergeben. Matte und Paula würden, dessen war er gewiss, sein Erbe fortsetzen, also den Orgelbau zielstrebig und doch behutsam zum Handwerk zurückführen.

Alle kamen, auch Paulas Vater. Von Hans gestützt hatschte er neben Mutter und Maximilian über das alte Pflaster im Hof zur Werkstatt.

Paula begrüßte sie. Maximilian lächelte tapfer und bot Paula die Linke. Von allen Bertrams war ihr Bruder der am meisten Gezeichnete. Ein Handwerker, der er leider nicht mehr sein konnte. Der häufig an Schwermut litt. Paula umarmte ihn am innigsten.

»Gott segne dich, Maximilian.« Sobald es ging, wenn sich die Zahlen konsolidiert hatten, wollte sie ihn ins Büro holen. Tapfer, wie alle Bertrams es waren, hatte er gelernt, mit der Linken auf Vaters alter »Olympia« und sogar von Hand zu schreiben.

Irgendwann rief Vater Paula zu sich und bat sie zu einem Gespräch unter vier Augen. Zu arg rang er um Fassung und Worte, um es in aller Öffentlichkeit zu tun.

Paula führte ihn ins Holzlager, wofür sie das Werkstattgebäude verlassen mussten. Dort angekommen, setzte sich Vater auf den Stuhl, den Paula ihm mitgenommen hatte.

Mit zitternder Stimme sagte er: »Ich bin an dir schuldig geworden, habe dir großes Unrecht getan. Ich hätte, auch Maximilian zuliebe, deine Talente fördern müssen, statt sie zu bekämpfen. Ich kann dem Herrgott bloß danken, dass er mich noch rechtzeitig hat umkehren lassen. Nicht erst auf dem Sterbebett oder gar …« Der Rest zerging in Tränen.

Paula ergriff Vaters rechte Hand, die unerwartet warm war. Umschloss sie ganz fest und strich ihm über die schmalen Schultern.

Ruhigen und sicheren Schrittes lief er am Stock in die Werkstatt zurück.

Hans, der scheidende Hausherr, hatte unterdessen Sekt und Saft eingeschenkt.

Als es in den Gläsern perlte, nickte Paula Matte zu, stieß

mit ihm an und erklärte: »Ihr Lieben, Matte und ich haben uns im Park von Schloss Tiefurt verlobt.«

Die Gläser klangen, rasch war der Sekt getrunken. Doch bald mischten sich in die frohgestimmten Hochrufe stille Töne. Sie galten der politischen und wirtschaftlichen Situation im Land. Es mehrten sich die Anzeichen für einen Abschwung. Zudem drohte im Dezember nach der Landtagswahl in Thüringen ein weiterer Rechtsruck.

FINIS

NACHWORT

Orgel, Orgelbau, Orgelmusik

2017 erklärte die zuständige Kommission der UNESCO den deutschen Orgelbau und auch die deutsche Orgelmusik zum Immateriellen Weltkulturerbe.

Mit gemeint und geehrt sind auch die Orgelbau-Handwerker, welche die Königin der Instrumente in oft mühevoller Arbeit anfertigen. Doch mit dem Handwerklichen ist es nicht getan. Denn nicht nur jede Orgel, sondern auch alle Kirchen und Konzertsäle besitzen ihre eigene Textur; Instrument und Raum müssen individuell aufeinander abgestimmt sein. Dazu kommt die zumeist kunstvolle Schauseite jedes Instruments, der Orgel-Prospekt. Ein Orgelbauer ist daher auch Architekt, Designer und Tontechniker.

Trotz der Tasten wie bei einem Klavier ist die Orgel letztlich ein Blasinstrument. Der Ton wird, wie bei der Blockflöte oder der Klarinette, durch schwingende Luft in einem Klangkorpus erzeugt. Bei den Orgeln schwingen die Pfeifen. Es gibt zwei Bautypen: Lippen- und Zungenpfeifen. Bei der Lippenpfeife bricht sich die einströmende Luft wie bei der Blockflöte an einer Öffnung des Pfeifenkörpers (Lippe). Der Ton entsteht durch die Schwingung des gesamten Pfeifenkorpus. Dies gilt auch für die Zungenpfeifen, nur tritt dort an die Stelle der Lippe ein schwingendes Metallblättchen, die Zunge.

Wie gelangt der durch den Organisten betätigte Ton an die zugehörige Pfeife? Den Kraftschluss zwischen der Klaviatur, den Registerzügen und den zugehörigen Pfeifen wird durch die Spielanlage der Orgel, die Traktur, hergestellt. Zwischen den Klaviaturen und den Registerzügen des Spieltischs zum einen und dem Innern der Orgel mit den Laden, auf denen die einzelnen Pfeifen stehen, zum andern brachten bis weit ins 19. Jahrhundert Leisten, Wellen und Gelenke aus Holz und anderen Materialien diese Verbindung zuwege. Man spricht von der »mechanischen Traktur«.

Die Zentren des deutschen barocken Orgelbaus waren Nord- und Mitteldeutschland. Die Maßstäbe setzten neben anderen zunächst Arp Schnitger und später im Sächsischen Gottfried Silbermann und Heinrich Gottfried Trost. Silbermanns Bruder Andreas, »der Elsässer Silbermann«, war vom französischen Orgelbau inspiriert. Ansonsten blieb der Orgelbau im Süden des deutschen Sprachraums bis in das 19. Jahrhundert weit weniger ambitioniert. Es gab dort nur wenige Instrumente mit mehr als zwei Manualen. Und oft baute man Pedale mit nur einer Oktave Umfang.

Vom frühen 19. Jahrhundert an veränderte sich der Orgelbau und profitierte vom technischen Fortschritt. Größere Orgeln wurden leichter spielbar dank Innovationen bei Traktur und Laden, wenngleich es zunächst noch bei der mechanischen Traktur blieb. Dann aber, ab etwa 1880, nutzte man den Wind, der an allen Orgeln ohnehin für die Tonerzeugung vorhanden war, auch für die Traktur, sprich die Verbindung zwischen Taste, Registerzug und Pfeifen. An die Stelle der Leisten, Gelenke und Wellen traten Luftdruck und Windkanal – die »pneumatische Traktur«. Die Pneumatik wurde später dann mit der Elektronik kombiniert und schließlich auch ganz von dieser ersetzt. An die Stelle der Windkanäle traten mithin Stromleitungen, die Traktur wurde elektronisch, vor allem zur Betätigung der Register.

Die Entwicklung der pneumatischen und der elektronischen Traktur bereitete neben vielen Innovationen bei den Laden den »symphonischen« Orgeln des 19. und des 20. Jahrhunderts den Weg. Mit der Mechanik allein wären zumindest große Orgeln mit mehr als drei Manualen und 60, 80 oder noch mehr klingenden Registern damals nicht mehr leicht genug spielbar gewesen; der nötige Tastendruck wäre zu groß geworden. Außerdem erleichterten die Innovationen das Spiel: An die Stelle einer Hilfsperson, die während eines Stücks oder zwischen den Stücken schnell »umregistrieren«, also (oft viele) Register abstellen und dafür andere ziehen musste, traten frei einzustellende Registerkombinationen, die der Organist während des Spiels leicht über eine Taste oder einen Tritt aktivieren konnte.

In Deutschland ist die geschilderte Entwicklung nicht zu denken ohne die wichtigen Orgelbauer jener Zeit, von denen freilich im Roman nicht alle gewürdigt werden können. Daher beschränke ich mich hier auf Ladegast, Sauer, Kemper und Marcussen im Norden des deutschen Sprachraums sowie in Süddeutschland auf die zwei großen Dynastien Walcker und Steinmeyer.

Indessen setzte bereits um 1900 ein Unbehagen über diese Entwicklung ein. Die Kritik setzte (unter anderem) an folgenden Punkten an: Zum einen sei der Orgelbau vom Handwerk zur Massenproduktion verkommen. Denn die »Fließband-Orgeln« würden durch die reine Addition von Registern gleicher (oder zumindest ähnlicher) Art immer größer, lauter und vor allem uniformer, und den Manualen würde ihre klangliche Individualität genommen. Zum anderen würde durch die Pneumatik, erst recht durch die Elektronik, die Hand des Organisten von der Entstehung des Tons abgekoppelt, gleichzeitig würde durch die Trägheit der Windkanäle die Ansprache des Tons hörbar verzögert, was der Phrasierung und der Präzision des Spiels abträglich sei.

Diese Mahner fanden zunächst kein Gehör. Erst nach 1918, mit dem Ende des Kaiserreichs und einer neuen politischen Zeitrechnung, mehrten sich kritische Stimmen, dass mit der Niederlage und dem Abgang der konservativen Eliten auch der Orgelbau »abrüsten« möge; vor allem müsse er »zurück zur Natur« und dorthin, woher er komme, also zum ehrbaren Handwerk. Diese »Orgelbewegung« brach sich anfangs vor allem in Norddeutschland Bahn, zunächst zaghaft und von vielen belächelt. Erst nach 1945 setzte sich das »zurück zur Mechanik« durch. Viele nach den Zerstörungen im Krieg neu erbaute Orgeln erhielten in Norddeutschland und ab etwa 1960 auch im Süden wieder eine mechanische Traktur. Freilich ergänzt durch die Elektronik vor allem zum leichteren Registrieren, denn dort stößt die reine Mechanik an Grenzen, zumal an großen städtischen Instrumenten, wo professionell komplexe Spielhilfen wie frei programmierbare Registerkombinationen erwünscht sind. Bei kleineren Orgeln baut man dagegen meist wieder rein mechanisch.

Im Roman werden auch die Anfänge der »Orgelbewegung« erzählt. Neben meine Pionierin Paula Bertram, welche in die harte Männerwelt des Orgelbaus einzudringen versucht, tritt der Pionier Hans Meichelbeck, der den Mut hat, sich schon vor 1918 ganz auf die Pflege und Erhaltung wertvoller alter Instrumente zu spezialisieren. Inspiriert auch vom Bauhaus, das in seinen Weimarer Anfängen mit seinen Vor- und Meisterkursen ebenfalls wieder zurück zum Handwerk strebte.

So heißt es im »Bauhaus-Grundgesetz«, dem sogenannten »Manifest«, das Walter Gropius, der erste Leiter der soeben gegründeten Kunsthochschule, im Mai 1919 publik machte: »Architekten, Bildhauer, Maler, wir alle müssen zum Handwerk zurück!«

Freilich musste das Bauhaus letztlich Kompromisse mit der fortschreitenden Moderne schließen und sich industriellen und auch wirtschaftlichen Prämissen beugen. Zudem wurde es von den mächtigen reaktionären Kräften der Weimarer Republik von Anfang an beargwöhnt und drangsaliert. Auch davon wird hier erzählt.

Das Buch huldigt ferner der Orgelmusik – denn Paula erlernt auch das Orgelspiel. Die Lesenden vollziehen mit, wie sie von den zaghaften Anfängen zu ersten leichteren Stücken findet und schließlich auf ihrem Instrument reif für die Großen wird, von Johann Sebastian Bach bis Max Reger.

Personen und Handlung in diesem Roman sind frei erfunden, doch in den Kontext und die politischen, wirtschaftlichen und kulturellen Zusammenhänge der damaligen Zeit gestellt. Von mir frei erfunden sind insbesondere an den Orten Bad Berka, Taubach und Wilster/Holstein die Orgelbaubetriebe Bertram, Meichelbeck und Störring.

Dies gilt nicht für Orgeln und Orgelbauer wie etwa die Schnitger-Orgel zu St. Jacobi in Hamburg, Gottfried Silbermann, Arp Schnitger, Eberhard Walcker und Friedrich Ladegast mit all ihren Instrumenten. Sie haben jedoch eine rein illustrative Funktion, binden die Handlung in die geschichtlichen Zusammenhänge ein. Gleiches gilt für sämtliche Personen der damaligen Zeit- und Kulturgeschichte.

DANK

Ohne die folgenden lieben Menschen wäre es nicht das Buch geworden, das Sie, liebe Leserinnen und Leser, nun in Händen halten:

Zunächst gilt mein Dank Herrn Philipp Dominik Neßling. Herr Neßling ist Orgelbaumeister und Geschäftsführer von »Richard Rensch Orgelbau« in Lauffen am Neckar. Er hat mich in Fachfragen beraten und die einschlägigen Abschnitte Korrektur gelesen.

Meine Verlagslektorin widmet sich mit großer Einfühlsamkeit meinen Manuskripten und steht mir stets mit Rat und Tat zur Seite. Tausend Dank für das konstruktive und herzliche Miteinander.

Danken möchte ich auch meiner lieben Autorenkollegin Anna Barthel. Als Betaleserin gab sie mir ein höchst fundiertes und einfühlsames Feedback. Anna trug insbesondere dazu bei, dass der Anfang des Romans an Eindringlichkeit gewonnen hat.

LITERATURVERZEICHNIS

Abelshauser Werner/Faust Anselm/Petzina Dietmar (Hrsg.): *Deutsche Sozialgeschichte 1914–1945. Ein historisches Lesebuch*, Verlag C.H. Beck, München 1985

Adelung Wolfgang: *Einführung in den Orgelbau*, Breitkopf & Härtel, Wiesbaden, 3. Aufl. 2017

Bauhaus Kooperation Berlin Dessau Weimar (Hrsg.): *Bauhaus Reisebuch*, Prestel Verlag, München, Aufl. 2019

Faludi Christian: *1920 in Weimar. Das Ringen um Normalität*, Weimarer Verlagsgesellschaft/Verlagshaus Römerweg, Wiesbaden 2021

Fischer Hermann: *100 Jahre Bund Deutscher Orgelbaumeister 1891–1991. Festschrift*, Orgelbau-Fachverlag Rensch, Lauffen am Neckar 1991

Günzel Klaus: *Das Weimarer Fürstenhaus*, Piper Verlag, München, 10. Aufl. 2019

Heinemann Michael/Petersen Birger (Hrsg.): *Orgelbewegung und Spätromantik*, Musikverlag Dr. J. Butz, Bonn 2016

Petzold Martin: *Bachstätten. Ein Reiseführer zu Johann Sebastian Bach*, Insel Verlag, Berlin, 3. Aufl. 2018

Reichling Alfred: *Orgel. MGG prisma*, Bärenreiter-Verlag Kassel/Basel 2001

Seemann Annette: *Weimar. Eine Kulturgeschichte*, Verlag C.H. Beck, München 2012

Stutz Gerald: *Die Entwicklung des deutschen Orgelbaus seit 1870*, Eigenverlag, Regensburg 2000

Summereder Roman: *Aufbruch der Klänge. Materialien, Bilder, Dokumente zu Orgelreform und Orgelkultur im 20. Jahrhundert*, Edition Helbling, Innsbruck, 2. Aufl. 1999

Tänzer Hella/Häfner Ludwig: *Bad Berka im Wandel der Zeit. Geschichte und Geschichten aus neun Jahrhunderten*, Hrsg. Stadt Bad Berka, 2019

Teupe Sebastian: *Zeit des Geldes. Die deutsche Inflation zwischen 1914 und 1923*, Campus Verlag, Frankfurt/Main 2022

Wahl Volker: *Das Weimarer Bauhaus. Ein Studienbuch zu seiner Geschichte 1919–1926*, Verlag Vopelius, Jena 2019

Weitere Titel finden Sie auf den folgenden Seiten und im Internet:

WWW.GMEINER-VERLAG.DE

Alexander Meining
Die Käppele Verschwörung
Historischer Roman
224 Seiten, 12,5 x 20,5 cm,
Broschur
ISBN 978-3-8392-0684-3

Königreich Bayern, 1890: Prinzessin Therese von Bayern kontaktiert Georg Hiebler in einer heiklen Angelegenheit. Er soll sie zu einer Behandlung ihres geisteskranken Cousins, König Otto von Bayern, in die Würzburger Universitätsklinik begleiten. Doch die Abreise des Königs bleibt nicht unbemerkt. Obwohl eigentlich nur ein gemächlicher Ausflug in die unterfränkische Metropole geplant war, befindet sich Hiebler plötzlich in einem Netz, gesponnen aus geistigen Wirrungen, verbotenen Liebschaften und mörderischen Intrigen.

GMEINER SPANNUNG

WWW.GMEINER-VERLAG.DE
Wir machen's spannend